Rolf Fricke

---

Stranded Passengers
oder
Die Bilanz

Zwei Jahre Leben mit monatlich 190 Mark Stipendium und einem Schlafplatz in einer Weltkriegsbaracke (Studentenheim), das sind die Bedingungen, unter denen sich eine Gruppe jugendlicher Erwachsener in den Jahren 1964-1966 der „Arbeiter-und Bauern-Fakultät Walter Ulbricht" (ABF) Halle aufmacht, um nach zwei Jahren die Abitur-Prüfung zu bestehen, um danach ein Universitäts-Studium beginnen zu dürfen.

In einem autobiografisch geprägten Rückblick erinnert sich der Protagonist Peter Köster an einige herausragende Episoden und Ereignisse, die ein atmosphärisches Bild vom Bemühen von Studenten und Dozenten vermitteln, das angestrebte Ziel zu erreichen.

Daneben zeigt sich auch, dass die, für dieser Zeit charakteristischen, politischen Anforderungen des Alltages der DDR sich in vielfältigsten Formen auch an der ABF wiederfinden, wozu unter anderem auch die von den Studenten der Universität geforderte, frühzeitige Verurteilung von Wolf Biermann gehört.

Vierzig Jahre später treffen auf dem Flughafen Brüssel die beiden ehemaligen ABF-Studenten Peter Köster und Wolfgang Grabert, zufällig aufeinander und können, durch den Streik der Fluglotsen gezwungen, einen ganzen Tag miteinander verbringen. Beide haben nun Gelegenheit, sich ungestört an alte Zeiten zu erinnern, wobei sich einige Episoden in einem ganz neuen Licht dar.

Vierzig Jahre nach dem Abitur offenbaren ihre Lebensverläufe, dass ihre ehemaligen Vorstellungen von der Entwicklung einer friedlichen, solidarischen Gesellschaft sich teilweise in eine gegensätzliche Richtung entwickelt haben, so dass der Abend in einem Zerwürfnis zu enden droht.

*Rolf Fricke* wurde in Lemgo geboren und arbeitete zunächst als Angestellter einer Finanzbehörde und eines kommunalen Verkehrsunternehmens. Nachdem er auf dem zweiten Bildungsweg sein Abitur absolviert hatte, studierte er in Dresden und Berlin Physik. Nach dem Diplom arbeitete er als wissenschaftlicher Mitarbeiter in einem Forschungsinstitut in Berlin, nach Promotion und Habilitation schließlich als Leiter einer Forschungsgruppe.

Sein Roman „Transit Barby" wurde 2016 im Rahmen eines Wettbewerbes in Zürich mit einem der zweiten Preise ausgezeichnet. Der zweite Roman „Nicht alles wird gut" erschien 2020.

Rolf Fricke

# Stranded Passengers

oder

# Die Bilanz

Roman

Bibliografische Informationen der Deutschen Nationalbibliothek:
Die Deutsche Nationalbibliothek verzeichnet diese Publikation
in der Deutschen Nationalbiografie, detaillierte bibliografische
Daten sind im Internet über dnb.dnb.de abrufbar

TWENTYSIX – Der Self-Publishing-Verlag
eine Kooperation zwischen der Verlagsgruppe Random House und
BoD – Books on Demand

© 2021 Rolf Fricke
Umschlaggestaltung: Rolf Fricke

Herstellung und Verlagsgruppe
BoD-Books on Demand, Norderstedt

ISBN 978-3-7407-8289-2

*für Erika*

*was gestern zukunft war*
*ist heute bereits gestern*

**1.** Noch eineinhalb Stunden Flug, dann bin ich endlich wieder zu Hause.

Ich blicke müde auf meine Uhr. Die Anschlussmaschine soll erst in zwei Stunden aufgerufen werden, also habe ich noch genügend Zeit für einen Espresso. Ich schaue mich suchend nach der Bedienung um. Einer jungen Frau in einer langen schwarzen Schürze will ich schon zuwinken, stelle aber im letzten Moment fest, dass sie nur das Geschirr aufräumt und die leeren Tische dann mit einem feuchten Tuch säubert. Es gibt keine Bedienung. Also muss ich mir meinen Kaffee wohl oder übel an dem kleineren Buffet in der Mitte der Halle selbst holen, was lästig ist, da ich mein Handgepäck noch bei mir habe. Mein dürftiges Französisch reicht aus, um mir auch noch ein mit Käse und Tomatenscheiben frisch belegtes Baguette zu bestellen. Wahrscheinlich kann die junge Frau hinter dem Tresen auch Deutsch, denke ich bei mir, denn Belgien ist ja ein mehrsprachiges Land. Aber hier spricht man nun mal Französisch, und wozu habe ich in einem Sprachkursus etwas Französisch gelernt, wenn nicht für solche Gelegenheiten. Anstelle des Espresso nehme ich mir dann doch lieber einen Cappuccino mit. Mein trockener Mund wird viel zusätzliche Flüssigkeit benötigen, um mit dem übergroßen, knusprigen Baguette fertig zu werden.

Zufrieden nehme ich meine Tasche mit den privaten und dienstlichen Papieren wieder auf und balanciere mein Tablett zurück an den Vierer-Tisch, der noch leer geblieben ist. Nach dem aufgewärmten Essen im Flugzeug ist der frisch gebrühte Kaffee, wie auch das ofenfrische Baguette, ein Genuss. Nicht, dass die Verpflegung im Flugzeug schlecht gewesen wäre, aber die Speisen waren eben nur frisch gehalten, aber nicht wirklich frisch gewesen. Das weiß man, und ich merke jetzt den Unterschied. Während ich genüsslich in mein belegtes Baguette beiße, blicke ich mich um.

Menschen auf Flughäfen waren für mich schon immer ein besonders interessanter Gegenstand der Betrachtung. Anonyme Studienobjekte gewissermaßen, die nicht merken können, dass sie von mir nach meinen willkürlich aufgestellten Kriterien klassifiziert werden. Man sitzt an einem Tisch, trinkt seinen Kaffee und kann sich seine Gedanken machen, über die vielen fremden Menschen, die eilig mit leichtem oder schwerem Gepäck zu ihrem Gate vorüberziehen. Oder andere, die, wie ich jetzt, mehr Zeit haben und das gleiche tun, wie ich, nämlich frühstücken oder nur einen Kaffee trinken. Vielleicht bin ich selbst ja ebenfalls Gegenstand von Beobachtungen und Gedanken anderer Reisender und weiß es nur nicht. Vielleicht beobachtet mich ja gerade jetzt jemand aus dem Hintergrund und versucht, durch reines Betrachten herauszufinden, was ich wohl für ein Mensch sein könnte. Dieser Gedanke beunruhigt mich nur für einen kurzen Moment. Unwillkürlich blicke ich dennoch umher, um diesen Menschen, wenn es ihn denn gibt, zu erkennen. Dann ist es vorbei. Die kurze Erregung klingt schlagartig ab. Schließlich würden sie mit mir ja nur das gleiche tun, wie ich mit ihnen. Wenn sie Spaß daran haben, bitte, wenn nicht, werden sie es bald bleiben lassen. Trotzdem, interessant wäre es schon, mal die Gedanken dieser Leute lesen zu können, zu lesen, was sich hinter ihrer Stirne über mich ansammelt, welche Eigenschaften man mir zubilligt, welchen Beruf, oder was für eine Familie man mir zuweist.

Ich drehe den Spieß wieder um. Was können das zum Beispiel für Leute sein, die an einem Nebentisch, wie ich, frühstücken? Man sieht ihnen ja nicht an, ob sie ihre Reise noch antreten wollen, oder, wie ich, schon einen weiten Flug hinter sich haben. Allerdings, wenn ich hier in Brüssel oder in der Umgebung zu Hause wäre und meine Reise noch vor mir hätte, dann würde ich mit Sicherheit noch zu Hause frühstücken. Aber es gibt ja Menschen, wahrscheinlich sogar immer mehr, die mit leerem Magen ihre Wohnung verlassen, um dann mit heißem Kaffee im Pappbecher in die Busse und Bahnen drängen. Mein Ding wäre das nicht. Wenn ich mich für den Tag vorbereite, dann gehört ein Frühstück dazu.

Vielen Reisenden kann man aber wohl an ihrem Aussehen, an ihrer Kleidung oder ihrer Hautfarbe schon ansehen, dass sie wohl nicht hier in Brüssel ihre Reise antreten oder beenden, sondern hier nur umsteigen müssen, wie ich auch.

Mein Blick bleibt an einem ungefähr gleichaltrigen Mann hängen, der ebenfalls eine Kaffeetasse vor sich stehen hat, aber in einer Zeitung liest. Es ist ein dickes, wichtiges Blatt, das er jedoch, wie es scheint, nur orientierend durchsieht. Ob er eine bestimmte Meldung sucht, ist nicht erkennbar, denn er blättert die Seiten schnell und unterschiedslos um. Dann faltet er die Zeitung zusammen, legt sie vor sich auf dem Tisch ab, lehnt sich auf seinem Stuhl zurück und blickt in die Runde.

Ist das nur ein Zufall oder blickt er mit Absicht zu mir herüber? Irgendwie scheint mir, als fixiere er mich ein wenig länger, als man gewöhnlicherweise einen Fremden betrachtet. Wahrscheinlich ist es aber nur Einbildung.

Für eine Weile beobachte ich ein junges Paar mit einem kleinen Kind. Die Eltern sind modern gekleidet, das straff um den Kopf gebundene Kopftuch der Frau verrät ihre kulturelle Herkunft. Das Kind will seine Karre alleine schieben, aber die Mutter läuft nebenher und korrigiert besorgt die Richtung der Fahrt. Es ist nicht sehr viel Betrieb in der Halle, so dass die Gefahr einer Karambolage nicht sehr groß ist. Der Vater scheint nicht interessiert.

Ich wende meinen Blick verstohlen wieder in Richtung des Mannes. Er hat sich ebenfalls von dem jungen Paar mit dem Kind einfangen lassen. Unauffällig mustere ich ihn. Warum mich der Mann eigentlich zu interessieren beginnt, weiß ich nicht. Vielleicht ist es die lockere Art, wie er am Tisch sitzt, nachdem er vor einigen Minuten sein Sakko ausgezogen und über die benachbarte Stuhllehne gelegt hatte, lässig aber sorgfältig. Er trägt ein weißes Hemd, bei dem der obere Knopf geöffnet und der Schlips etwas gelockert ist. Ich kenne das. So erleichtere ich mir auch oft das Leben, wenn mir zu warm ist. Sein Gesicht ist von einem Bart umrahmt, aber nicht so ein krauser, wie ich einen trage. Seiner ist sehr kurz und hat einen scharf rasierten Rand. Wahrscheinlich ist er von einem Friseur so geschnitten worden. Ich mache das immer selber. Seine Brillengläser sind von einem feinen, goldfarbenen Gestell eingefasst. Neben ihm auf dem Stuhl, halb verdeckt durch das Sakko, steht eine braune Aktentasche, edles Leder, wie ich neidlos erkenne.

Wieder wendet er seinen Kopf in meine Richtung, unsicher suchend. Für einen Moment verhaken sich unsere Blicke auf der Suche nach irgendetwas und lösen sich erst, als sie nichts Gemeinsames finden. Ich kenne ihn nicht. Und er mich wohl auch nicht, sonst wäre er inzwischen sicher schon an meinen Tisch gekommen. Jemand, der mich kennt, ich ihn aber nicht, geht das? Ich überlege einen Moment, ob er mir vielleicht auf einer Tagung zugehört haben könnte, als ich einen Vortrag zu absolvieren hatte. Ja, vielleicht, das wäre möglich, aber nicht wichtig. Man trifft bei solchen Gelegenheiten so viele Leute, gibt sich die Hand, sagt ein paar freundliche Worte, und sieht sich danach nicht wieder.

Aber vielleicht gehört der Mann ja auch zu jener Sorte Menschen, die nichts dabei finden, andere Menschen direkt und ohne Hemmungen anzustarren.

Mein Smartphone signalisiert mir, dass eine sms eingetroffen ist. Fast dankbar über die Ablenkung logge ich mich ein. Eine Meldung der Airline, die mich nach Berlin bringen soll. Der Flug sei gecancelled worden, und ich solle mich am Ticketschalter der Airline melden. Ich weiß nicht, wo der ist. Unentschlossen blicke ich auf und sehe gerade noch, wie der Mann mit der edlen Ledertasche seine Sachen vom Stuhl aufnimmt und zielgerichtet in einem breiten Durchgang verschwindet. Ich will keine Zeit verschwenden, lasse meine noch halbvolle Kaffeetasse stehen und eile zum nahen Informationsschalter. Die Auskunft ist vielversprechend, der Ticketschalter sei ganz in der Nähe, keine Minute von hier. Der Weg dahin führt durch den gleichen Durchgang, den der Mann genommen hat. Nach wenigen Metern sehe ich schon das Ende einer Menschenschlange. Viele Menschen haben sich bereits eingefunden, jeweils drei oder vier nebeneinander, der Schalter selbst etwa zehn Meter davor. Nicht gerade ermutigend, wenn man eigentlich schnell nach Hause möchte. Wenn so viele Menschen betroffen sind, werden die sicherlich einige Angestellte zusätzlich abgestellt haben, denke ich. Schließlich ist ja auch eine gewisse Eile beim Abfertigen geboten.

Wie man sich doch irren kann.

Als ich mich dem Ende der Schlange nähere, erkenne ich den Mann vom Nachbartisch.

„Ach, sie auch?" sage ich impulsiv, bevor mir bewusst wird, dass wir uns ja eigentlich nicht kennen. Ich weiß ja nicht einmal, ob er deutsch versteht.

„Ja, ich auch", lächelt er und mustert mich dabei wieder auf diese intensive, suchende Art. „Wohin soll es denn gehen?"

„Nach Berlin, und sie?"

„Nach München."

Ich blicke ihn etwas verdutzt an:

„Nach München? Das heißt aber dann, dass nicht nur *ein* Flug gestrichen wurde, sondern gleich *mehrere*. Kein gutes Zeichen, finde ich."

„Ja, das sehe ich auch so", antwortet er zustimmend. Dann verstummen wir beide. Was sollten wir auch noch sagen? Uns gegenseitig bemitleiden oder ermutigen? Mir ist auch nicht nach einem ausführlichen Gespräch. Ich bin trotz des wirklich guten Kaffees noch etwas müde und eigentlich auch unlustig.

Es geht kaum voran. Plötzlich wendet sich der Mann halb zu mir herum, schaut mich direkt an, und sagt:

„Ich muss mich entschuldigen, weil ich sie schon vorher

beim Kaffee so direkt gemustert habe. Mir war so, als müssten wir uns irgendwoher kennen. Und die ganze Zeit versuche ich herauszubekommen, wo wir uns schon einmal gesehen haben könnten. Aber bisher bin ich noch keinen Schritt weitergekommen. Können sie mir vielleicht helfen?"

Erstaunt blicke ich ihn an. Ist das jetzt nur ein unverbindlicher Versuch, das kaum begonnene Gespräch nicht abreißen zu lassen, oder meint er das ernst?

Ich nicke bestätigend. „Ja, ich habe gemerkt, dass sie zu mir herüber geschaut haben, hatte aber keine Erklärung dafür. Und sie glauben wirklich, mich zu kennen?" Ich zucke mit den Schultern. „Also, wenn ich ehrlich sein soll, hat sich ein solches Gefühl bei mir eigentlich nicht eingestellt. Wahrscheinlich verwechseln sie mich", antworte ich und füge, vielleicht etwas zu sehr in dem Bemühen, meinen Humor zur Geltung zu bringen, hinzu: „Ich habe immer gehofft, dass ich so einmalig bin, dass ich zumindest nicht verwechselt werden kann."

Der Mann grinst.

„Ja, vielleicht haben sie recht. Andererseits habe ich ein sehr ausgeprägtes, visuelles Gedächtnis. Namen von Personen oder Ortschaften, Musikstücken und ähnliches, vergesse ich meistens relativ schnell. Aber die Gesichter von Menschen bleiben sehr lange in meinem Gedächtnis haften."

„Ich verstehe", sage ich, „aber Gesichter verändern sich leider auch mit der Zeit. Die Haut bekommt Falten, das Haar verändert seine Farbe und auch der Blick verändert sich, ist nicht mehr so unbefangen wie in der Jugend."

Der Mann nickt.

„Das ist wohl wahr. Andererseits, ich weiß nicht, ob sie das auch schon mal festgestellt haben: Es gibt bei manchen Menschen so besondere Gesichtszüge, um den Mund oder die Augen herum, die für einen Menschen prägend sein können. Ich weiß nicht, wie ich sie beschreiben sollte. Jedenfalls ändern sie sich im Laufe der Jahre kaum, oder doch nur wenig. Vielleicht sind sie ja so einer. Ja, vielleicht erkenne ich heute noch bestimmte, charakteristische Züge in ihrem Gesicht wieder, die ich schon vor langem interessant fand."

Ich blicke ihn verblüfft an.

„Das ist wirklich eine umwerfende These. Leider hilft sie ihnen aber so lange nicht weiter, wie sie diese Gesichtsmerkmale nicht auch einem bestimmten Namen zuordnen können."

Der Mann schaut mich fast traurig an.

„Wie recht sie haben. Mein immer wiederkehrendes Problem."

Dann blickt er wieder nach vorne. Wir sind bisher gerade mal einen knappen Meter vorangekommen. Dafür hat sich hinter uns die Länge der Schlange fast verdoppelt. Schließlich sagt er:

„Bei dem rasanten Tempo der Abfertigung werden wir wahrscheinlich wohl noch eine ganze Zeit zusammen ausharren müssen. Vielleicht können wir die Zeit nutzen, um herauszufinden, ob sich unsere Wege nicht doch schon einmal gekreuzt haben. Natürlich nur, wenn es auch ihnen nichts ausmacht. Schließlich ist es meine Neugier, die befriedigt werden soll."

Ich überlege einen Moment.

„Und wie haben sie sich das gedacht? Ich meine, soll jetzt jeder dem anderen seine Lebensgeschichte erzählen? Einem völlig fremden Menschen. Also...", ich blicke auf die Schar von Menschen vor uns, „.....selbst wenn es weiterhin so langsam vorangeht, wie bisher, dann würde die Zeit nicht mal ausreichen, wenn ich damit anfinge."

Ich grinse ein wenig und füge hinzu:

„Man sieht es mir vielleicht nicht an, aber ich habe ein bewegtes Leben hinter mir."

Der Mann lächelt breit.

„Sie wirken aber auf mich sehr vertrauenswürdig. Da könnten wir doch die wenigen dunklen Flecken in unserer Vergangenheit eigentlich auslassen, oder? Nein, aber ernsthaft. Ich glaube, das müssten wir systematischer angehen, zielorientierter, wie man heutzutage sagt."

Er überlegt einen Augenblick und macht dann einen Vorschlag:

„Vielleicht sollten wir einfach mal damit anfangen, uns vorzustellen. Ich heiße Wolfgang Grabert."

„Peter Köster."

Ich blicke ihn erwartungsvoll an:

„Und? Macht es klick? Also, wenn sie mich fragen, bei mir nicht die Spur."

Grabert legt seine Hand ans Kinn. Grübelnd senkt er für einen Moment den Blick. Dann hebt er den Kopf wieder an.

„Ja und nein. Gehört habe ich den Namen schon mal. Aber ich weiß nicht, wann und wo."

„Sehen sie, dabei sagt man, dass im Alter das Gedächtnis für weit zurückliegende Ereignisse immer noch gut funktionieren soll. Aber das sind wohl doch nur Sprüche, um einem die Angst vorm Altern zu nehmen."

Ich bin relativ zufrieden und beruhigt. Der Mann macht wirklich einen sehr sympathischen Eindruck auf mich, aber eine Verbindung zwischen ihm und mir erkenne ich nicht. Eigentlich bin ich auch nicht scharf darauf, dieses Ratespiel noch weiter auszudehnen. Ich fühle mich immer noch etwas schlapp, der wirklich gute Kaffee hat daran nichts geändert. Andererseits, nun haben wir uns schon mal bekannt gemacht, da könnte man sich ja ruhig auch mit solchen Spielchen die Zeit vertreiben. Wer weiß, was da alles so ans Tageslicht käme, Dinge, über die man vielleicht ein bisschen philosophieren könnte.

Dass die umstehenden Leute uns zuhören können, stört mich nicht. Es geht ja nicht um Geheimnisse.

„Vielleicht sollten wir mögliche Kreuzungspunkte in unserem Leben einfach mal weiter einkreisen. Vielleicht führt das zu einem Ergebnis", schlage ich vor. „Zum Beispiel der Wohnort. Ich zum Beispiel wohne in Berlin. Und sie?"

„In einem kleinen Ort am Bodensee. Deswegen mein Flug nach München", antwortet Grabert und fügt dann, nach kurzem Grübeln hinzu:

„Aber ich fürchte, Herr Köster, das bringt nichts. Unsere

heutigen Lebensbedingungen sind doch komplett andere als früher. Wir müssen weiter zurückgehen. Lassen sie uns doch lieber unsere Kindheit, oder auch Schulzeit, betrachten. Vielleicht haben wir ja zusammen im Sandkasten gespielt, natürlich noch ohne Bart."

Er verzieht sein Gesicht zu einem Lächeln, und aus seiner Brust hört man den Anflug eines unterdrückten Lachens. Fast hätte ich eingestimmt.

„Gute Idee. Fangen wir gleich an. Ich bin in Lippe aufgewachsen und in die Schule gegangen."

Ich blicke ihn fragend an: „Lippe, am Teutoburger Wald. Irgendwie ein Begriff für sie?"

Grabert spielt den Empörten:

„Teutoburger Wald, natürlich, Hermann, die Schlacht im Teutoburger Wald im Jahre 9. Einmal gelernt und immer noch parat. Wahrscheinlich eine schöne Gegend, aber leider bin ich nie dort gewesen. Also scheidet die Kindheit damit aus. Schade.

Ja, und ich? Ich bin in der Nähe von Merseburg aufgewachsen. Aber, das ist jetzt ja ohne Bedeutung. Trotzdem.....''; für einen Moment hält er inne, „...trotzdem geht mir der Name Peter Köster nicht aus dem Kopf. Ich bin sicher, irgendwo in meinem Gedächtnis ist der abgespeichert, aber wie kann ich den Weg dahin aktivieren? Mir fehlt einfach die Brücke dahin." Er wirkt ehrlich verzweifelt.

Die ehemals geordnete Warteschlange hat sich mittlerweile verbreitert. Einzelne Männer und Frauen versuchen sich unauffällig seitlich einzugliedern. Sie nähern sich langsam, erheben sich auf die Zehenspitzen, tun zunächst so, als hielten sie nur Ausschau nach Bekannten. Dann aber, mit einem frech zur Schau gestellten Selbstverständnis bleiben sie stehen, als sei das von je her ihr angestammter Platz.

„Wir müssen sehen, dass wir unsere Stellung verteidigen, sonst schaffen wir es heute nicht mehr bis zum Schalter", sage ich und rücke meine auf dem Boden stehende Reisetasche demonstrativ einen halben Meter weiter.

Wolfgang Grabert macht es mir nach und stellt seine Edelledertasche neben meine Reisetasche. Der unverkennbare Qualitätsunterschied schmerzt mich ein wenig. Er streckt seinen Körper, stellt sich seinerseits auf die Fußspitzen und blickt prüfend über die vor uns stehenden Menschen nach vorne.

„Wenn sie vielleicht mit auf meine Tasche aufpassen würden. Ich gehe mal nach vorne. Vielleicht kann ich irgendwelche nützliche Informationen aufschnappen."

Ich nicke, und er macht sich auf den Weg zum Schalter. Ich kann sehen, wie er energisch und selbstbewusst versucht, in die unmittelbare Nähe des Ticketschalters zu gelangen. Aber die Menge vor ihm hat schon eine undurchdringliche Mauer gebildet. Kein noch so verständliches Ersuchen hätte die Menschen bewegt, ihn vorbei zu lassen. Auch das übliche 'Ich habe nur eine kleine Frage' würde niemanden bewegen, seine gute Position zu räumen.

Nach einigen Minuten kehrt er zurück.

„Nichts zu machen", erklärt er. „Der Schalter ist wie verbarrikadiert. Eine weiter vorne stehende Frau wusste aber, dass man versucht, für die Passagiere Hotelzimmer in Brüssel zu bekommen. Flüge soll es erst morgen geben. Da bin ich ja mal gespannt, was man uns anbieten wird. Falls wir den Schalter jemals erreichen", fügt er entnervt hinzu.

Und schon ruht sein Blick wieder auf meinem Gesicht, nachdenklich.

„Peter Köster also, der bekannte, und doch so geheimnisvolle, unbekannte Mann aus längst vergangenen Tagen."

Dass sein Bemühen, zwischen meinem Gesicht und meinem Namen eine Verbindung zu bestimmten Ereignissen in seiner Vergangenheit herzustellen, bisher keinen Erfolg hatte, scheint ihm völlig unverständlich zu sein. Offenbar war er von seinen Fähigkeiten bisher so überzeugt gewesen, dass ihn sein Versagen regelrecht erschüttert.

Für eine Weile steht er neben mir und starrt nachdenklich vor sich hin, bevor er sich mir wieder zuwendet:

„Entschuldigen sie meine Abwesenheit", sagt er, „aber ich habe eigentlich morgen Vormittag einen wichtigen Gesprächstermin in unserer Geschäftsleitung. Wenn die Frau recht hat, und wir nun heute hier wirklich nicht mehr wegkommen, dann platzt der natürlich. Ich muss mich jetzt entscheiden: Entweder muss ich ihn verschieben, oder meinen Stellvertreter bitten, ihn wahrzunehmen." Fast schon verzweifelt wiegt er seinen Kopf hin und her, „Eigentlich wollte ich das ja unbedingt selbst machen. Es hängt einfach zu viel vom Ergebnis der Besprechung ab. Aber mal sehen, wie ich das hinkriege. Auf jeden Fall muss ich dann, wenn wir hier durch sind, und wissen, wie es weitergeht, sofort mal telefonieren."

Nervös streicht er sich mit einer Hand durchs Haar. Sein Blick ist gedankenverloren vor sich auf den Boden gerichtet. Ich vermute, dass er verschiedene Auswege aus seinem Dilemma gegeneinander abwägt. Aber dann wendet er sich entschlossen wieder mir zu:

„Herr Köster, wo waren wir stehen geblieben? Bei der Schulzeit, nicht wahr, die Schulzeit, die uns leider keine Aufklärung über unsere gemeinsame Vergangenheit geben kann. Sie im Westen, ich im Osten, das schließt sich ja sofort aus. Übrigens, nur der Vollständigkeit halber gefragt. Sie haben ihren Abschluss doch sicher im Westen gemacht? Auf dem Gymnasium nehme ich an? Ich meine, so den üblichen Weg: Grundschule, dann nach der vierten Klasse aufs Gymnasium, und Abitur nach dreizehn Jahren. Ähnlich wie heute. Ich kenne mich da zwar nicht so genau aus, da der Weg zum Abitur in der DDR ja anders strukturiert war.. Aber meine Jüngste ist auf dem Gymnasium. Da habe ich wenigstens in Ansätzen mitgekriegt, wie das heute so läuft."

Sichtlich am Thema interessiert blickt er mich fragend an.

Na bitte, immer dann, wenn man auf die Vergangenheit zu sprechen kommt, muss ich etwas erklären: Dass bei mir alles ganz anders war, dass ich erst mit neunzehn aus dem Westen zugewandert bin, und erst in der DDR mein Abitur gemacht habe. Ergeben beginne ich meine Erklärung:

„Nein, so war es nicht. Ich habe im Westen nur die Mittlere Reife gemacht, habe drei Jahre als Büro-Angestellter gearbeitet und bin dann aus familiären Gründen in die DDR übergesiedelt."

Etwas befremdet blickt mich Grabert an.

„Wie das? Mit ihren Eltern? So wie Angela Merkel oder Wolf Biermann?"

Genervt winke ich ab:

„Nein, nein, ganz anders. Aber das ist jetzt nicht wichtig. Vielleicht haben wir später noch Zeit, dann erzähle ich das alles mal genauer. Nein, was ich damit sagen wollte war nur, dass ich erst in der DDR mein Abitur gemacht habe."

Grabert blickt mich interessiert an.

„Und das ging so einfach? Das wundert mich jetzt aber. Ich meine, sie kommen aus dem Westen, um dann sogleich in der DDR zum Abitur zugelassen zu werden. Wirklich sehr merkwürdig, denn normalerweise war das nicht so einfach. Da gab es doch bestimmte Bedingungen, die man erfüllen musste, und feste Quoten."

Ich sehe das Misstrauen in seinen Augen. Dieses Misstrauen wundert mich nicht. Ich kenne das noch von meinem ersten Jahr in der DDR. Alle, die auf irgendwelchen Wegen erfahren hatten, dass ich freiwillig aus dem Westen gekommen war, hatten mich so angeschaut: Erst ungläubig und dann misstrauisch. War der Köster nur dumm oder steckte mehr dahinter? So lange das nicht geklärt war, sollte man mit ihm erst mal etwas vorsichtig umgehen. So, oder doch ähnlich, mögen sie gedacht haben. Und, so oder ähnlich, mag jetzt wohl auch der Herr Grabert denken.

Dabei hatten damals wirklich nur eine Reihe von Zufällen mir diesen Abiturplatz verschafft, drei Jahre nach meiner unspektakulären Ernennung zum DDR-Bürger. Aber Grabert wollte es sicher genauer wissen:

„Ehrlich gesagt, weiß ich das alles nicht mehr so genau. Schwer oder leicht, meine Frau hat jedenfalls auch ihr Abitur machen können. Nein, bei mir war es so, dass ich schon einige Jahre gearbeitet hatte. Dann las ich im 'Neuen

Deutschland"[1] eine Annonce der Arbeiter-und-Bauern-Fakultät[2] in Halle. Ich weiß nicht, ob sie sich daran noch erinnern können? Das war so eine Einrichtung, da konnten jugendliche Erwachsene das Abitur nachmachen. Heute sagt man wohl 'zweiter Bildungsweg' dazu. Jedenfalls suchte diese ABF[2] Studenten: Das Angebot lautete: In zwei Jahren zum Abitur. Ich habe mich dort beworben, und wurde angenommen. Zwei Jahre später habe ich dann dort mein Abitur gemacht. Ja, so war es, eigentlich ganz einfach."

Irritiert registriere ich, wie sich während meiner Erklärung auf dem Gesicht von Grabert ein breites, heiteres Lächeln ausgebreitet hatte.

„Frank'sche Stiftungen, ABF I, Direktor Genosse Betge?" fragt er, nein, erklärt er jetzt.

„Ja, wieso? Kennen sie die?" frage ich meinerseits erstaunt.

Aber Grabert antwortet nicht. Unvermittelt macht er zwei schnelle Schritte auf mich zu und umarmt mich so herzlich, als sei ich ein nach langer Zeit wiedergefundener Bruder. Die um uns stehenden Leute weichen erschrocken einen Schritt zurück.

„Du kannst wieder Wolfgang zu mir sagen, wie früher." Er strahlt. „Ich habe es doch gewusst." Seine Befriedigung steht ihm deutlich im Gesicht.

Der lange Flug und die Müdigkeit müssen eine Art Begriffsstutzigkeit bei mir erzeugt haben, denn so richtig habe ich die Zusammenhänge immer noch nicht begriffen.

„Sie, also du, warst auch auf der ABF?" frage ich noch etwas verwirrt, obwohl die Antwort schon klar. Musste ja so sein, sonst würde er sich nicht so dramatisch freuen können.

„Na, Mensch Peter, erinnerst du dich nicht mehr an mich?" bricht es jetzt aus ihm heraus, „Jugendfreund Wolfgang Grabert, Seminargruppe AN11, FDJ[3]-Sekretär. Und Peter Köster, Seminargruppe BN11, ebenfalls FDJ-Sekretär. Jetzt ist bei mir alles wieder da. Wir mussten doch immer gemeinsam zum Befehlsempfang antreten."

Die Nennung der Begriffe 'FDJ-Sekretär' und

'Befehlsempfang' sind mir angesichts der Menschen, die um uns herumstehen und zwangsweise zuhören müssen, unangenehm. Möglicherweise verstehen ja einige von ihnen auch deutsch.

Alles was Wolfgang Grabert gesagt hatte stimmt. Langsam lichtet sich der Schleier auch bei mir ein wenig. Wolfgang Grabert, schwarze Haare (damals), kein Bart (damals) und damals auch noch nicht im Besitz einer so edlen Ledertasche.

Aber sonst? Mein Gedächtnis arbeitet, müht sich verzweifelt, irgendwelche Einzelheiten ans Licht zu holen. Es ist peinlich. Für den Moment ist es mir einfach nicht möglich, ihm mit einer Anekdote oder einem besonderen, gemeinsamen Erlebnis entgegenzukommen. Bis auf die Bestätigung, dass es Wolfgang Grabert in meiner Vergangenheit wirklich gegeben hatte, kommt spontan nichts. Keine Erinnerung, was er damals für ein Mensch gewesen war, vielleicht ein Kumpel, oder doch eher ein Eiferer. War er vielleicht damals schon in der Partei gewesen? Das wäre eine hilfreiche Information, denn von den noch jungen Studenten waren erst wenige Parteimitglieder gewesen.

Waren wir vielleicht, zumindest für die Zeit des Studiums, sogar auf Grund unserer Funktion befreundet gewesen? Nein, befreundet eher wohl nicht, denn daran würde ich mich bestimmt erinnern. Glaube ich wenigstens, denn wären wir wirklich enger befreundet gewesen, dann hätten wir wahrscheinlich nach dem Abi Kontakt gehalten. Aber mit wie vielen meiner Mitstudenten von damals habe ich denn heute noch Kontakt? Ein beklemmender Gedanke.

Während der Sekunden meiner Erinnerungsarbeit blickt mich Wolfgang Grabert erwartungsvoll an. Er erwartet offenbar von mir einen enthusiastischen, freudigen Aufschrei. Und so fasse ich ihn gerührt, und das bin ich wirklich, an beide Schultern und ziehe ihn leicht zu mir heran.

„Mensch, Wolfgang!"

Eine erneute Umarmung vermeide ich jedoch. Eine solche Geste unter erwachsenen Männern bedarf einer festen Grundlage, einer echten Freundschaft Und die müssen wir nun erst wieder erschaffen.

„Welch ein Super-Zufall, ich kann es immer noch nicht fassen. Und keinen Champagner zur Hand."

Wolfgang lächelt zufrieden.

„Habe ich es dir nicht gesagt? Mein Gedächtnis für Gesichter ist unübertroffen."

„Ein Glück, denn sonst wären wir unerkannt aneinander vorbei gelaufen", bestätige ich.

Wieder blicke ich ihm ins Gesicht, denke mir seinen Bart weg, und versuche nun ebenfalls, irgendetwas Vertrautes darin zu finden, ein besonderes Merkmal, eine Falte vielleicht oder eine Narbe. Oder vielleicht einen besonderen Ausdruck in seinen Augen. Meine Augen scannen förmlich sein Gesicht, aber insgeheim bin ich noch etwas enttäuscht. Offensichtlich sind mir Wolfgangs Fähigkeiten nicht gegeben. Ja, in der Parallelgruppe hieß der FDJ-Sekretär Wolfgang Grabert, daran erinnere ich mich jetzt wirklich wieder. Aber zu gerne würde ich mich auch daran erinnern, wie der gesprochen hatte, wie sich bewegt. War er laut, lärmend vielleicht, ein Spaßvogel sogar oder eher ein ruhiger, ernsthafter Typ. Ich weiß es einfach noch nicht und hätte mich doch so gerne genauso gefreut wie Wolfgang.

Wir hatten inzwischen einen weiteren Meter gewonnen, aber in einem beunruhigend gemächlichen Tempo. Wenn ich nach vorne sehe, dann war ein Meter nicht viel. Außerdem versuchen weiterhin Passagiere, sich unter allen möglichen Vorwänden vorzudrängen. Nicht alle verstehe ich. Aber um ihr Begehren zu erkennen, bedarf es keiner Sprachkenntnisse. Es sind Gründe, die wahrscheinlich jeder hätte vorbringen können. Man will nach Hause, oder in den wohlverdienten Urlaub fahren, oder muss noch einen dienstlichen Termin schaffen. Es gibt ebenso viele Gründe wie Menschen. Aber allen mangelt es in gleicher Weise an Flügen. Da keine Flugzeuge fliegen, gibt es auch keine reale

Begründung, vorgelassen zu werden.

Wolfgang hat inzwischen sein Smartphone aus der Ledertasche genommen, das neueste Modell von Apple, wie ich durch einen Seitenblick feststelle.

„Peter, halt ja die Stelle. Ich will nur mal schnell zu Hause anrufen und Bescheid sagen, was hier los ist. Weißt du, ich hatte mit meiner Frau abgesprochen, dass sie mich in München vom Flughafen abholt. Die Verkehrs-Verbindung zu unserem Dorf ist nicht sehr gut", fügt er erklärend hinzu.

„Und dann muss ich unbedingt noch meine Geschäftsleitung informieren, wegen der Sitzung morgen. Das darf ich auf keinen Fall vergessen."

Seine Tasche lässt er zurück. Ich überlege, ob ich meinerseits Jutta über die zu erwartende Verspätung informieren sollte. Wir hatten abgemacht, dass ich mir von Tegel aus ein Taxi nähme. Aber nun konnte ich ja zur abgemachten Zeit nicht zu Hause sein. Ohne Informationen würde sie das sicher beunruhigen. Aber ich beschließe, noch etwas zu warten. Irgendwann würden wir ja einen Ausweichflug zugewiesen bekommen. Schließlich musste die Airline ja etwas arrangieren. Sonst wären Entschädigungszahlungen für den Flugausfall fällig.

Als Wolfgang sich nach wenigen Minuten wieder einreiht, waren wir kaum vorangekommen

„Na, zu Hause alles klar?" frage ich der Vollständigkeit halber.

„Ja, es war gut, dass ich angerufen habe. Karin, das ist meine Frau, wollte schon los, weil sie in München noch was besorgen wollte. Weißt du, sie kommt nicht so oft nach München. Und wenn es dann so einen Anlass gibt, wie meine Rückkehr, dann nutzt sie die Gelegenheit, sich dort nach neuen Klamotten umzusehen. Alleine, denn für mich wäre das nichts, wenn ich da mitlaufen müsste. Sie hat ohnehin einen anderen Geschmack als ich. Da würde ich doch nur stören."

„Und die Besprechung deiner Geschäftsleitung? Verschoben, oder ohne dich?"

„Verschoben. Es ist zu wichtig. Ich muss selbst dabei sein."

## 2. *ABF*

Peter Köster war bereits am frühen Morgen von Benzlau aus zu einem Bewerbungsgespräch an die ABF nach Halle gefahren, das am nächsten Vormittag stattfinden sollte. Er war in der naiven Erwartung losgefahren, dort ohne größere Probleme für eine Nacht ein Hotelzimmer zu bekommen. Er kannte weder Halle, noch wusste er, dass auch freie Hotelzimmer zu den Dingen gehörten, die in der DDR gemeinhin als Mangelware bezeichnet wurden. Seine Hoffnung, bereits in der Nähe des Bahnhofs eine geeignete, das heißt vor allen Dingen billige, Unterkunft zu finden, schlug jedoch fehl, da es dort weder ein Hotel noch eine Zimmervermittlung gab. Noch hatte er jedoch Hoffnung. Die Straße vom Bahnhof zum Marktplatz schien belebt und vielversprechend. In einer kleinen Pension mit etwas herunter gekommenem Äußeren bot ihm der Hausmeister auf seine Frage hin die freie Hälfte eines Doppelbettes an. Die Hälfte eines Doppelbettes – eine Zumutung, die er natürlich empört ablehnte. Etwa hundert Meter stadteinwärts hatte er das Leuchtschild eines Hotels entdeckt, das einen angenehm soliden Eindruck machte. Fünf Minuten später stand er an der Rezeption. Seine Frage nach einem freien Zimmer führte bei der Dame an der Rezeption zu einem Heiterkeitsausbruch, den er nicht gleich verstand.

„Junger Mann, wissen sie, dass wir seit Wochen ausgebucht sind? Wenn sie bei uns ein Zimmer haben wollen, dann müssen sie das mindestens vier Wochen vorher bestellen. Da können sie doch nicht einfach hier so aufkreuzen und sofort ein Zimmer verlangen. Wir kämpfen im sozialistischen Wettbewerb um eine hundertprozentige Auslastung unseres Objektes, und die erreicht man nicht, indem man die Zimmer bis zum Abend für allein reisende

Männer aufhebt."

In ihrem Gesicht spiegelte sich der blanke Vorwurf wider, den er verstanden hätte, wenn er in der DDR schon öfter in einem Hotel abgestiegen wäre. Aber dieses sollte sein erstes Mal werden.

Die Dame hatte sich schnell wieder beruhigt und sah ihn nun etwas mitleidig an.

„Sie sind nicht von hier, was?"

„Natürlich nicht, sonst würde ich ja kein Zimmer suchen", antwortete er verwundert.

„Ja klar, aber ihr Dialekt klingt irgendwie sehr fremd."

„Aber ich spreche doch gar keinen Dialekt", antwortete er entschieden, obwohl er natürlich wusste, dass sie seinen noch nicht ganz abgelegten westfälischen Sprachklang unbekümmert als Dialekt eingestuft hatte.

Vor der Tür entschied er, dass seine Chancen, woanders erfolgreich zu werden, die Null nicht überschritten. Am nächsten Morgen sollte er sich um zehn Uhr beim Direktor der ABF zu einem Gespräch einfinden, das über seine Eignung entscheiden sollte, ab dem Herbst ein ABF-Student zu werden. Er wusste nicht, was man ihn fragen würde, ob es fachliche oder mehr politische Fragen sein würden. Aber er wusste, dass er unbedingt ausgeschlafen sein musste, um für dieses Gespräch einen klaren Kopf zu haben. Auch der äußere Eindruck würde wohl wichtig sein.

Also zurück zur Pension. Der Hausmeister grinste, als er ihn in schnellen Schritten heran eilen sah.

„Also doch die zweite Hälfte vom Ehebett, oder?"

Es war keine echte Frage, und Peter nickte nur ergeben.

Das Zimmer war einfach möbliert und sauber. Misstrauisch blickte er auf das Doppelbett.

Der Mann nahm seinen Personalausweis und erklärte ihm die Formalitäten. Wenn er wolle, könne er am nächsten Morgen auch ein Frühstück haben. Die zweite Hälfte vom Bett habe ein Monteur gebucht, der erst spät am Abend anreisen würde. Der Gedanke behagte Peter Köster nicht, und in seiner Phantasie sah er sich schon als Opfer eines sexuellen Übergriffs. Zwar hatte er in seinem früheren Leben auf Wochenendfahrten der Pfadfinder häufig in Jugendherbergen übernachtet. Aber immer hatte er dort ein eigenes Bett gehabt. Auch wenn die Kapazitäten erschöpft waren, war ihm dort nie zugemutet worden, mit einem fremden Mann in einem Doppelbett zu schlafen. Aber, wer die Wahl nicht hat, hat die Qual trotzdem.

Ihm fiel wieder ein, dass dieses nun seine erste Übernachtung in einem Hotel sein würde, auch wenn ihm die Bezeichnung 'Hotel' etwas hochstaplerisch erschien. Jugendherbergen, ja, damit war er vertraut. Demgegenüber kannte er Hotels nur aus Filmen, und im Vergleich damit war diese Pension doch eher ärmlich. Eigentlich konnte sie nicht einmal als bessere Jugendherberge durchgehen.

Er stellte seine Reisetasche im Zimmer ab, hinterließ dem Portier den Zimmerschlüssel und wandte sich dem Stadtzentrum zu. Es galt den Standort der ABF zu finden, damit er am nächsten Morgen keine Zeit verlieren würde. Und, nach mehreren Befragungen von Passanten, stand er schließlich auch vor einem hufeisenförmigen Gebäude. Es sah ordentlich aus, architektonisch scheinbar ein Nachkriegsbau, und war in gutem Zustand, was man von den alten, zweistöckigen Gebäuden gegenüber nicht gerade behaupten konnte. Neben dem Eingang las er auf einem Schild, dass es sich tatsächlich um das Gebäude der Arbeiter- und-Bauern-Fakultät I „Walter Ulbricht" handelte. Er kannte sich eigentlich mit der inneren Struktur von Universitäten überhaupt nicht aus. Vielleicht war ihm deshalb die Bezeichnung 'Fakultät' für die Schule, an der er vielleicht sein Abitur nachholen konnte, sehr angenehm. Alleine vom Wortklang her hatte sie für ihn etwas Erhebendes. Nach seinem bisherigen, eher mangelhaften, Verständnis, musste man an einer Fakultät eigentlich ein richtiges akademisches Fach studieren, Mathematik oder Medizin, oder ähnliches. Fakultät war für ihn an sich schon der Inbegriff von höherer Bildung. Aber hier an dieser Tür, die er hoffte im Herbst durchschreiten zu dürfen, um für sein Abitur lernen zu können, stand es ganz deutlich: Es war eine richtige Fakultät, und diese Fakultät gehörte sogar zur Universität. Wenn er es also am nächsten Vormittag schaffen würde, fachlich und politisch einen guten Eindruck zu machen, so dass man ihn hier aufnähme, dann würde er bereits ein Universitätsstudent sein. Dieser Gedanke erzeugte bei ihm eine Gänsehaut, und auf eine merkwürdige Art und Weise war ihm für einen kurzen Moment so, als habe er den ersten Schritt in sein akademisches Leben damit schon getan. Und am liebsten hätte er das Aufnahmegespräch gleich, in der nächsten Stunde, hinter sich gebracht, denn dass er es erfolgreich bestehen würde, dessen war er sich in diesem Moment für einige, glückliche Sekunden gewiss. Danach überrollte ihn sofort die ebenso schnelle Ernüchterung. Natürlich, Phantasie und eine starke Vorstellungskraft konnten manchmal hilfreich sein, aber davor kam doch die Auseinandersetzung mit der Realität. Was aber schließlich von diesem kurzen, wunderbaren Blick in eine noch ungewisse Zukunft blieb war der Ansporn, am nächsten Vormittag vor der Kommission unbedingt genau die Vorstellung zu erzeugen, die ihm diese Tür, vor der er jetzt stand, öffnen würde.

Der Monteur kam wirklich erst sehr spät. Peter lag bereits auf seiner Seite des Ehebettes, eng am Bettrand, und stellte sich schlafend. Er hörte, wie der Mann sich auszog und sich ohne weitere Verzögerungen in die zweite Betthälfte legte. Kurze Zeit später zeugte sein regelmäßiges Atmen davon, dass er eingeschlafen war. Peters innere Spannung legte sich langsam, dann schlief er ein, und als er am nächsten Morgen aufwachte, war sein Bettkollege bereits wieder verschwunden.

In einem kleinen, engen Aufenthaltsraum stand schon sein Frühstück bereit. Der Portier brachte ein Kännchen Kaffee und fragte geschäftsmäßig:

„Na, war alles in Ordnung?"

Peter bejahte und widmete sich schweigend seinem Frühstück. Die Nacht hatte er abgehakt, jetzt dachte er nur noch an das kommende Gespräch. Das Frühstück und der erstaunlich gute Kaffee hatten ihm im wahrsten Sinne des Wortes einen klaren Kopf und damit Selbstvertrauen verschafft. Und da es ohnehin nicht seine Art war, vor wichtigen Entscheidungen darüber nachzudenken, was eventuell alles schiefgehen könnte, fühlte er sich jetzt gut vorbereitet.

Das Zimmer des Direktors war sympathisch schlicht eingerichtet: Schreibtisch, nicht zu groß, ein Aktenschrank, ein Konferenztisch mit Stühlen, an der Wand das obligate Walter-Ulbricht-Bild. An einem mittelgroßen Konferenztisch saßen drei Männer. Vor jedem lag ein Stapel dünner Ordner.

Der ältere der Männer, er hatte bereits graue Haare, stand bei Peters Eintritt auf und kam ihm entgegen.

„Jugendfreund Köster, wie ich vermute."

Das 'Jugendfreund' war irgendwie ungewohnt. Bei der Arbeit wurde man mit 'Kollege' und Namen angesprochen. Aber warum nicht auch 'Jugendfreund'. Ihm war das egal.

Der Mann stellte die beiden anderen am Tisch mit Namen vor, Genossen und Dozenten der Fakultät alle beide, und dann sich selbst als den Direktor der ABF. Sein Name sei Betge, auch Genosse, wie er wie selbstverständlich betonte.

Peter durfte sich mit an den Tisch setzen und wurde sogleich aufmerksam gemustert. Genosse Betge öffnete einen der Ordner, warf einen orientierenden Blick auf die erste Seite, und wandte sich dann Peter zu:

„Jugendfreund Köster, sie möchten also Student der Arbeiter-und Bauern-Fakultät werden, um ihr Abitur zu machen und dann zu studieren?"

Eine Feststellung, keine Frage. Deshalb nickte Peter nur und beließ es bei einem kurzen: „Ja".

„Kennen sie die Voraussetzung für die Aufnahme?"

„Nur das, was in der Annonce im Neuen Deutschland stand. Ich nehme an, dass man vor allen Dingen wohl gute Zensuren haben sollte", antwortete Peter.

„Das ist natürlich richtig", antwortete Genosse Betge. „Gute Schulleistungen sind eine sehr wichtige, wenn auch nicht die einzige, Voraussetzung, die ein Bewerber für die Aufnahme an unsere ABF erfüllen sollte. Und schauen wir gleich mal auf ihr Abschlusszeugnis der 10. Klasse, das sie ja mit eingereicht haben." Er blätterte in der schmalen Akte, die wahrscheinlich Peters Bewerbungsunterlagen enthielt, las kurz und sagte dann anerkennend:

„Ja, das muss man sagen, ihre Zensuren sind wirklich sehr ordentlich. Sehr selten, dass wir so ein Zeugnis zu sehen bekommen."

Er reichte das Zeugnis an seine beiden Kollegen weiter. Beide nickten bestätigend und reichten es an den Direktor zurück.

„Sie haben nur Einsen", meldete sich einer der beiden Dozenten zu Wort, „jedoch mit einer Ausnahme: Nur in Russisch haben sie *nur* eine Zwei. Wie kann ich mir das erklären? Haben sie kein Interesse für die Sprache unserer sowjetischen Freunde[4], oder was ist der Grund dafür?"

Schon wollte Betge für Peter antworten, als er aber sah, dass dieser bereits zu einer Antwort angesetzt hatte, sagte er nur mit einer leichten, auffordernden Handbewegung in dessen Richtung: „Bitte, Jugendfreund Köster", und ließ diesem den Vortritt:

„Nein, das ist nicht der Grund. Im Gegenteil, ich interessiere mich sehr für Sprachen. Aber im Westen hatte ich kein Russisch. Und deshalb war ich an der Volkshochschule gleich zu Beginn vom Russisch-Unterricht befreit worden."

„Ja, gut, aber sie haben hier im Abschlusszeugnis doch eine Zwei stehen", wunderte sich der Dozent.

„Das war eigentlich mehr so ein Zufall", antwortete Peter bereitwillig. „Irgendwann gab es mal, durch Krankheit einer Lehrerin bedingt, anstelle Deutsch plötzlich Russisch. Ich bin einfach sitzen geblieben und habe zugehört. Sprachen interessieren mich wirklich, und ich fand die Stunde irgendwie spannend. Und der Unterricht schien mir auch nicht schwer zu sein. Vielleicht war das eine leichtfertige Einschätzung. Aber sie führte dazu, dass ich dachte, ich könnte es ja mal versuchen, auch weiterhin am Unterricht teilzunehmen. Der Russisch-Lehrer war einverstanden, auch als ich zur Bedingung machte, dass er mir keine Noten geben dürfe. Ich dachte damals, dass die schlechten Noten, die ich zwangsweise erwarten musste, mir mein Abschlusszeugnis verderben würden. Aber erstaunlicherweise lief es dann doch ganz gut, so dass mich der Lehrer nach dem ersten Jahr dann gefragt hat, ob ich nicht doch regulär am Unterricht teilnehmen möchte, also mit Notenvergabe. Und das habe ich dann gemacht."

Die drei Männer blickten sich verwundert an:

„Aber, sagen sie, wie ist das möglich? Ohne Vorkenntnisse in zwei Jahren den Stoff von sechs Jahren? Sind sie wirklich so außergewöhnlich sprachbegabt?"

Peter war das peinlich, so peinlich, dass er nur mit Mühe eine Antwort fand, die nicht nach purem Eigenlob roch.

„Das weiß ich nicht. Ich selbst kann das nicht einschätzen."

Die drei Männer blickten sich erstaunt an.

„Aber wie erklären sie sich das denn sonst?"

Peter hatte in seiner Klasse mehrere Mitschüler gehabt, die ihre Abneigung gegen den Russisch-Unterricht deutlich formuliert hatten, natürlich nur hinter vorgehaltener Hand. Es waren die verschiedensten Gründe gewesen, die er gehört hatte. Da war bei manchen eine tief sitzende, allgemeine Aversion gegen die offizielle, kritiklose Bewertung der sowjetischen Gesellschaft und Politik. Der nicht ausgesprochene Zwang, zum Beispiel, Mitglied der DSF[5] werden zu müssen, wie es ihm selbst ergangen war. Einige hatten die Anwesenheit der sowjetischen Soldaten in der DDR genannt, eine Begründung, die Peter gar nicht verstand, da man diese kaum jemals zu Gesicht bekam. Eigentlich, hatte er damals gedacht, sollte der Gebrauch einer Sprache ja neutral sein. Aber offenbar belasteten die Umstände ihres Gebrauches auch ihre Akzeptanz.

Ein weiterer Grund, wahrscheinlich der wichtigste, war aber der, dass der Lehrplan realitätsfern und wirklich stinklangweilig war. Das war das Urteil einiger Mitschüler gewesen, die seit der sechsten Klasse am Russisch-Unterricht teilgenommen hatten. Und Peter stimmte diesem Urteil nach den Erfahrungen der zwei Jahre zu. Aber das konnte er hier wohl kaum so direkt sagen.

Die Dozenten blickten ihn erwartungsvoll an. Sie schienen an seiner Antwort ein ehrliches Interesse zu haben. Peter zögerte noch einen Moment, dann erwiderte er mit Bemühen um größter Zurückhaltung:

„Vielleicht ist mir das deshalb gelungen, weil ich mich wirklich dafür *interessiert habe*, für die Sowjetunion als Land und auch für die Sprache. Und ich glaube, dass man dann bessere Voraussetzungen hat, zu lernen. Ich meine, es bleibt einfach mehr hängen."

Es war eigentlich mehr ein Gestammel als eine Antwort gewesen, und er zweifelte daran, dass das eine gute Antwort gewesen war. Aber die Genossen waren offenbar mit dieser Antwort zufrieden und fragten nicht nach.

Nur der Direktor schaute ihn noch einen längeren Moment an, als versuchte er zu ergründen, wie er Peters Antwort bewerten sollte. Dann jedoch vertiefte er sich wieder in die Unterlagen.

„Wie ich hier lese, Jugendfreund Köster, sie haben es ja auch gerade schon angedeutet, sind sie vor drei Jahren aus Westdeutschland in die DDR übergesiedelt. Was war der Grund für diesen Schritt?"

„Na ja, wie ich in meinem Lebenslauf geschrieben habe, hatte ich in der DDR eine Freundin. Zu der wollte ich. Inzwischen haben wir geheiratet. Das ist eigentlich die ganze Geschichte."

„Hatten sie auch politische Gründe?" schaltete sich jetzt einer der beiden anderen Dozenten ein.

„Nein", antwortete Peter wahrheitsgemäß, sah wie der Fragenden im gleichen Moment enttäuscht die Stirne runzelte, und fügte eilig hinzu:

„Aber politische Vorbehalte irgendwelcher Art hatte ich auch nicht. Im Gegenteil fand ich es schon immer gut, dass die DDR sich dafür einsetzte, dass Frieden in der Welt herrscht und dass die Reichen nicht immer reicher werden, wie das im Westen der Fall ist. Aber ohne meine Freundin hätte ich den Schritt nicht gemacht."

Drei Jahre Leben in der DDR, davon zwei Jahre mit Volkshochschul-Unterricht, hatten ihn gelehrt, dass man eine politische Meinung haben musste, und diese bei Aufforderung auch sagen sollte. Eine falsche Meinung war natürlich nicht besonders günstig, vermittelte andererseits jedoch den Lehrern die Möglichkeit, diese durch sozialistische Überzeugungsarbeit zu ändern. Ganz schlecht war es, keine Meinung zu haben. Das verleitete die Organe, die dafür zuständig waren, darüber nachzudenken, ob sich hinter einer neutralen Meinung, also im Grunde genommen gar keiner, nicht doch vielleicht eine negative, oder gar feindliche, Haltung verbergen könnte.

Peter Köster hatte eine Meinung, nämlich die, die er gerade geäußert hatte. Und deshalb blieb er nun auch entspannt und sah dem weiteren Fortgang des Gesprächs relativ gelassen entgegen.

Betge überlegte einen Moment, und sah ihn erneut nachdenklich an. Er hatte freundliche, braune Augen und sein Gesichtsausdruck war sympathisch.

„Wissen sie, Jugendfreund Köster, ich kann mir gut vorstellen, dass das hier für sie noch alles etwas fremd ist. Drei Jahre sind ja noch keine so lange Zeit. Ich möchte deshalb noch einmal betonen, dass unsere Aufgabe als Dozentenkollektiv der ABF nicht nur darin besteht, ihnen die politisch-fachlichen Kenntnisse zu vermitteln, damit sie die Abiturprüfungen bestehen können. Wir verfolgen ein Ziel, das weit darüber hinaus geht. Wir möchten ihnen nämlich die Bedingungen bieten, sich in den zwei Jahren, die sie bei uns studieren würden, zu einem sozialistischen Studenten mit einer klaren und festen Haltung zu unserer DDR auszubilden. Verstehen sie, Jugendfreund Köster? Wir möchten, dass, wenn sie dann später an einer Universität studieren würden, sie ein sozialistisches Vorbild für die anderen Studenten sein können, und aktiv die Politik unserer Partei- und Staatsführung vertreten können, und dies auch tun."

Bei seiner Rede war Peter ganz anders geworden. Adé Studentenleben, adé Universität, adé Mathematikstudium, das war es dann wohl. All das ging ihm fast gleichzeitig durch den Kopf. Was sollte er hier noch? Er hatte sich hier beworben, weil er in zwei Jahren, so die Annonce im ND[1], sein Abitur nachholen wollte. Und ja, wenn er es gut schaffen würde, wollte er gemeinsam mit Jutta darüber beraten, ob er eventuell ein Mathe-Studium beginnen könnte. Jutta würde ein wichtiges Wörtchen mitreden müssen, Jutta, die im dritten Monat schwanger war. Aber jetzt würde sich die Sache mit dem Abitur wohl erübrigt haben. Nach den eindringlichen Worten des Direktors stellte sich ihm diese ABF jetzt als eine Art Kaderschmiede dar. Wofür genau, das war ihm nicht ganz klar geworden. Und Genosse Betge legte noch nach.

„Jugendfreund Köster, ich möchte ihnen an einem Beispiel darlegen, was wir von unseren Studenten erwarten."

Er hielt einen Moment inne und sah ihn fragend an:

„Sagt ihnen der 17.Juni 1953 etwas?"

Peter nickte. „Ja, natürlich. Ich habe darüber damals zu Hause, also ich meine, im Westen, einiges in der Zeitung gelesen, ja."

„Nun, dann wissen sie sicher, dass dieses der Versuch der Konterrevolution war, die DDR zu vernichten. Es war eine schwierige Situation für unseren Staat, sich gegen die vom RIAS aufgehetzten Konterrevolutionäre zu wehren. Auch hier in Halle war das leider erforderlich. Als hier die Meute der Konterrevolutionäre durch die Straßen von Halle zogen, da waren es vor allem die Studenten der Arbeiter-und-Bauern-Fakultät, unsere Studenten, die sich ihnen entgegengestellt und dafür gesorgt haben, dass diese Konterrevolution kläglich in sich zusammenbrach."

Die beiden anderen Genossen signalisierten bedeutungsvoll Zustimmung. Der Direktor lehnte sich in seinem Stuhl etwas zurück und blickte Peter erstaunlich friedfertig an.

„Das ist es, was ich unter einem sozialistischen Studenten verstehe. Würden sie sich eine solche Haltung zutrauen?"

Peter war sich inzwischen sicher, dass es für ihn hier nichts mehr werden würde. Von fachlichen Dingen war bis jetzt gar nicht mehr die Rede gewesen. Das vom Direktor soeben skizzierte Bild eines sozialistischen ABF-Studenten hatte sich wie eine Barriere vor ihm aufgebaut, die er auch mit guten Lernleistungen nicht würde durchbrechen können. Sein Blick auf die Universität war verstellt. Er wusste nicht mehr, was man sonst noch heute von ihm erwarten würde, was er noch tun und sagen könnte, um den Zuschlag doch noch zu bekommen. So antwortete er kurz, einfach und direkt:

„Ich kann diese Frage nicht beantworten. Wissen sie, ich war damals noch ein halbes Kind, 11 Jahre alt. Wie soll ich jetzt darüber sprechen, wie ich mich damals, wenn ich älter gewesen wäre und in Halle an der ABF Student gewesen wäre, verhalten hätte? Es sind einfach zu viele „wenn" dabei."

Betge antwortete nicht. Er blätterte noch einmal, fast schon etwas lustlos, in Peters schmaler Akte.

„Können sie uns noch einmal schildern, was ihre Eltern beruflich machen?"

Erleichtert antwortete Peter:

„Ja, mein Vater ist Tischler und meine Mutter Hausfrau. Wir sind fünf Geschwister."

Er registrierte, dass alle drei ein befriedigtes Gesicht machten, wusste aber nicht so recht, warum.

Betge sah ihn fragend an:

„Was würden sie später studieren wollen, wenn sie die ABF mit einem Abitur-Zeugnis abschließen würden?"

„Ehrlich gesagt, wenn man gerade sein 10.Klasse-Zeugnis überreicht bekommen hat, dann denkt man noch nicht ernsthaft darüber nach, was für ein Fach man irgendwann mal studieren würde, wenn man auch noch das Abitur schaffen würde. Aber da mir Mathematik und die

Naturwissenschaften am meisten Spaß machen, würde ich am liebsten wohl Mathematik, oder vielleicht auch Physik, studieren wollen."

„Warum gerade diese beiden Fächer?"

„Weil ich glaube, dass ich da gut bin. Meine Zensuren belegen das jedenfalls. Ja, und dann denke ich, dass gerade in der Physik sehr spannende Entwicklungen vor sich gehen, zum Beispiel in der Atomphysik und bei der Erforschung der Elementarteilchen."

„Das sind nun aber gerade ausgesprochene Grundlagenfächer. Würden sie auch an Problemen arbeiten, die für die Entwicklung der DDR wichtig sind, also mehr in einer Anwendung?" fragte einer der anderen Genossen.

Peter war etwas verwirrt über diese Frage und tastete sich mit seiner Antwort vorsichtig vorwärts:

„Wissen sie, ich habe da bisher keinen Widerspruch gesehen. Ich denke, Erfolge in den Grundlagenfächern nützen doch der DDR auch, entweder direkt oder doch wohl im Ansehen in der Welt. Ich habe gehört, dass es in Rossendorf bereits ein Institut für Kernphysik gibt. Das würde mich zum Beispiel interessieren. Und Anwendungen, ja, warum nicht. Aber ich denke, ich müsste erst einmal Physik studieren, um dann besser beurteilen zu können, welche Richtung in Frage kommt. Das würde ja wahrscheinlich nicht nur von mir abhängen, sondern auch von anderen Umständen, die wir jetzt noch nicht kennen können."

Erstaunlicherweise lächelten alle drei. Peter konnte das nicht einordnen, und als der Genosse Betge ihn dann bat, draußen noch einmal zu warten, war ihm klar, was danach geschehen würde: Großes Lob, dass er von Westdeutschland in die DDR gekommen sei, viel Erfolg mit seiner Familie. Aber dafür, ein ABF-Student zu werden, sei das noch nicht ausreichend.

Aber es kam anders. Peter Köster musste nicht lange warten. Als er dann wieder in das Direktorenzimmer gerufen wurde, erhoben sich die drei Genossen, als gelte es einen

Orden zu verleihen. Der Direktor kam ihm einen Schritt entgegen, reichte ihm die Hand und sagte, feierlich, als sei es wirklich eine Ordensverleihung:

„Jugendfreund Köster, wir haben uns davon überzeugt, dass es für ihre Aufnahme zum Studium an die ABF Halle-Wittenberg sehr gute fachliche und auch politische Grundlagen gibt. Wir glauben daher, dass wir mit gutem Gewissen auf eine schriftliche Aufnahmeprüfung verzichten können. Wir beglückwünschen sie dazu. Die endgültige, schriftliche Bestätigung erhalten sie dann mit der Post."

Alle drei Genossen lächelten, und nach einer kurzen Überraschungspause lächelte auch Peter. Es war wie ein Reflex, denn, was hiermit seinen Anfang nahm, hatte er in diesem Moment noch nicht voll begriffen.

**3.** Gelegentlich bewegt sich die Menschenschlange. Man hört schleifende Geräusche, wenn Reisende ihr Gepäck auf dem Boden weiter rücken. Dann gibt es hier und da eine Verdichtung in der Menge. Denn das Vorrücken des Gepäcks beruht nicht immer darauf, dass es am Ticket-Schalter vorwärts geht. Häufig ist es nicht mehr als ein Zeichen von Ungeduld.

„Was hast du denn eigentlich nach dem Abi gemacht?" frage ich Wolfgang.

„Ich habe in Ilmenau Elektrotechnik und EDV studiert", antwortet Wolfgang. „Das war mein Wunschfach von Anfang an. Du erinnerst dich doch sicher daran, dass wir schon im Bewerbungsgespräch gefragt wurden, was wir später einmal studieren wollten. Ich hatte gleich Elektrotechnik gesagt, und bin dabei geblieben. Und dadurch war dann zwei Jahre später, nach der Abi-Prüfung, auch mein Studienplatz in Ilmenau für mich reserviert. Das war doch eigentlich eine Superplanung, was? Mit zwei Jahren Vorlauf, da konnte gar nichts schiefgehen. Wenn ich das mit heute vergleiche: In vielen Studienfächern gibt es einen *numerus clausus*, und die Abiturienten wissen nicht, welche Wahl ihnen schließlich wirklich noch bleibt."

„Weißt du", über sein Gesicht geht ein befriedigendes Lächeln, „ich finde noch immer, dass das damals für uns wirklich eine Klasse Regelung war: Wir haben unsere Abi-Prüfung gemacht und hatten einen Wunsch-Studienplatz sicher. Und für den Staat ja eigentlich auch. Ja, ja, wenn sie überall so gut geplant hätten, dann.... ,...wer weiß."

Er bricht ab und schüttelt den Kopf, um seine Gedanken in die Gegenwart zurückzuholen. Dann sieht er mich mit wachem Blick an:

„Und wie war das bei dir?"

Natürlich erinnere ich mich noch daran; es war so ähnlich wie bei ihm gewesen:

„Ich hatte mir zunächst eingebildet, Mathe sei für mich das richtige. Weißt du, das war in der Schule mein Lieblingsfach und beim Hantieren mit Zahlen fühlte ich mich sicher. Also war meine erste Ansage: Mathematik. Als es dann aber im letzten Semester mit der Wahl ernst wurde, habe ich mich dann kurzfristig doch lieber für Physik entschieden. Irgendwie hatte ich die Überzeugung gewonnen, dass reine Mathematik für mich etwas zu trocken sein könnte. Physik schien mir vielseitiger zu sein. Da kann man immer auch experimentieren, Versuchsanlagen aufbauen, und so weiter. Du kennst das ja von der Elekrotechnik. Und mit Mathe hat man dabei auch genug zu tun, denk nur an die theoretischer Physik. Also ist es Physik geworden und, ehrlich gesagt, ich habe es später nie bereut."

„Und hat es an der ABF Schwierigkeiten gemacht, von Mathe zu Physik zu wechseln?" fragt Wolfgang.

„Nein, überhaupt nicht", antworte ich. „Warum auch? Mathe und Physik waren doch nie so überlaufen wie andere Richtungen, wie zum Beispiel Medizin. Ich glaube, das ist heute noch ähnlich. Irgendwie haben viele Abiturienten eine Scheu davor, sich intensiver mit Mathe und Physik zu befassen. Jedenfalls habe ich noch nie gelesen, dass es für

Mathe und Physik heute einen *numerus clausus* gibt."

Wolfgang ist mit seinen Gedanken wohl wieder im Rückwärtsgang. Während ich sprach, hatte er mich immer wieder von der Seite angesehen, dabei gelächelt und immer wieder ungläubig den Kopf geschüttelt. Mir ist der Grund für dieses Verhalten nicht ganz klar. Ob es nur seine Freude über unser unvermitteltes Aufeinandertreffen ist, oder ob er im Geheimen immer noch stolz darüber ist, nach so langer Zeit einen Kommilitonen wiedererkannt zu haben. Aber warum sollte er nicht stolz sein dürfen? *Ich* hatte ihn jedenfalls nicht erkannt. Und ohne ihn würden wir hier auch nicht gemeinsam stehen. Oder vielleicht doch? Eine reizvolle Vorstellung, hier nebeneinander stehend, stumm, gemeinsam wartend, aber nicht zu erkennen, dass man eine gemeinsame Vergangenheit an der ABF gehabt hat. Und damit die Gelegenheit zu versäumen, diese Vergangenheit neu aufleben zu lassen.

Wir verharren fast auf der Stelle. Bei diesem Tempo würden wir ja noch weitere Stunden Zeit haben, um ungestört in diesen Erinnerungen zu kramen. Auf einmal freue ich mich sogar darüber.

Plötzlich kommt Bewegung in die Reihe. Ein Mann in der Uniform der Airline kommt an der Warteschlange entlang und ruft laut:

„First class passengers. Follow me, please."

Ich reagiere nicht und blicke fragend auf Wolfgang. Der greift ohne zu zögern nach seiner Tasche und will dem Mann folgen. Er gibt mir auffordernd ein Zeichen, mich ihm anzuschließen.

Ich schüttele abwehrend den Kopf:

„Nicht für mich. Erster Klasse lässt mein Reise-Budget nicht zu."

Er zögert nur einen kurzen Moment. Dann fasst er mich an den Arm und zieht mich hinter dem Uniformierten her.

„Wir wollen doch mal sehen, ob wir nicht auch für dich etwas erreichen können", sagt er entschlossen. Ich widerspreche nicht, obwohl ich keine Vorstellung davon habe, was er wie für mich erreichen will. Für mich, einen gewöhnlichen, armen Economy-Passagier.

Die Schlange am Schalter der Business-Flieger ist deutlich kürzer, als für die Economy-Kunden. Zwei Angestellte bemühen sich eifrig, den dringenden Bedürfnissen der 'Stützen' der Fluggesellschaft nachzukommen.

„Gib mir mal dein Flugticket", fordert mich Wolfgang auf und legt es wenig später gemeinsam mit seinem Business-Ticket auf den Tisch des Schalters.

Ein prüfender Blick auf mein Ticket, und die Dame hinter dem Schalter winkt sofort energisch ab:

„Dieser Herr muss sich am anderen Schalter anstellen. Hier werden nur Business-Kunden bearbeitet."

„Das kann ich nicht akzeptieren. Dieser Herr ist mein Geschäftspartner, und wir haben uns extra hier auf dem Flughafen Brüssel zu einem dringenden, geschäftlichen Gespräch verabredet", wendet Wolfgang mit dem Selbstbewusstsein eines gewohnten Business-Fliegers energisch ein. „Diese Besprechung konnten wir jedoch wegen des gegenwärtigen Streiks hier im Flughafen nicht durchführen. Es ist unter diesen Umständen wohl nicht zu viel verlangt, wenn wir eine gemeinsame Abfertigung, z.B. eine Hotelzuweisung, von ihnen bekommen, damit wir unsere geschäftlichen Verhandlungen abhalten können."

Die Dame wirft einen misstrauischen Blick auf mich, dann auf Wolfgangs und mein Ticket, nimmt schließlich beide und verschwindet in einem Büro hinter dem Schalter. Einen Moment später kehrt sie schon zurück und wendet sich sehr zuvorkommend an Wolfgang:

„Gut, Herr Doktor Grabert, in diesem besonderen Fall werden wir sehen, was wir machen können."

Sie tippt etwas in ihren Computer, verzieht, als sie das Ergebnis sieht, ihr Gesicht, tippt erneut etwas ein, wartet, und wendet sich dann uns zu:

„Ich muss ihnen leider mitteilen, dass die letzten Flüge nach Berlin oder München bereits gestartet sind. Ich könnte ihnen aber eine gemeinsame Hotelübernachtung im Flughafen-Hotel anbieten. Zwei Zimmer natürlich, und für morgen, wahrscheinlich um 10:45, einen gemeinsam Flug nach München."

Dabei wendet sie sich entschuldigend an mich:

„Auch für morgen gibt es zur Zeit leider keine Zusagen für Direktflüge von Brüssel nach Berlin. Wenn sie den München-Flug jedoch nehmen würden, dann würde ich für sie von dort aus einen direkten Anschluss nach Berlin buchen. Wäre das eine Möglichkeit, ihr Problem zu lösen?"

Wolfgang blickt mich fragend an:

„Von mir aus ja. Und bei dir?"

„Prima", antworte ich, „dann wissen wir wenigstens, wie es weitergeht."

Während die Frau die Papiere fertig macht, blicke ich verstohlen auf Wolfgang. Während des Gesprächs hatten sich seine Haltung und sein Gesichtsausdruck deutlich verändert. Sein Körper hatte sich gestrafft und sein Gesicht hatte einen bestimmten, leicht arroganten, Ausdruck eingenommen. Jedenfalls empfinde ich das so.

Wolfgang nimmt die fertigen Hotel- und Flugpapiere an sich, kontrolliert sie, und bedankt sich dann kurz und etwas herablassend bei der Angestellten. Ich habe den Eindruck, als habe er diese Sonderbehandlung als etwas ihm selbstverständlich Zustehendes betrachtet.

„Donnerwetter", sage ich anerkennend, als er mir meine Papiere reicht, „das hast du ja gut hingekriegt."

Er blickt mich emotionslos und nüchtern an:

„Wenn du was erreichen willst, dann musst du das auch in entsprechender Weise ausdrücken. Und zwar nicht bittend, sondern du musst deine Forderung als dein selbstverständliches Recht darstellen. Sonst wird das nichts."

Als wir uns vom Schalter entfernen sehen wir, dass die Schlange vor dem Economy-Schalter inzwischen auf gut 100 m angewachsen ist .

Wolfgang hatte inzwischen sein Smartphone aus der Ledertasche genommen und wendet sich entschuldigend an mich:

„Ich will noch mal schnell zu Hause Bescheid sagen, dass ich nun doch erst morgen nach Hause kommen kann. Karin wird bestimmt wegen der ins Wasser gefallenen Shopping-Tour in München sauer sein. Aber vielleicht kann ich sie ja auf morgen vertrösten."

Er geht einige Meter beiseite. Kurz darauf sehe ich, wie er in sein Smartphone spricht. Hören kann ich nichts. Er ist zu weit weg, und von den vielen Reisenden geht ein starker Lärm aus.

Dann kehrt er zurück:

„Es war gut, dass ich angerufen habe. Karin war nicht gerade erfreut, sie hatte sich schon für die Ausfahrt nach München umgezogen. Aber als ich ihr angeboten habe, die Einkaufs-Tour auf morgen Nachmittag zu verschieben, da war sie besänftigt, Weißt du", er lächelt, „Karin ist an solche Dinge gewöhnt. Ich bin ja häufig unterwegs, meistens mit dem Flugzeug. Zwar kann man sich in der Regel darauf verlassen, dass die Flieger, anders als die Bahn, einigermaßen pünktlich sind. Aber manchmal kommen die persönlichen Pläne eben doch durcheinander."

Währenddessen hatte ich mein Smartphone aus der Reisetasche gekramt und gehe jetzt meinerseits ein paar Schritte abseits.

Jutta ist sofort am Telefon:

„Nanu, Peter, bist du schon gelandet?" fragt sie erstaunt.

„Ach wo, davon kann keine Rede sein", winke ich ab. „Ich bin noch in Brüssel. Es gibt heute keine Flüge mehr nach Berlin, und ich muss hier übernachten. Für morgen habe ich einen Flug nach München gekriegt. Von dort habe ich dann direkten Anschluss nach Berlin. Wenn alles gut läuft, bin ich gegen fünfzehn Uhr in Tegel."

„Wieso denn das? Du hattest doch ein Ticket für heute? Und ich wollte doch für heute Abend etwas Leckeres kochen."

Jutta konnte nicht wissen, was hier los ist. Und da sie immer alles ganz genau wissen will, muss ich ihr jetzt auch alles genau berichten: Vom Fluglotsen-Streik und dem ganzen Tohuwabohu, der dadurch angerichtet worden war.

„Sie haben uns den Hotel-Voucher schon gegeben", schließe ich meine Erklärung ab.

Einen kurzen Moment herrscht Ruhe, dann ihre kühle Frage:

„Wer ist, bitte schön, *uns*?"

Ich stutze, dann geht mir ein Licht auf.

„Ja, stell dir vor, Jutta, als ich mich hier vor einer halben Stunde in die Warteschlange anstelle, treffe ich doch jemanden, mit dem ich damals, in jungen Jahren, an der ABF Abitur gemacht habe. Unglaublich – nach so langer Zeit, und dann noch ausgerechnet in Brüssel."

„Männlich oder weiblich?"

„Ja natürlich", antworte ich leicht amüsiert. „Also, mein Mädchen, was dir so für Fragen einfallen. Ich bin wirklich überrascht. Aber im Ernst, es ist ein 'er' und er heißt Wolfgang Grabert, ein Mitstudent aus der Parallel-Seminargruppe. Der will nach München. Aber nach München geht unter den Streikbedingungen natürlich auch keine Maschine. Wir haben von der Airline das gleiche Hotel zugewiesen bekommen, gleich in Flughafennähe, wie man uns gesagt hat. Ich denke, dass wir vieles von früher erinnern und uns nicht langweilen werden."

„Na, dann amüsiert euch man schön", ist der leicht unterkühlt klingende Kommentar von Jutta. „Und melde dich, wenn du dann morgen in München abfliegst. Damit ich Bescheid weiß. Tschüss, und viel Spaß."

Ich bin verblüfft, dass sie so schnell aufgelegt hat, denn das ist sonst nicht ihre Art. Hatte ich sie vielleicht mit dieser Nachricht verärgert? Ich habe keine Ahnung, weiß aber, dass sich das bis morgen schon wieder geben würde.

Wolfgang schaut mir mit einem zufriedenem Lächeln entgegen. Ich bin nicht eitel genug, um anzunehmen, dass das nur mit meiner Person zu tun hat. Vielleicht beglückwünscht er sich im Geheimen selbst noch einmal zu seinem unschlagbaren visuellen Personengedächtnis.

„Und? Wie sieht's aus in Berlin?" fragt er, noch immer lächelnd.

„Eigentlich ganz gut. Aber Jutta hatte sich für heute Abend etwas Leckeres zum Abendessen ausgedacht. Nun ist sie etwas enttäuscht. Aber das geht ja morgen auch noch."

„Etwas Leckeres zum Essen, eine gute Idee", begeistert sich Wolfgang darauf hin. „Bestimmt gibt es im Hotel auch etwas Gutes für unseren Magen."

Mit einem charmanten Lächeln fügt er eilig hinzu:

„Wahrscheinlich sind die Kochkünste deiner Jutta nicht zu übertreffen. Aber eines muss ich doch sagen: Immer wenn ich in Brüssel zu tun hatte, habe ich in den Hotels außerordentlich gut gespeist."

„Ich kenne Brüssel eigentlich überhaupt nicht", kann ich nur etwas lahm antworten. „Bis auf einen Kurzbesuch, also früh morgens Ankunft auf dem Flughafen, dann Uni, Besprechung, und abends mit dem Flieger zurück nach Berlin."

Wolfgang winkt ab:

„Ja, so etwas kenne ich auch. Diese Kurzbesprechungen ohne Übernachtung sind der reinste Stress. Aber was machen wir denn jetzt?" fragt er leicht ungeduldig.

Ich zucke mit der Schulter.

„Einen direkten Plan habe ich natürlich nicht. Aber ich denke, wir sollten uns erst mal das Hotel ansehen, die Zimmer sichern, etwas essen, uns danach eine halbe Stunde lang machen und dann beraten. Wie denkst du darüber?"

„D'accord", antwortet er mit weltmännischer Nonchalance.

Einer Anschlagtafel entnehmen wir, dass es alle halbe Stunde einen Shuttle-Service zum Hotel gibt. Wir haben noch zehn Minuten bis zur nächsten Abfahrt. Die Haltestelle ist leicht zu finden. Einige Leute stehen schon dort. Nach einem kurzen Blick auf die elektronische Anzeigetafel sind wir sicher, dass wir hier richtig stehen.

Wolfgang, der den kurzen Weg bis hierher über etwas

nachgedacht haben musste, denn er hatte kein Wort von sich gegeben, wendet sich jetzt wieder mir zu:

„Weißt du, Peter, mir ist noch einmal bewusst geworden, was wir eigentlich doch für eine schöne Zeit an der ABF erlebt haben. Wir konnten uns voll auf das Lernen konzentrieren. Keine unnötigen Gedanken an den Studienplatz, denn der war ja gebucht. Keine Geldsorgen. Ich meine natürlich, relativ, denn 190 Mark waren ja nicht gerade eine tolles Gehalt. Aber, das muss man doch sagen, man konnte einigermaßen damit hinkommen. Und wenn ich so bedenke, dass das Bett im Studentenheim nur 10 Mark gekostet hat."

Möglicherweise hatte Wolfgang nie mehr so detailliert darüber nachgedacht, denn jetzt fährt er bedeutungsvoll fort:

„Wenn man so bedenkt, was das doch für uns eine tolle Regelung an der ABF war. Mit einem ordentlichen Abitur hatte man freie Auswahl was die Uni angeht und das Studienfach. Wir haben ja vorhin schon darüber gesprochen. Da hatten es die Abiturienten von der EOS[6] nicht so leicht. Nicht zu reden von den heutigen Verhältnissen."

„Ja, das stimmt wirklich. Aber du musst auch dazu sagen, dass die fachlichen und politischen Anforderungen auch nicht von Pappe waren", antworte ich. „Wir mussten ganz schön pauken, und ganz so leicht, wie sich das für einen Außenstehenden vielleicht anhört, war es denn doch nicht. Ich erinnere mich, dass wir doch auch eine Reihe von Abgängen hatten."

„Ja, das stimmt", bestätigt Wolfgang eifrig. „Wer was lernen wollte, der war dort gut aufgehoben. Und gleichzeitig, das darfst du nicht vergessen, war es aber auch für den Staat ein Gewinn. Er konnte sicher sein, dass die Absolventen politisch so gut ausgerichtet worden waren, dass sie dann auch im späteren Leben seine Interessen vertreten würden."

„Na ja, das war der Plan", wende ich ein. „Aber der ist doch später überwiegend wohl Wunschdenken geblieben. Damit wir uns richtig verstehen, ich meine nicht, dass die meisten Absolventen gegen den Sozialismus gewesen wären.

Vielleicht waren sie sogar ernsthaft dafür. Für eine bestimmte Zeit hält das, was man theoretisch gelernt hat, ja vor. Aber was, wenn man dann in die Realität des täglichen Lebens zurückgekehrt ist? Und dann vor Ort feststellen musste, dass diese Realität nicht mit dem Gelernten übereinstimmt? Ich meine, ich habe ja nur wenig Informationen darüber, was aus unseren Mitstudenten geworden ist, und wie sie sich später politisch verhalten haben. Es ist nur das allgemeine Problem, an das ich denke, nämlich das, wenn die Theorie durch die Realität nicht mehr abgebildet wird."

„Also, ich finde, das kann man so allgemeingültig nicht sagen", widerspricht Wolfgang. „Denn die Realität, wie du das nennst, ist doch für jeden eine andere gewesen. Sie hing doch von vielen Faktoren ab, zum Beispiel, wo du gearbeitet und wo du gewohnt hast, wie dein Elternhaus war und nicht zuletzt auch davon, wie gefestigt deine politische Meinung war."

Ich blicke ihn erstaunt an.

„Ja, stimmt: Die Umwelt prägt den Menschen. Das haben wir so gelernt. Aber wenn das so ist, dann prägt sie natürlich auch deine politische Meinung. Und gerade das meinte ich: Widersprüche im täglichen Leben wirken doch auf deine politische Meinung, Wolfgang. Du hast recht, jeder empfindet das anders. Manche haben keine Probleme, aber andere leiden heftig unter diesen Widersprüchen.

Aber, Vorschlag: Heben wir uns solche komplizierten Diskussionen lieber für später auf. Denn es sieht so aus, als seien wir beim Hotel angekommen."


## 4. *Frenzel*

„Jugendfreunde, heute wollen wir uns mit den Gründen beschäftigen, warum die sozialistische Ökonomie gesetzmäßig der kapitalistischen überlegen ist."

Frenzel warf seine abgeschabte braune Ledertasche mit Schwung auf den Tisch. Sie war schmal, der Überwurf mit

Schloss nur kurz. Insgesamt machte sie den Eindruck, als habe sie ihn schon sein ganzes Pädagogenleben begleitet. Frenzel, Dozent für die Ökonomie des Kapitalismus, mochte fast sechzig sein. Seinen Kopf bedeckte noch eine ansehnliche Menge Haare. Sie waren kurz geschnitten, vermittelten einen militärischen Eindruck, der durch eine harte, fast schneidende Stimme noch verstärkt wurde. Man munkelte, dass er im Krieg Feldwebel gewesen sei, aber Genaues wusste keiner. Für seine Studenten war das auch nicht wichtig. Schließlich hatte ja nicht jeder ein Widerstandskämpfer sein können.

Dieser äußere Eindruck von militärischer Härte täuschte allerdings, wenn man leichtfertig daraus den Schluss gezogen hätte, dass er in seinem Unterricht engstirnig und unbeweglich irgendwelche Dogmen predigen würde. Selbstredend vertrat er die Lehre von der Ökonomie mit sozialistischer Konsequenz, denn ein prinzipienfestes Auftreten war eine der wichtigsten Eigenschaften, die Dozenten für Gesellschaftswissenschaften haben mussten. So war es auch kaum denkbar, dass sie in dem, was sie vorzutragen hatten, jemals schwankten. Die Ergebnisse der Analyse der kapitalistischen Gesellschaft, speziell der Ökonomie, waren unumstößlich und klar, ebenso wie es die Schlussfolgerungen für die Gestaltung der zukünftigen, sozialistischen Gesellschaft waren. Was einmal als richtig erkannt worden war, 'vielfach geprüft', wie man sagte, wurde behandelt, wie die absolute Wahrheit, zu der weitere Überlegungen oder Abwägungen nicht erforderlich waren. Gegenargumente wären als Sakrileg behandelt worden. Folglich gab es sie auch nicht.

Erstaunlicherweise hatte Frenzel jedoch von beidem etwas. Er konnte zuhören. Selbst dann, wenn er danach den vorgebrachten Argumenten widersprach, tat er das mit Erklärungen, die aus seiner Sicht gut begründet schienen. Ganz selten, dass er dafür die ganz große Keule Marx und Engels zu Hilfe holte (Stalin war ja ohnehin nicht mehr zitierbar). In einem Wort: Man konnte mit Frenzel diskutieren, ohne dass man Sorge haben musste, dass er einen irgendwo denunzieren würde.

Am heutigen Tag also die Überlegenheit der sozialistischen Ökonomie über die kapitalistische. Erwartungsgemäß war die Diskussion zäh, denn angesichts der allgemein bekannten, realen Situationen in der DDR und Westdeutschlands lagen die Argumente dafür nicht gerade auf der Hand.

„Also, Jugendfreunde", versuchte Frenzel die Diskussion anzufeuern, „am wichtigsten sind doch die Eigentumsverhältnisse. Im Westen gehören die Produktionsmittel den Konzernen und in der DDR dem Volk. Was bedeutet das nun?"

Er blickte fragend in die Richtung, wo Bernd Ulbrich saß. Bernd hatte sich schon in den ersten Wochen des Semesters als ein verlässlicher Ansprechpartner erwiesen. Er schien eigentlich immer zu ahnen, was für eine Antwort erwartet wurde. So auch jetzt:

„Auf Grund des Eigentums an den Produktionsmitteln können sich die Eigentümer bzw. Aktienbesitzer in Westdeutschland den Ertrag der Produktion in die eigene Tasche stecken. Das heißt nichts anderes, als sich zu bereichern, während die Arbeiter nur ihren kargen Lohn mit nach Hause nehmen können. Im Sozialismus gehören nicht nur die Produktionsmittel dem Volk sondern auch die mit ihnen erzeugten Waren und Werte. Das heißt, das ganze Volk, die Arbeiter und Bauern, profitieren in der DDR vom Ertrag der Produktion."

In diesen ersten Wochen hatte Peter Köster noch nicht rausgekriegt, ob Bernd das wirklich so meinte, oder ob er solche Argumente nur in einem Anfall von Lerneifer auswendig gelernt hatte. Er trug sie jedenfalls immer sehr sachlich und ohne Leidenschaft vor und erzeugte damit den Eindruck, als sei das, was er gerade zur Diskussion beitrug, eigentlich ohnehin klar und müsse folglich nicht durch langes Reden nochmals bewiesen werden.

„Jugendfreund Köster, was ist denn ihre Meinung dazu?"

Frenzel wusste, dass Peter Köster aus dem Westen gekommen war. Vielleicht war er deshalb in der Vergangenheit immer vorsichtig freundlich zu Peter gewesen, insbesondere dann, wenn es in der Diskussion im Detail um irgendwelche ökonomische Sachverhalte gegangen war, die für die Gesellschaft in Westdeutschland als typisch erachtet wurden. Peter schien es, als wollte Frenzel ihn bei solchen Gelegenheiten als eine Art lebenden Zeitzeugen heranziehen, so nach dem Motto: 'Jugendfreund Köster hat ja fast zwanzig Jahre im Westen gelebt und wird das sicher bestätigen können.' Das hatte für Peter einerseits den Vorteil, dass er dann Frenzels Thesen aus der Welt des Kapitalismus 'authentisch' bestätigen konnte, was diesem natürlich gefiel. Andererseits erforderte das von ihm immer mal wieder auch ein wenig diplomatisches Geschick, nämlich dann, wenn seine 'West'-Erfahrungen nicht mit der sozialistischen Theorie in Übereinstimmung standen, wie sie Frenzel darbot.

Dieser Widerspruch zwischen sozialistischer Theorie und westlicher Realität hatte erst kürzlich zu einer grotesken, für Peter fast heiklen, Situationen geführt.

Frenzel hatte in einer Unterrichtsstunde in beeindruckenden Art und Weise beweisen wollen, dass in der westdeutschen Bundesrepublik, wie er das ausdrückte, die Kapitalisten keine oder doch nur wenig Steuern zahlen mussten, während die arbeitende Klasse von der Regierung über Steuern und andere Abgaben ordentlich zur Kasse gebeten werde. Dabei hatte er wieder einmal Peter Köster zu einer Meinungsäußerung animieren wollen. Frenzel hatte wohl damit gerechnet, dass der 'West-Import' Peter Köster ihm diese These bereitwillig bestätigen würde. Allerdings hatte er nicht wissen können, dass dieser sein berufliches Leben im Westen ausgerechnet als Angestellter eines Finanzamtes verbracht hatte, und deshalb einigermaßen mit dem westdeutschen Steuersystem vertraut war.

Peter war unschlüssig gewesen. Sollte er Frenzel Kraft seiner West-Autorität vor der ganzen Seminargruppe korrigieren? Das würde dann natürlich ein peinlicher Affront gegen Frenzel sein, was Peter nicht gewollt hätte. Lehrern behagt es gewöhnlich nicht besonders, wenn Schüler mehr wissen als sie.

Oder hätte er Frenzels Behauptung einfach bestätigen sollen?

Peter hätte am liebsten gar nichts dazu gesagt. Andererseits, was wäre gewesen, wenn Frenzel in einer der nächsten Stunden eingefallen wäre, zu diesem Thema eine Klassenarbeit schreiben zu lassen? Was hätte Peter dann schreiben sollen? Mit einem mulmigen Gefühl im Magen hatte er sich schließlich gemeldet:

„Herr Frenzel, wie sie vielleicht wissen, habe ich im Westen drei Jahre in einem Finanzamt gearbeitet und die Steuern für Arbeitnehmer und Arbeitgeber, wie man das dort nennt, ausgerechnet. Es stimmt, was sie gesagt haben, dass nämlich die Reichen, gemessen an ihrem Profit, nur in geringerem Maße durch Steuern belastet werden als die Arbeitnehmer. Allerdings sind die Steuern- und Abgabengesetze sehr kompliziert. Dadurch ist es sehr schwierig, eine allgemeingültige Aussage zu machen. Zum Beispiel gibt es Gesetze, ich denke da an den sogenannten Lastenausgleich, oder aber auch die Vermögenssteuer, die die Reichen stärker belasten. Während den Lastenausgleich alle zahlen müssen, ist die Vermögenssteuer letztlich nur bei denen wirksam, die wirklich Vermögen besitzen. Da die Arbeiter ja, wie wir wissen, über kein Vermögen verfügen, sind sie letztlich durch diesen Umstand von der Vermögensteuer befreit."

Frenzel war zunächst etwas irritiert gewesen. Dann hatte er sich gefangen und das einzig richtige getan, er hatte Peter nicht widersprochen, sondern mit großer rhetorischer Erfahrung seine absolute These geschickt relativiert. Dabei hatte er nicht weiter versucht, über die Ungerechtigkeit des westdeutschen Steuersystems zu reden, über ein System, dessen Lücken und Tücken, wie Peter wusste, jenseits der allgemeinen Verständlichkeit lagen. Nein, Frenzel hatte nicht widersprochen, sondern Peters allgemeine Ausführungen zum westdeutschen Steuersystem im weiteren Verlauf seiner Ausführungen wohlwollend als Argumentationshilfe genutzt.

Seither hatte sich Frenzel ihm gegenüber immer eher nachsichtig als streng verhalten. So hatte er mit auffälliger Milde Peters mangelhafte Vorbildung in sozialistischer Ökonomie toleriert. Trotzdem, so richtig wohl fühlte sich Peter in dieser Rolle nicht. In gewisser Weise empfand er es sogar als eine Last, da er sich im Unterricht ständig genötigt fühlte, die Darstellungen Frenzels bestätigen zu müssen ('Nicht wahr, Jugendfreund Köster, das können sie sicher bestätigen'). Eigentlich wollte er keine Sonderbehandlung, auch wenn sie für ihn gelegentlich vorteilhaft war.

Nun erwartete Frenzel wohl wieder einmal von Peter Köster eine Bestätigung für die von Bernd Ulbrich postulierte These, dass das sozialistische Eigentum an den Produktionsmitteln ein Garant für die Überlegenheit des sozialistischen Gesellschaftssystems sei. In Frenzels Augen schien er inzwischen so etwas wie ein Fachmann für derartige Fragen zu gelten, worüber seine Kommilitonen sich zunehmend lustig machten.

„Ich finde auch, dass, allgemein gesagt, die Eigentumsverhältnisse wichtig sind", begann Peter vorsichtig. „Allerdings verstehe ich noch nicht so richtig, warum gerade die Eigentumsverhältnisse als Grundlage für die Überlegenheit der sozialistischen Ökonomie angesehen werden. Ich habe immer gedacht, dass es wichtig ist, dass es die Produktions*prozesse* selbst sind, die im Sozialismus effizienter sind als im Kapitalismus. Dann würde man im Sozialismus in der gleichen Zeit mehr Güter erzeugen als im Kapitalismus. Denn erst *nach* dem Produktionsprozess gibt es etwas zum Verteilen, nämlich im Kapitalismus an die kapitalistischen Eigentümer und im Sozialismus an die Arbeiter und Bauern."

Peter sah Frenzel an, und der sah ihn an, und Peter sah, wie es in Frenzels Kopf arbeitete. Für einen Moment herrschte Stille. Auf der Suche nach Freiwilligen wanderte

Frenzels Blick über die Seminargruppe. Aber selbst Bernd hielt den Kopf gesenkt. Schließlich hatte sich bei Frenzel wohl die Erkenntnis durchgesetzt, dass er selbst dieses Problem klären müsste, ein Problem, dass, wie sich gleich erweisen würde, eigentlich gar keines war.

„Liebe Jugendfreunde, der Einwand von Jugendfreund Köster ist aus seiner noch unvollständigen Kenntnis der sozialistischen Produktionsverhältnisse vielleicht verständlich. Natürlich ist die Effizienz der Produktion ein wichtiger Faktor beim Wettbewerb zwischen Sozialismus und Kapitalismus. Wir wissen alle, dass in der kapitalistischen Produktion die Arbeiter massiv ausgebeutet werden. Das würde natürlich, objektiv gesehen, bedeuten, dass die Effizienz des Produktionsprozesses für die Kapitalisten dadurch erhöht würde. Das wäre in der Tat so, wenn nicht die Gewerkschaften in Westdeutschland dagegen ankämpfen würden. Wir hören ja fast täglich von Streiks und Lohnkämpfen."

Frenzel blickte, Zustimmung heischend, umher.

„Nun, wie ist das in der sozialistischen Produktion? Zum einen wird hier der Produktionsprozess gemeinsam zwischen der Kombinatsleitung und den Arbeitern, vertreten durch ihre Partei- und Gewerkschaftsvertreter, optimiert, aber, anders als im Westen, nicht auf dem Rücken der Werktätigen, sondern zum Nutzen aller. Dazu kommen nun, und das ist ein sehr wichtiger Faktor, die Ergebnisse des sozialistischen Wettbewerbs. Das ist wirklich ganz wichtig, liebe Jugendfreunde, denn einen sozialistischen Wettbewerb gibt es in der kapitalistischen Wirtschaft nicht."

Verhaltenes Gelächter, Frenzel stutzte, lächelte dann verständnisvoll:

„Ja, sie lachen, aber so ist das, Jugendfreunde. Die Ergebnisse des sozialistischen Wettbewerbs kann man ja in Mark und Tonne beziffern. Dem haben doch die Kapitalisten nichts entgegenzusetzen, oder; Jugendfreund Köster, haben sie derartiges in Westdeutschland jemals erlebt?"

„Nein, davon habe ich niemals etwas gehört, und auch in

der Presse habe ich nie davon gelesen."

Peter schüttelte bekräftigend den Kopf.

„Aber was ist mit den Maschinen?" setzte er dann mutig nach. „Ich meine, dass Qualität und Quantität einer Produktion doch auch davon abhängen, ob moderne Maschinen eingesetzt werden können. Oder etwa nicht?"

Er wollte nicht provozieren. Aber schließlich hatte Frenzel eine These über die Überlegenheit der sozialistischen Produktion aufgestellt, die nun auch einer Begründung bedurfte.

Zu Peters Überraschung fühlte sich Frenzel überhaupt nicht provoziert. Die Freude über Peters Frage war ihm jetzt im Gesicht abzulesen.

„Das ist eine sehr gute Frage, Jugendfreund Köster", lobte er diesen. „Wer möchte darauf antworten?"

Natürlich Bernd Ulbrich, den Frenzel aber geflissentlich übersah.

„Jugendfreund Fischer?"

Der antwortete wie aus der Pistole geschossen in einem leiernden Gesang, der erkennen ließ, dass er seine Hausaufgaben gemacht hatte:

„Die DDR hat selbst einen großen, leistungsfähigen Zweig des Maschinenbaus, in dem die neuesten und modernsten Maschinen produziert und in alle Welt exportiert werden. Somit ist sichergestellt, dass auch in der sozialistischen Produktion der DDR hochmoderne Maschinen eingesetzt werden können."

„Sehr richtig." Frenzel war hoch erfreut. „Und damit schließt sich nun auch der Kreis. Auf der einen Seite ist sichergestellt, dass bei uns die modernsten Produktionsmittel eingesetzt werden, zum anderen, und dass ist der große Vorteil der sozialistischen Produktion, kommt das Engagement der Werktätigen hinzu. Damit haben wir in der Summe einen großen Vorteil gegenüber der kapitalistischen Wirtschaft."

„Ja aber", meldete sich plötzlich unzufrieden Klaus Schmieder zu Wort. „Bei uns im Kombinat war das nicht so.

Wir haben immer noch mit den alten Maschinen gearbeitet und der sozialistische Wettbewerb..., na ja..., war nicht so erfolgreich, dass er den Nachteil der alten Ausrüstungen wettgemacht hätte. Ich meine, alle haben intensiv darum gekämpft, den Plan zu erfüllen, aber insgesamt....., ich weiß nicht recht."

Er geriet ins Stocken. Offensichtlich waren ihm Zweifel gekommen, ob es opportun sei, hier seine Erfahrungen weiter auszubreiten. Und außerdem mochte ihm auch eingefallen sein, dass dieses Kombinat, über das er gerade in nicht so hohen Tönen sprach, ihn zum Studium an diese ABF delegiert hatte. Unsicher sah er in Richtung der Fenster, wo Frenzel sich bei seinem Rundgang gerade aufhielt. Er lehrte gewöhnlich nicht von vorne, sondern liebte es vielmehr, während der Stunde gemächlich im Klassenzimmer hin- und herzulaufen und dabei den Studenten seine unmittelbare Nähe spüren zu lassen.

Jetzt wanderte sein Blick auffordernd durch die Klasse.

„Weitere Erfahrungsberichte?"

„Bei uns war das anders", meldete sich Gerd Albers. „Wir hatten moderne Maschinen, aber nicht genügend Material, um sie voll auslasten zu können. Da half auch kein Wettbewerb."

In diesem Moment öffnete sich die Tür, und die Sekretärin des Direktors winkte Frenzel zu sich heran und flüsterte ihm etwas zu. Frenzel nickte und wandte sich dann uns zu:

„Jugendfreunde, wir werden diese Fragen gleich klären. Ich muss nur für einen kurzen Moment in einer wichtigen Frage zum Genossen Direktor, bin aber gleich zurück."

Die Tür war noch nicht völlig geschlossen, da ging der Erfahrungsaustausch schon los, laut und ungehemmt. So verschieden die Herkunft der Studenten, so verschieden ihre Erfahrungen, bevor sie hierher gekommen waren. Das wurde im allgemeinen akzeptiert, denn es gehörte zum Allgemeinwissen, dass die verschiedenen Produktionsbetriebe nach Wichtigkeit eingeteilt waren und dementsprechend auch mit Material beliefert wurden. Bei Betrieben, die für den West-Export arbeiteten, war die Bevorzugung mit Material besonders auffällig. Ging es jedoch darum, die Ursachen für Unregelmäßigkeiten zu benennen, dann gingen die Meinungen oft weit auseinander. Für die einen waren es Planungsfehler, für die anderen einfach Schlamperei. Prallten diese gegensätzlichen Meinungen direkt aufeinander, dann nahm die Lautstärke auch zu, so dass bald alle durcheinander redeten, was in kurzer Zeit zu einem ansehnlichen Geräuschpegel führte.

Wegen dieses Lärms hatte niemand gemerkt, dass sich inzwischen die Tür wieder geöffnet hatte und Frenzel zurückgekehrt war. Er stand nun im Türrahmen, blickte fassungslos auf die lauten Streitäußerungen und das Durcheinander in seiner Klasse. Ungefiltert und lautstark platzte sein ganzer Unmut über das Verhalten seiner Studenten wie ein Donner aus ihm heraus:

„Was ist denn hier los? Das ist ja schlimmer als in einer Judenschule."

Stille, absolute, peinliche Stille. Das Unwort 'Judenschule' hallte noch nach, und Frenzels gerade noch hochrotes Gesicht war schlagartig bleich geworden.

„Entschuldigung", stammelte er dann hilflos, „ich habe das nicht so gemeint. Das war nur so ein Reflex, der nichts zu bedeuten hat."

Ratlos und unbeholfen ging er zum Lehrertisch, ordnete dort mit fahrigen Händen einige Papiere, die aber offensichtlich keiner Ordnung bedurften. Man sah in seinem Gesicht, dass er in Gedanken heftig damit beschäftigt war, seine Ängste unter Kontrolle zu bekommen. Niemand sagte etwas, es war immer noch still, und alle starrten ihn nur an, was ihn zusätzlich verunsichern musste. Dann richtete er sich auf, hüstelte kurz, um dann in normaler Tonhöhe zu fragen:

„Haben sie inzwischen ihre Erfahrungen ausgetauscht? Wer möchte darüber sprechen?"

Vielleicht hätte unter normalen Umständen jemand etwas gesagt, aber allen saß der Schock noch in ihren Gliedern.

Keiner von ihnen hatte damit gerechnet, dass ein derartiges Unwort in diesen heiligen, sozialistischen Hallen jemals ausgesprochen werden würde.

Frenzel wirkte plötzlich müde und erschöpft.

„Wenn jetzt niemand etwas dazu sagen möchte, dann verschieben wir das Thema auf die nächste Stunde. Bitte bereiten sie dazu eine kurze schriftliche Ausarbeitung unter der Überschrift 'Welches sind die Merkmale der Übergangsperiode bis zur Vollendung der sozialistischen Gesellschaft' vor. Bis zum Ende der Stunde können sie schon mal damit anfangen."

Er nahm seine Tasche, und an der Tür wendete er sich noch einmal zu seinen Studenten um und ermahnte sie ungewöhnlich zurückhaltend.

„Seien sie bitte leise, damit die anderen Seminargruppen nicht gestört werden."

Es dauerte einige, lange Sekunden, bevor die Köpfe zusammengesteckt wurden und man in kleinem Kreis versuchte, den Vorfall politisch zu bewerten. Und nach einigem Hin- und Her waren sich die meisten einig. Die entscheidende Frage, für die niemand eine Antwort hatte, war: Würden sie Frenzel wiedersehen? Was würde der Direktor und die Parteileitung zu diesem Vorfall sagen, denn es bestanden keine Zweifel daran, dass sie binnen kurzem von diesem Vorfall erfahren würden? Vielleicht auch, dass Frenzel in die Offensive gehen würde, und seinen Fehler von sich aus 'beichten' würde. Alle waren sich darin einig, dass man über die offizielle 'Aufarbeitung' dieses Vorfalls nicht einmal eine Vermutung äußern konnte. Jede Spekulation über die Folgen für Frenzel konnte gleichermaßen abwegig wie zutreffend sein. Je nachdem, welches 'Organ'[7] sich mit diesem Vorfall befassen würde, könnte sich der Tagesplan für Frenzel in den nächsten Wochen dramatisch ändern.

Nun, am nächsten Tag war Frenzel wieder zum Unterricht erschienen. Ob er gebeichtet hatte oder einer seiner Genossen ihn gemeldet hatte, erfuhr niemand. Vielleicht wussten die Parteimitglieder etwas, weil es in den Parteigruppen ausgewertet worden war. Aber die sagten nichts. Vielleicht ist er mit einem Verweis davon gekommen, oder er musste als Strafe die nächsten Schulungen des Parteilehrjahres gestalten. Wie dem auch sei, Frenzel war wieder da, die 'Strafe' für ihn konnte folglich nicht so schlimm ausgefallen sein. Die meisten der Studenten waren damit zufrieden, denn inzwischen wussten sie ja, was sie an ihm hatten und was nicht. Und dieses Wissen vermittelte ihnen das Maß an Sicherheit, was sie brauchten, um durchzuhalten.

**5.** Zu unserer Erleichterung hatte die Airline tatsächlich Zimmer auf unsere Namen gebucht. Die Anmeldung verläuft folglich reibungslos. Auch bekommen wir noch Talons, mit denen wir im Hotelrestaurant kostenlos essen können, 'ab 14 Uhr', wie die Dame an der Rezeption betont.

„Das klappt ja wenigstens", stelle ich an Wolfgang gewandt befriedigt fest. „Ich würde jetzt gerne erst einmal ausgiebig heiß und kalt duschen, denn die Nacht im Flugzeug hat bei mir so eine müde, verstaubte Verspannung hinterlassen. Und danach vielleicht ein kurzes Nickerchen, um den Jetlag zu vertreiben. Was hältst du davon?"

Wolfgang nickt zustimmend: „Einverstanden. Wann und wo treffen wir uns? Vielleicht so gegen zwei im Restaurant? Oder soll ich dich abholen?"

„Besser gegen zwei bei mir", antworte ich. „Dann können wir gemeinsam nach unten zum Mittagessen gehen".

Wir tauschen unsere Zimmernummern aus, nehmen unser kleines Kabinen-Gepäck auf, und jeder strebt seinem Zimmer zu.

Unter der Dusche versuche ich mühsam, meiner Erinnerung an Wolfgang Grabert auf die Sprünge zu helfen. Alles mögliche fällt mir ein: Das Zimmer im Studentenheim, in dem ich mit noch drei Mitstudenten in zwei Doppelstockbetten zwei Jahre lang residiert hatte. Der kleine Kachelofen, den wir im Winter immer selbst heizen mussten, und der so brüchig war, dass wir immer Angst hatten, er würde eines Tages zusammenbrechen.

Einige Dozenten, zumindest deren Gesichter, tauchen in der Erinnerung auf, manchmal sogar mit den zugehörigen Namen. Bilder huschten ungerufen heran, das hufeisenförmig gebaute Fakultätsgebäude zuerst. Und in dem Maße, wie dieses Gebäude aus dem Hintergrund immer klarer heraustritt, schließen sich andere Objekte, wie Perlen einer Kette, an: Gebäude in der Nachbarschaft, wie die niedrigen Häuser der Franck'schen Stiftung, die ebenfalls zur Uni gehörten und in einem erbarmungswürdigen baulichen Zustand waren. Jeden Tag mussten wir daran vorbei, wenn wir von der Haltestelle der Straßenbahn zum Fakultätsgebäude gingen. Und jeden Morgen rechneten wir damit, dass irgendeines der Dächer über Nacht eingestürzt sein könnte.

Das Duschwasser ist heiß und belebend, genau so, wie ich es mag. Es kommt aus einem extra-großen Duschkopf, der unter der Decke montiert ist. Aus diesem ergießt sich das Wasser rauschend weich herab, wie ein Regen, und umspült prickelnd meinen Körper. Ich erinnere mich an einen überraschenden Regenguss in Thailand, als Jutta und ich eine kurze Wanderung gemacht hatten, und von einem unvermittelt einsetzenden Regen überrascht worden waren. Das Geräusch der auf die Bäume prasselnden Regentropfen war ähnlich den Geräuschen, die die Tropfen des Duschwassers jetzt auf meiner Haut verursachen. Bewegungslos stehe ich in der Kabine und lasse das Wasser ohne mich zu rühren über meinen Körper fließen. Für ein paar Minuten habe ich kein anderes Bedürfnis, als dem Rauschen des Wassers zuzuhören, wie es plätschernd auf meinen Körper herunterfällt, dort die Haut sanft massiert und mich völlig von äußeren Einflüssen abschirmt, mich fühlen lässt, als sei ich in einem abgeschirmten Kokon alleine. Dieses Gefühl hätte ewig andauern können. Es hätte mir erlaubt, in Ruhe meinen Gedanken nachzugehen und die Wege zu den verschütteten Erinnerungen wieder begehbar zu machen.

Aber langsam fügen sich die einzelnen, kleinen Erinnerungsfetzen doch zu einem Bild zusammen, dass mir nun helfen wird, Wolfgang Grabert als ganze Person wiederzuerkennen.

So greife ich endlich zu dem Duschgel, das offensichtlich zur Zimmerausstattung gehört, reibe mich damit ein und lasse es aufschäumen. Der Duft, der sich entfaltet, ist fremdartig herb, aber nicht unangenehm. Dann dusche ich mich so heiß ab, wie ich es ertragen kann, um danach den Duschhebel auf maximale Kälte umzulegen. Der Schock, den ich mir zu Hause gewöhnlicherweise jeden Morgen zumute, verschafft mir endlich die Trennung von dem Körper, der viele Stunden verkrampft in einem Flugzeugsitz auf dem Flug von Tokio verharrt hatte.

Nach dem Abtrocknen inspiziere ich die Nachttischschubladen. In einer befindet sich, wie üblich, eine Ausgabe der Bibel, natürlich in französischer Sprache. Aber ich habe keinen Bedarf an spiritueller Aufmunterung. Wiederholt habe ich mich gefragt, wie oft Hotelgäste wohl vor dem Schlafengehen noch in der Bibel lesen würden. Daneben liegt eine wahrscheinlich vergessene, ungeöffnete Kondomschachtel. Sie gehört wohl nicht zur Standardausrüstung des Hotels. Vor längerer Zeit hatte ich schon einmal eine ähnliche Entdeckung in einem Hotel in Shanghai gemacht. Aber dort wurde ja auch die Ein-Kind-Politik propagiert. Und der Staat wollte damit die Paare wohl vor den teuren Folgen unkontrollierter Gefühlsausbrüche schützen.

Ich schiebe die Lade wieder zu. Bevor ich mich aufs Bett lege, stelle ich noch den Wecker auf viertel vor zwei. Ich will vermeiden, durch Wolfgang eventuell aus tiefem Schlaf aufgeweckt zu werden.

Alles hatte perfekt geklappt, der tiefe Schlaf und auch der rechtzeitige Weckruf. Und, was wichtig ist, ich fühle mich jetzt richtig gut erholt, ohne Nachwirkungen von meinem langen Flug. Allerdings muss ich wieder in meine abgetragene Unterwäsche steigen und mein zerknittertes Oberhemd anziehen. Ähnlich muss sich ein Gammler fühlen, aber was soll ich machen. Keine Ahnung, wo mein Koffer mit der Ersatzwäsche sich jetzt befindet.

Ich setze mich in den Sessel, greife zu meinem Handy und wähle Juttas Smartphone-Nummer.

„Ja, bitte,"

„Hallo Jutta, ich wollte nur noch mal schnell durchsagen, dass alles geklappt hat."

„Was hat geklappt?" fragt Jutta verwundert.

„Na, die Hotelunterbringung hier im Flughafen-Hotel in Brüssel und die Tickets für den Rückflug morgen."

„Und wann kommst du nach Hause?"

„Morgen", antworte ich geduldig. Eigentlich denke ich, dass ich das alles schon mal gesagt hatte, „irgendwann nachmittags. Flüge von Brüssel nach Berlin wird es aber auch morgen nicht geben, so sagte man uns jedenfalls. Also ist die Regelung folgende: Wolfgang und ich haben bis morgen früh Zimmer hier im Airport-Hotel. Morgen Vormittag fliegen wir dann nach München, wahrscheinlich um 9:45 Uhr. Und dann soll ich angeblich in München gleich Anschluss nach Berlin haben, so dass ich zwischen 14 und 15 Uhr in Berlin landen werde. So Gott will."

„Und dein Freund Wolfgang?"

„Der wollte ja sowieso nach München. Er hat erzählt, dass er irgendwo in der weiteren Nähe von München auf dem Dorfe wohnt. Mehr weiß ich nicht, ja doch, und dass seine Frau Karin heißt, und ihn abholen wird."

Ein leises Kichern, dann:

„Und was werdet ihr bis dahin machen?"

„Erst mal in aller Ruhe unsere Lunch-Bons abessen. Und über die Zeit danach haben wir noch nicht gesprochen."

„Was ist denn dieser Wolfgang für ein Mensch? Hast du ihn gleich erkannt?" fragt Jutta sichtlich neugierig.

„Erkannt habe *ich* ihn gar nicht. *Er* hat *mich* erkannt, besser gesagt, er hatte so eine Ahnung. Es war purer Zufall, dass wir aufeinandergestoßen sind. Und seitdem versuche ich meine Erinnerungen an ihn und die ABF-Zeit zu reaktivieren. Ja, und was er für ein Mensch ist? Weißt du, ich kann mich immerhin schon gut daran erinnern, dass ich an der ABF mit ihm zu tun hatte. Er war auch FDJ-Sekretär, da haben wir öfter miteinander zu tun gehabt. Aber was er damals für ein Mensch war, geschweige denn, was er heute für ein Mensch ist, kann ich dir noch nicht sagen. Ich denke, wenn ich zu Hause bin, werde ich dir mehr erzählen können", antworte ich etwas knurrig. Ich hasse lange Diskussionen am Telefon, die sich nur mit Mutmaßungen und Spekulationen befassen.

„Na, da bin ich ja mal gespannt", antwortet Jutta versöhnlich. „Und guten Appetit. Und merk dir mal, was die Fluggesellschaft für euch im Hotel so an Gerichten bestellt hat. Ich weiß, das ist völlig unwichtig, aber es wird ja so viel darüber geschrieben."

„Okay, mach ich. Aber, bevor ich das noch vergesse: Sag doch bitte im Institut Bescheid, dass ich erst einen Tag später wieder erscheinen werde. Und morgen ruf ich nach meiner Ankunft nochmal aus München durch. Bis dahin, tschüß."

So, das wäre auch erledigt. Jetzt essen, denn in meinem Magen hatte sich schon seit dem Aufwachen ein charakteristisches, leeres Gefühl bemerkbar gemacht.

Ähnliches musste bei Wolfgang eingetreten sein, denn in diesem Augenblick klopft er bereits an die Tür und stürmt ohne Zögern sofort ins Zimmer.

„Bist du fertig? Ich habe Hunger", war alles, was er vorbringt.

Der Raum, in dem wir unseren Lunch einnehmen können, ist leicht zu finden, denn vor dem Eingang steht ein großes Schild, auf dem ein Spaßvogel der Hotel-Belegschaft „stranded passengers, 14-18 h" geschrieben hatte. Aber vielleicht ist das ja auch die übliche Bezeichnung der Airlines für solche Passagiere wie wir es sind.

Es zeigt sich, dass wir nicht die einzigen 'Gestrandeten' sind, die hungrig sind. Der Raum ist bereits halb voll. Diejenigen, die schon speisen, haben zufriedene Gesichter, was uns nicht wundert, als wir das umfangreiche, geschmackvoll garnierte Buffet sehen.

„Die Airline lässt sich aber nicht lumpen", sage ich, bevor ich mir einen Teller schnappe und die Reihe der dargebotenen Leckereien ablaufe.

„Was so ein Streik wohl die Airline kosten mag?" sinniert Wolfgang, als wir schließlich am Tisch sitzen.

„Ich weiß nicht", antworte ich, schon mit vollem Munde. „Vielleicht sind sie ja gegen so etwas versichert."

Wolfgang nickt. Viel zu sagen gibt es im Moment nicht. Essen ist wichtiger.

Als der Kellner schließlich den Espresso bringt, und wir den ersten Schluck vorsichtig geschlürft hatten, lehnt sich Wolfgang wohlig zurück.

„So ein Fluglotsenstreik ist auch nicht zu verachten. Eigentlich könnte es das ruhig öfter geben."

„Ja, wenn man nur das Essen sieht, dann ja. Aber nach fast zwei Wochen Abwesenheit wäre ich doch gerne heute wieder zu Hause gewesen."

„Stimmt", antwortet Wolfgang, „aber andererseits: Ich bin fast nur auf Achse, da kommt es auf einen Tag mehr oder weniger auch nicht an. Und die Abwechslung ist auch nicht zu verachten. Wenn alles stimmt, ich meine Hotel und Essen, dann nehme ich das gerne mit. Niemand kann mich hier stören und ich kann zwangsweise auch keine Termine wahrnehmen. Das ist also für mich wirklich ein Tag zum Entspannen. Und das wollen wir feiern."

Er winkt den Kellner an unseren Tisch und bestellt für uns zwei Gläser französischen Cognac.

„Was machst du eigentlich beruflich?" frage ich ihn bevor der Cognac kam.

„Ich bin Vertreter für schwere Maschinen", antwortet er.

„Was für schwere Maschinen denn?" frage ich verwundert. „Ich dachte, du hättest in Ilmenau Elektronik und Datenverarbeitung studiert."

„Das stimmt auch", wiegelt Wolfgang ab, „aber das ist doch fast vierzig Jahre her. Man muss doch nicht immer dasselbe machen. Und außerdem will ich dich daran erinnern, dass wir irgendwann, Ende der 80er Jahre, so etwas wie eine Wende hatten. Erinnerst du dich?"

„Doch, ich erinnere mich", grinse ich. „Das muss im Herbst gewesen sein."

„War da nicht auch, ich glaube, das müsste so Anfang November gewesen sein, eine große Demonstration bei euch auf dem Alex?"

„Nicht nur auf dem Alex, da war nur die Abschlusskundgebung. Aber vorher gab es ja einen großartigen Demonstrationszug, der vom Alex aus die Liebknecht-Straße lang ging, dann am Palast der Republik vorbei, durch die Brüderstraße und schließlich von dort wieder zurück zum Alex. Und dort fand dann die Abschlusskundgebung statt. Es war toll, glaub mir, einfach einzigartig, eine riesige Menschenmenge. Und was da für Plakate und Schilder mit Parolen mitgeschleppt wurden, ich hätte das vorher nie für möglich gehalten. Und dann der Abschluss mit den Reden. Ich erinnere mich, dass Christa Wolf, Stefan Heym, Heiner Müller und Gregor Gysi dabei waren. Aber auch Schabowsky, der SED-Chef von Berlin, hat geredet. Und, darüber habe ich mich am meisten gewundert, auch Markus Wolf, der ehemalige Leiter der Auslandsspionage, hat gesprochen. Das der sich getraut hat."

„Du warst dabei?" fragt er erstaunt.

„Wundert dich das? Ich wohnte doch schon lange in Berlin. Und, glaub mir, es war doch auch höchste Zeit, dass endlich etwas passierte."

Wolfgang scheint Bedenken zu haben, denn er wiegt zweifelnd den Kopf.

„Ja, natürlich. In gewisser Weise war das schon so, dass sich die DDR irgendwie festgefahren hatte. Die Räder drehten sich noch, aber es ging nicht mehr richtig vorwärts. Andererseits, es ging den meisten Menschen doch eigentlich nicht schlecht. Natürlich lief nicht alles rund, aber natürlich konnten doch ihre Wünsche damals nicht in jeder Weise und sofort erfüllt werden. Für mich waren das damals nur irgendwie untergeordnete Detailfragen, die sich noch hätten klären lassen. Die Hauptrichtung stimmte doch."

Er überlegt einen Moment, dann setzt er noch einmal an:

„Weißt du, Peter, was ich deshalb nie verstanden habe, ist das Folgende: Warum sind die Leute so plötzlich alle auf die Straße gegangen und haben gemeint, gegen ihren Staat demonstrieren zu müssen? Im Grunde genommen war das doch so eine Art Konterrevolution, was da abgelaufen ist. Auch wenn man heute 'friedliche Revolution' dazu sagt. Vielleicht saßen die eigentlichen Initiatoren ja doch im Westen."

Als er sieht, dass ich die Stirne runzle, hebt er schnell beschwichtigend beide Hände.

„Natürlich weiß ich das nicht. Aber es gibt doch vielfältige Indizien, die belegen, dass das stimmen könnte."

„Konterrevolution?". frage ich verwundert. „Ehrlich gesagt weiß ich nicht, wie du in diesem Zusammenhang auf diesen Begriff kommst. Es ist doch eher wohl umgekehrt: Ein Volk geht auf die Barrikaden, wenn es die politischen und ökonomischen Verhältnisse im Land als unerträglich empfindet. Das ist dann doch wohl der klassische Fall für eine Revolution, und nicht für eine Konterrevolution. Oder haben wir das an der ABF anders gelernt?"

„Ich wollte nur mal sehen, ob du noch im Stoff stehst", grinst Wolfgang. „Also Prüfung bestanden und setzen."

Für einen Moment hält er inne, dann kommt er doch noch einmal auf das Thema zurück.

„Trotzdem noch eine Frage zu dir persönlich. Ich meine konkret zu deinem Verhalten in diesem November."

Er holt tief Luft.

„Du, nein, eigentlich wir alle, haben doch damals an der ABF eine super Ausbildung genossen. Und danach kamen dann noch die fünf Jahre Studium. Alles das hat uns doch der Staat DDR ermöglicht, genau genommen, finanziert. Ja, und auf dieser Basis haben wir dann nach dem Studium auch ein ziemlich gutes Leben führen können. Und nun meine Frage: Ist es dann nicht irgendwie undankbar, wenn du und andere gegen diesen Staat demonstriert haben, noch dazu wegen Nebensächlichkeiten?"

Verblüfft schaue ich ihn an. Ich mochte nicht glauben, was ich da gerade gehört hatte.

„Ist das dein Ernst?" frage ich vorsichtshalber nach, aber Wolfgang nickt.

„Ja, natürlich. Ich weiß, dass eine solche Sicht heutzutage nicht mehr opportun ist, aber trotzdem kann man die Geschichte doch auch mal aus einem ganz anderen, mehr persönlichen, Blickwinkel betrachten."

In der Zwischenzeit hatte der Kellner den Cognac gebracht und Wolfgang gibt die Auflassung zum Trinken.

„Komm, lass uns anstoßen, bevor du antwortest. Das erleichtert das Denken, das Sündigen und das Beichten", lacht er. „Das sagt immer mein Partner in Moskau, wenn wir uns wieder einmal zusammengerauft haben."

Ich bin kein Kenner von Cognac. Zwar kenne ich auch einige Marken, die ich für gut oder sogar besser gehalten habe, und die ich gelegentlich für besondere Anlässe zu Hause eingekauft habe. Aber die Sorte, die Wolfgang mit weltmännischer Selbstverständlichkeit ausgewählt hat, habe ich selbst aus gutem Grund noch nie in meinen Einkaufskorb gelegt. Weich, kein Kratzen und ein wunderbares Aroma. Anerkennend nicke ich Wolfgang zu, als wir das Glas wieder absetzen.

„Wirklich ein Genuss. Ist das deine Hausmarke oder hast du die nur zur Feier des Tages, will sagen, wegen unseres wundersamen Zusammentreffens bestellt?"

Wolfgang winkt ab.

„Was soll ich mir mit irgendeinem minderwertigen Zeugs Kopfschmerzen antrinken. Der Tag ist ja noch lang, und du wirst sehen, dass du mit dieser Marke morgen früh keinerlei Nachwirkungen verspüren wirst."

Na, ja, von einem Glas habe ich eigentlich noch nie irgendwelche Nachwirkungen gespürt. Aber ich ahne jetzt schon, dass das heute nicht der letzte Cognac von dieser hochpreisigen Sorte sein wird. Wolfgang hatte den Standard vorgegeben, an den ich mich selbstverständlich in den nächsten Stunden auch halten würde.

„Du fragst nach Dankbarkeit", nehme ich den Faden wieder auf. „Die Antwort, also meine persönliche Antwort, kann ich dir nur in zwei Teilen geben.

Erstens, natürlich sollten wir dankbar sein, dass wir alle, die wir an der ABF waren, das wirklich hohe Niveau des Unterrichts genießen durften, unbestritten. Für mich war es sogar ein großes Glück, dass der Unterricht so anspruchsvoll war, denn dadurch hatte ich beim Übergang zum Studium kaum Schwierigkeiten. Dazu habe ich allerdings, und das hast du in deiner Argumentation vergessen, in den ganzen sieben Jahren auch meinen eigenen Teil beigetragen. Nur dadurch waren die zwei Jahre am Ende ein Erfolg. Aber dankbar? Dem Staat gegenüber? Nein, eher nicht.

Und damit komme ich zu dem zweiten Teil meiner Antwort.

Frage: Warum gibt es in allen Staaten dieser Welt Schulen, Oberschulen und, fast überall, auch Universitäten? Egal, ob es Demokratien oder Diktaturen sind. Bedeutet das etwa, dass da in den Regierungen überall nur gute Menschen sitzen, die ihren Kindern Gutes antun wollen, damit diese ihnen später dankbar sein müssen? Ich denke wohl nicht. Es ist doch eher so, dass es für einen Staat essentiell wichtig ist, dass zumindest ein Teil seiner Bevölkerung einen bestimmten Bildungsgrad erreicht. Ohne diese Bildung kann er doch auf Dauer gar nicht existieren. Er benötigt für das Funktionieren des Regierungsapparates, der Wirtschaft, des Militärs, usw. doch Menschen, die ein bestimmtes, höheres Bildungsniveau haben. Ich sehe das also eher so, dass das Bildungssystem für Staat und Studenten so eine Art 'win-win'-Situation ist, wie man heute so sagt. Der Staat DDR ermöglichte, natürlich aus berechtigtem Eigennutz, uns das Studium und wir haben, ebenfalls aus Eigennutz, unseren Teil zum Gesamterfolg durch gutes Lernen dazugetan. Wenn ich also dem Staat, wie du das forderst, dafür dankbar sein sollte, dann müsste doch der Staat auch mir dafür dankbar sein, dass ich mich angestrengt habe, das Studium gut absolviert habe, und ihm dadurch später Nutzen gebracht habe."

Ich lehne mich auf dem sehr bequemen Stuhl zurück, um tief durchatmen zu können. Ich wundere mich immer noch, dass Wolfgang plötzlich mit solch abgedroschenen Argumenten aus vergangenen Zeiten daherkommt, insbesondere im Zusammenhang mit den Demonstrationen im Herbst '89. Jetzt sitzt er da vor mir, und in seinem Gesicht erkenne ich Verblüffung.

„Nun mach nicht so ein entgeistertes Gesicht, Wolfgang. Das sollte jetzt keine Vorlesung sein, sondern mehr eine Klarstellung. Ich habe mich früher schon immer darüber geärgert, wenn dieses Dankbarkeitsargument als Instrument der Erpressung vorgebracht wurde. Du hast nur heute das Pech, mich daran erinnert zu haben. Da musste ich einfach mal prinzipiell werden. Komm, lass uns noch einen von diesem ausgezeichneten, braunen Getränk nehmen."

Ich lächle versöhnlich, winke dem Kellner und gebe meine Bestellung auf.

„Mein Gott", sagte er danach und tut so, als sei er fast etwas erschüttert. „Das war vielleicht ein Grundsatzreferat, wie ich es vorher noch nie gehört habe, Respekt, mein Lieber. Ich bin zwar nicht vollständig deiner Meinung, und habe das auch nach dem Studium immer anders empfunden, aber ein richtiges Gegenargument fällt mir dennoch nicht ein. Ich meine, insbesondere, was dem hohen Standard deiner Argumentation entsprechen könnte."

Seine Worte werden ergänzt durch ein ironisch gefärbtes, lästerhaftes Grinsen.

## 6. *Alex*

Das Feuer prasselte knisternd in dem kleinen, halbhohen Kachelofen, als Alex einen Scheit Holz auf die Glut warf. Der Ofen war der wichtigste Gegenstand im Zimmer, denn die Wände der Baracke, die das Studentenheim beherbergte, waren dünn und die Tapete rissig. Eigentlich erstaunlich, dass der Bau den Krieg überlebt hatte und nun, fast zwanzig Jahre später, sogar noch dem studentischen Nachwuchs der ABF als Unterkunft dienen konnte. Dass der Ofen ein ähnliches Alter auf dem Buckel haben mochte, wie das Haus selbst, war natürlich nur eine Vermutung. Aber sein Aussehen und sein desolater technischer Zustand stützten diese Annahme auf das Dramatischste. Dennoch, zur wahrscheinlich größten Verwunderung aller Bewohner heizte er so gut, dass niemand ihn gegen einen neuen ausgetauscht haben mochte. Allerdings stand ein solcher Tausch ohnehin nicht an. Was funktionierte musste auch nicht erneuert werden.

Und es gab einen zweiten Grund, warum dieser Ruine alle Sympathie der Bewohner dieses Zimmers gehörte: Es war die ungewöhnliche Romantik, die diesem Ofen innewohnte, eine Romantik, die damit zusammenhing, dass man Flammen direkt beobachten konnte. Da nämlich größere Teile der Fugenmasse zwischen den Kacheln im Laufe der Jahre abhanden gekommen waren, konnte man von außen direkt das Feuer beobachten. Ob das für die Baracke gefährlich war, mussten die für den Brandschutz verantwortlichen Organe entscheiden, für die Bewohner war es eher eine Möglichkeit der Ruhe und Besinnung. Man saß davor, schaute in die Glut oder die Flammen (je nachdem, was für ein Brennstoff im Lager gebunkert war) und konnte für sich über das Leben oder sonstige Nebensächlichkeiten philosophieren. Es war, als sitze man im Freien an einem kleinen Lagerfeuer. Mit diesem Romantik-Bonus waren nicht alle Zimmer ausgestattet. Aber wenn Alex, einer der vier Bewohner dieses Vier-Betten-Zimmers, abends, bei knisterndem 'Lagerfeuer' seine Gitarre hervorholte und spielte, dauerte es nicht lange, bis sich das Zimmer mit Zuschauern aus den Nachbarzimmern gefüllt hatte.

Alex war Chemiker, das heißt, genau genommen war er Chemie-Facharbeiter und wollte erst noch Chemiker werden.

Bei ihm war das eine gerade Linie: Nach der 10-klassigen Schule Beginn einer Lehre in einer nahegelegenen Chemiefabrik, in der aus Bauxit Aluminium hergestellt wurde. Das Bauxit kam zum großen Teil aus Ungarn, das erzeugte Aluminium wurde in der DDR-Industrie verarbeitet. Alles sehr wichtig, und wer dort arbeitete hatte einen Beruf fürs Leben. Aber, wie er erzählt hatte, war es auch ein schmutziger und schwerer Job, alleine schon die Aufarbeitung des Bauxits. Da war es schon verständlich, dass er das Angebot der Werkleitung angenommen hatte, sich über Abitur und Chemie-Studium zu qualifizieren, damit er als Wissenschaftler die notwendigen, chemischen Prozesse begleiten und, mit neuem Wissen ausgestattet, sogar verbessern konnte. Das war der Weg, für den sich Alex entschieden hatte. Ob er dann nach den zwei Jahren bis zum Abitur und fünf Jahren Chemie-Studium tatsächlich wieder in das Werk zurückkehren würde, wusste er, wie er sagte, noch nicht. Es war keine Bedingung für seine Delegierung gewesen, denn die Chemie-Industrie war ein bedeutender Industriezweige der DDR, und Chemiker wurden überall und immer gebraucht. Also war seine Entscheidung eigentlich nur mit einem Risiko verbunden und das hieß: Würde er es schaffen? Würde er die sieben Jahre bis zum Diplom durchstehen können? Sieben Jahre über den Büchern hocken, Unterricht und Vorlesungen besuchen, unzählige Praktika und Prüfungen absolvieren und sieben lange Jahre nur von monatlich 190 Mark Stipendium leben: Das bedeutete Mühe und Ausdauer, und um das zu schaffen, musste er seine angestrebte Qualifikation wie ein Mantra ständig in Erinnerung rufen. Es würde ein Weg sein, der hart und mit Mühe und, manchmal auch mit Qualen, gepflastert sein würde.

Aber das alles galt natürlich nicht nur für ihn. Denn egal, welches Ziel sich der einzelne ABF-Student gesetzt hatte, er oder sie würden sich quälen müssen, jeder auf seine Weise. Sieben lange Jahre waren die Hürde, die zu Beginn vor allen Anwärtern gestanden hatte, und auch heute, nach kaum einem absolvierten Semester, manchmal fast unüberwindlich schien.

Alex meinte es ernst, aber er ging die Aufgabe mit einer gewissen Gelassenheit an. Der Unterricht wurde pflichtgemäß durchgearbeitet, sorgfältig, aber nicht zu verbissen, und danach kam bei ihm dann gewöhnlich eine Zeit der Entspannung. Und diese Zeit bestand fast immer in einer ruhigen, fast schon besinnlichen Phase, in der er Gitarre spielte. Dazu sang er gerne und auch die anderen drei Mitbewohner, Peter Köster, Jan Scheffler und Martin Ackermann, sangen manchmal mit.

Nun gibt es Menschen, die sind in vielen Dingen begabt, aber nicht unbedingt auch im Singen. Alex war es, er konnte spielen, sogar nach Noten, und eben auch singen, und zwar so gut, dass man zuhören konnte ohne Magenschmerzen zu kriegen.

Peter konnte da leider nicht mithalten. Seine frühen Versuche mit einer Klampfe waren schon in der Anfangsphase daran gescheitert, dass er kein eigenes Instrument gehabt hatte. So blieb ihm die Erkenntnis, möglicherweise keine Begabung für eine aktive musikalische Betätigung zu haben, für lange Zeit erspart. Aber mitsingen konnte und wollte er, wann immer sich die Gelegenheit dazu bot. Dass er dabei auch mal nicht den richtigen Ton traf oder die richtige Tonhöhe nicht erreichte, fiel in solch einer Runde nicht weiter ins Gewicht.

Alex war das ohnehin egal. Ihm war nur wichtig, dass er nicht immer alleine singen musste. Er spielte ja keine Lieder von Schubert, sondern sein Repertoire bestand aus alten Fahrtenliedern, Volksliedern oder solchen modernen Schlagern, deren Text man durch Nachsingen weitertragen konnte, ohne sich schämen zu müssen. Zu Zweit konnte man dabei mehr Volumen, mehr Lärm machen, oder in bestimmen Fällen, auch mehr Gefühle darstellen. Das mochten beide, Alex und Peter, und das war auch ein Grund gewesen, warum sie sich von Anfang an gut verstanden hatten.

Als Peter an diesem Sonntag Abend von seiner

Wochenendfahrt nach Hause ins Studentenheim zurückkehrte, spielte Alex nicht. Es war schon zu spät. Bei den dünnen Trennwänden würde er die Mitstudenten in den Nachbarzimmern gestört haben, und so etwas war selbstverständlich tabu. Spätes Heizen und die begleitenden Knister-Geräusche, wurden dagegen von allen toleriert. Heizen zur rechten Zeit war einfach notwendig, denn wurden die Nächte draußen kalt, dann dauerte es nicht lange, bis es auch im Zimmer sehr ungemütlich wurde. Das Holz der Barackenwände speicherte die Wärme nicht lange. Da war es schon sinnvoll, wenn man kurz vor dem Schlafengehen noch einige Scheite Holz oder drei, vier Briketts nachlegte. Dann hielt sich die Ofenwärme etwas länger, manchmal sogar bis zum Morgen.

Alex legte sein Buch beiseite und blickte auf.

„Hallo, Peter, da bist du ja endlich. Wie war die Fahrt? Wieder die üblichen Reichsbahn-Nahkämpfe? Ich dachte schon, du würdest erst morgen früh zurückkommen."

Er grinste, denn er wusste, wovon er sprach, obwohl er nur gelegentlich zu seiner Mutter nach Hause fuhr. Die Züge am Wochenende waren eigentlich immer hoffnungslos überfüllt. Und Peter musste, wollte er die schnellste Zugverbindung nach Benzlau nutzen, in Leipzig immer in einen internationalen D-Zug umsteigen, der aus Paris kam und bis nach Krakau fuhr. Zu dieser Tageszeit war das eine wichtige Verbindung. Keine Chance, dafür eine Platzkarte zu bekommen. Die Folge waren dann die sogenannten 'Reichsbahn-Nahkämpfe', von denen Alex gesprochen hatte. Dabei musste man, wenn der Zug eingefahren war, seine gute Erziehung für einige Minuten vergessen, und gnadenlos drängeln und schubsen, bis man sich einen Sitzplatz erkämpft hatte. Andernfalls drohte eine vier- bis fünfstündige Stehpartie im fahrenden Zug.

„Es ging so. Ich hatte zurück einen Sitzplatz, und da war es dann nicht so wichtig, dass der D-Zug bis Leipzig eine halbe Stunde Verspätung hatte. Hauptsache, ich musste nicht stehen."

„Und wie geht es Jutta und dem Baby?"

Das Baby war Peter Kösters erster Nachwuchs. Er freute sich, dass Alex danach fragte. Dieser hatte Peters Frau Jutta bei der Aufnahmefeier letzten Herbst kennengelernt. Da war ihre Schwangerschaft schon sichtbar gewesen. Und als der Geburtstermin dann näher gerückt war, hatte Alex immer häufiger gefragt, wann denn endlich das Telegramm mit der guten Nachricht käme. Er habe schon starken Durst.

„Danke, beiden geht es gut. Als ich ankam, hat sich der Knabe richtig gefreut. Und ich hatte den Eindruck, er wollte mich schon mit 'Papa' begrüßen. Aber dann hat er es sich wohl doch noch mal überlegt und nur irgend etwas Unverständliches gebrabbelt. Aber er hat mich angelacht."

„Angeber", grinste Alex, „mit einem halben Jahr Papa sagen, das habe ich noch nie gehört."

„Und was heißt das nun?" fragte Peter zurück. „Doch nur, dass du nichts von Kindererziehung verstehst. Du weißt wahrscheinlich nicht, dass schon Kinder in ganz frühem Alter unterschiedlich intelligent sein können. Und wenn zum Beispiel der Vater, oder auch die Mutter, oder sogar beide, besonders intelligent sind, dann kann das auch den Nachwuchs treffen. So ist das, und merk dir das für später."

„Ja, wenn die Eltern besonders intelligent sind, dann mag das ja stimmen. Aber doch nur dann."

Er schüttelte bedenklich den Kopf und versuchte einen bekümmerten Blick. Aber der Versuch misslang. Jedenfalls hielt er das nur wenige Sekunden durch, dann brach ein gewaltiges Lachen aus ihm heraus. Er kam auf Peter zu, klopfte ihm auf die Schulter. Fast wäre er ihm um den Hals gefallen.

„Du hast mir gefehlt, Peter, wirklich. Alleine ist es langweilig."

„Und wo sind Jan und Martin?

„Martin ist spontan nach Hause gefahren. Bis in den Harz hat er es ja nicht weit. Und Jan wollte ins Kino. Er müsste eigentlich bald zurück sein, es sei denn, er geht noch auf ein Bier in die Kneipe."

Peter zog Schuhe und Jacke aus, begann seine Reisetasche auszupacken und die frische Wäsche in sein Schrankfach einzusortieren. Die Wäsche musste immer für zwei Wochen reichen, denn öfter als zwei Mal im Monat konnte er nicht nach Hause fahren. Auch wenn die Studententickets wirklich billig waren, musste er mit dem Stipendium haushalten. Außerdem fehlten ihm dann die Wochenenden zum Lernen, denn unterwegs konnte er oft nicht die Konzentration aufbringen, um in seine Mitschriften oder Bücher zu gucken. Hatte er keinen Sitzplatz ergattert und musste stehen, dann war das noch mühsamer. Im Grunde genommen war es dann fast aussichtslos, sich in einem überfüllten Zug stehend, auf seine Lerntexte zu konzentrieren. Auf den Rückfahrten, sonntags abends, gelang das aber häufig ganz gut. Da er bereits in Benzlau in den aus Polen kommenden Zug zusteigen konnte, war es meistens relativ leicht, einen Sitzplatz zu ergattern.

„Gibt es Neuigkeiten?" fragte er nebenbei.

„Nein, eigentlich nicht", erwiderte Alex. „Ich habe Mathe geübt und die Aufgaben gerechnet. Ganz sicher bin ich allerdings nicht, ob ich alles verstanden habe. Vielleicht kannst du dir meine Ergebnisse ja mal ansehen. Ja, und Russisch habe ich mir auch zu Herzen genommen, damit Herzelein morgen nicht traurig wird, wenn sie mich im Unterricht dran nehmen sollte."

Herzelein hieß eigentlich Gerson und stammte aus dem Osten, Ostpreußen oder dem Baltikum, genau wusste das keiner. Sie war eine kleine Person, wirkte auf ihre Studenten wie eine liebe Oma. Eine Oma, die fließend russisch sprach. Die Studenten vermuteten, dass Russisch ihre Muttersprache sei. Andererseits sprach sie Deutsch völlig ohne den harten, slawischen Akzent, den man gewöhnlich bei deutschsprechenden Russen hörte. Aber natürlich waren das alles höchst unqualifizierte Überlegungen, denn die Kenntnisse der Studenten in der russischen Sprache waren, bis auf wenige Ausnahmen, mehr als dürftig.

Ihre Studenten mochten Herzelein uneingeschränkt, und

diese Sympathie beruhte auf Gegenseitigkeit. Im Unterricht sprach sie alle mit 'Herzelein' an, was dem, bei einigen Studenten ungeliebten, Unterricht die Schärfe nahm. Und da so etwas verband, gaben sich die Studenten ihr zuliebe in Russisch immer besondere Mühe. Sie wollten Herzelein nicht enttäuschen.

„Dass Martin nach Hause gefahren ist, hatte ich schon gesagt. Es war ein plötzlicher Entschluss, und als ich mich laut darüber gewundert habe, hat er gemurmelt, dass er dringend etwas mit seinen Eltern besprechen müsse. Du, ehrlich gesagt, Peter, habe ich das Gefühl, als trage er sich mit dem Gedanken, aufzugeben."

Martin war Heizer auf einer Dampflok gewesen, sehr bodenständig und ein sehr angenehmer Zimmergenosse. Sein Weggang wäre ein schmerzlicher Verlust für das 'Zimmerkollektiv'. Aber andererseits, seine Leistungen waren wirklich nicht sehr berühmt. Aber jetzt schon aufgeben?

„Wenn er wirklich solche Pläne äußert, dann sollten wir aber noch mal mit ihm ernsthaft sprechen. Ich meine, in manchen Fächern könnten wir ihm vielleicht doch etwas unter die Arme greifen. Und wenn er sich dann auch selbst noch einen Ruck gibt, dann schafft er es vielleicht doch, diese Durststrecke zu überwinden. Natürlich nur, falls er das auch will. Was meinst du?"

Alex war gleich einverstanden:

„Ich übernehme Chemie und du musst ihn in Mathe unter die Fittiche nehmen. Aber jetzt guck dir erst mal *meine* Mathe-Aufgaben an."

Die Zusammenarbeit zwischen Alex und Peter in diesen Fächern klappte meistens ganz gut. Naturgemäß hatte Alex einen riesigen Vorsprung in Chemie, von dem Peter fast täglich profitierte. Und dieser konnte Mathe und Physik beisteuern, Fächer, für die Alex nicht die passenden Gehirnwindungen hatte, wie er selbst immer betonte. Aber, mit einigen Anstößen von außen, oft von Peter, hatte er bisher auch in diesen Fächern gute Leistungen erreicht.

Das kritische Fach war für beide allerdings Russisch. Im

Falle von Peter war das für jeden verständlich, da ihm als *'Späteinsteiger'* manchmal die simpelsten Grundlagen der Grammatik fehlten, gerade die, die die Normalschüler im ersten oder zweiten Unterrichtsjahr schon in der Schule lernten. Bei Alex war es so wie bei vielen Schülern gewesen: Sie hatten den Unterricht in der Grundschule einfach nicht interessant gefunden, weil die Inhalte zu politisch oder zu technisch waren, und das reale Leben kaum widerspiegelten. Wobei sie beide über das reale Leben im Sozialismus natürlich auch nicht viel gewusst hatten, wie Alex immer betonte. Aber über manche dieser Defizite sah Herzelein großzügig hinweg, wenn man nur Interesse für ihre Sprache zeigte und sich 'aktiv am Unterricht beteiligte', wie das offiziell so schön hieß.

Alex kramte in seinen Sachen und legte Peter einige DIN A4-Blätter hin:

„Du hast die Aufgaben doch sicher schon gerechnet?"

„Ja, zu Hause. Jutta hat ganz schön gemault. 'Da bist du nun immer nur für ein paar Stunden zu Hause, und dann musst du auch noch Schularbeiten machen. Kannst du das nicht in Halle machen?' Sie war wirklich ziemlich ungehalten gewesen, was zum Glück aber nicht lange angehalten hat. Das wäre auch noch das Letzte gewesen, wenn wir uns in den wenigen Stunden, die wir für uns hatten, auch noch wegen Mathe gestritten hätten. Aber mal ehrlich: Wann hätte ich das sonst machen sollen? Jetzt, nach sieben Stunden Fahrt, kann ich mich auch nicht mehr konzentrieren. Und es geht ja auch schon auf elf zu. Also, gib deine Sachen her, damit wir ins Bett kommen."

Seine Erinnerung an die Szene mit Jutta hatte auch eine angenehme Komponente. Schon wenige Minuten, nachdem sie sich so ungehalten geäußert hatte, war sie an den Tisch gekommen, dort, wo er mit seinen Mathe-Aufgaben saß, hatte ihm von hinten die Arme um den Hals gelegt, seinen Kopf an ihren Körper gedrückt und ihm ins Ohr geflüstert: 'Aber schön ist es doch, wenn du nach Hause kommst. Ich bin doch die zwei Wochen dazwischen immer so alleine.' Sei es, dass die Wärme ihres weichen Körpers inspirierend gewirkt hatte, oder die Tatsache, dass ihr Stammhalter gerade schlief, jedenfalls hatten er sich von Jutta überzeugen lassen, dass Mathe vielleicht nicht so interessant sei, wie eine andere Sache, zu der sie zwei Wochen lang keine Gelegenheit gehabt hatten.

Aber das alles ging Alex natürlich nichts an.

Der Vergleich seiner Rechnungen mit Peters eigenen war schnell erledigt. Dann noch schnell duschen und ab ins Bett.

Als am Morgen der Wecker klingelte, fühlte Peter sich verhältnismäßig gut erholt. Wann Jan aus der Stadt zurückgekehrt war, hatte er nicht mitgekriegt, weil er wie tot geschlafen hatte. Im Moment lag Jan noch im Bett und hatte offenbar Schwierigkeiten, wach zu werden. Martins Bett war unbenutzt. Aber vermutlich würde er, wie gewöhnlich montags, vom Bahnhof gleich zum Unterricht kommen.

Die Straßenbahn ins Stadtzentrum war, wie immer morgens, gerammelt voll. Alles ABF-Studenten, die zur gleichen Zeit zum Beginn in ihren Unterrichtsräumen sein mussten. Da sie aus allen Bezirken der DDR nach Halle gekommen waren, war verständlich, dass die meisten in einer der Baracken des Studentenheimes wohnten. Studentenbuden in privaten Wohnungen waren rar und die Konkurrenz groß. Privatzimmer wurden, wie in anderen Universitätsstädten auch, über private Beziehungen unter den 'echten' Studenten der Uni weitervermittelt.

Am Markt musste man umsteigen, und dann waren es nur noch wenige Stationen, bis zu den Franck'schen Stiftungen, wo man nach fünf Minuten Fußweg das Lehrgebäude erreichte.

Die ersten beiden Stunden bis zur Pause waren in Peters Seminargruppe montags für Deutsch reserviert, ein Fach, für das die Sympathien in der Gruppe klar geteilt waren. Einige Studenten, zwar nur eine Minderheit, hatten mit Orthographie, Grammatik oder auch Literatur eindeutig nichts am Hut. Mit Mühe quälten sie sich durch die Pflichtlektüre, und Analysen von Gedichten machten ihnen das Leben zur Qual. Grote, der Dozent, litt darunter und zwar sichtbar. Er war nachsichtig, wenn man erklärte, dass man die Pflichtlektüre, Kapitel eines Buches oder Theaterstückes, wegen Müdigkeit abends nicht mehr geschafft habe. Wenn er aber merkte, dass einen entweder der Stoff, oder, schlimmer noch, sogar Literatur generell, nicht interessierte, dann war er nicht etwa sauer. Er verstand das einfach nicht, und aus diesem Unverständnis resultierte dann eine bestimmte Art von Hilflosigkeit.

Siegfried Dehmel war zum Beispiel so ein Kandidat. Wenn er nicht gemusst hätte, dann hätte er in seinem ganzen bisherigen Leben bestimmt kein gedrucktes Buch in die Hand genommen, jedenfalls keines, was man der Prosa zuordnen würde. Und er machte auch keinen Hehl daraus und sagte das ganz offen. Auch Grote gegenüber war er sehr deutlich, wie vor einigen Tage geschehen. Grote hatte ihn ganz entgeistert angesehen und dann gestammelt:

„Aber Jugendfreund Dehmel, wie können sie so leben, so völlig ohne Literatur?"

„Ganz gut", hatte Siegfried ungerührt geantwortet, wobei er weder bockig noch aufrührerisch gewirkt hatte. Er war gut in Mathe und den naturwissenschaftlichen Fächern. Die interessierten ihn und sonst nichts. Er machte immer eine ganz klare Ansage, und, egal ob man diese teilte, konnte man ihm deshalb nicht wirklich böse sein. Die von ihm nicht beachteten Fach-Dozenten wussten kein Mittel, wie sie ihm begegnen sollten. Natürlich hätten sie ihm, Grote in Deutsch, zum Beispiel, reihenweise schlechte Zensuren geben können. Aber wohin hätte das geführt? Siegfried wäre möglicherweise wegen eines zu schlechten Notendurchschnitts nicht weiter gekommen. Aber wie hätte das für die Fakultät ausgesehen? Mit Einsen in Mathe, Physik und Chemie und Fünfen in Deutsch, Geschichte und Marxismus-Leninismus? Einfach undenkbar, wobei eine Fünf in ML[8] allerdings auch für jeden anderen ein Riesenstolperstein dargestellt hätte.

Um es nicht so weit kommen zu lassen, hatten sich die

Dozenten vermutlich intern verständigt, ihm sein Weiterstudium nicht durch schlechte Noten zu vermiesen. Außerdem war Siegfried ja tatsächlich auch begabt, nur eben unwillig, sich mit einem Stoff zu befassen, der ihn nicht interessierte. Das wäre für ihn reine Zeitverschwendung, wie er selbstbewusst geäußert hatte. Und das wenige, was er in diesen Fächern im Unterricht aufschnappte, reichte bei gutem Willen der Dozenten dann meistens doch für eine Vier oder Drei. So waren am Ende alle irgendwie zufrieden, wenn auch nicht begeistert.

Bei Grote war das anders, bei ihm ging die Liebe für Sprache und Literatur tiefer. Er konnte sich an amüsanten oder tragischen Geschichten gleichermaßen begeistern, an dramatischen Wendungen, und vor allen Dingen, sich an der Poesie der Texte berauschen, indem er ihnen eine Vielzahl von Attributen, wie anrührend, zart, erruptiv oder erhebend, zuschrieb. Er wurde nie müde, auf die klugen Gedanken hinzuweisen, die die Dichter viele Dekaden zuvor niedergeschrieben hatten. Manchmal vergaß er in seiner Begeisterung, was er in der betreffenden Stunde ursprünglich hatte behandeln wollen. Grote konnte gleichermaßen erregt, aber auch anrührend von der Schönheit eines Satzes sprechen und einfach nicht verstehen, dass viele seiner Studenten ihm darin nicht folgen konnten. Insofern war er in gewisser Hinsicht ein sympathischer aber auch tragischer Fall. Er bemühte sich mit Herzensblut für seinen Stoff, aber gleichzeitig mangelte es ihm an der besonderen Art von Gelassenheit, die ihn vor solchen Enttäuschungen bewahrte, wie sie ihm Siegfried Dehmel regelmäßig, wenn auch ohne Absicht, zugefügte. Peter und Alex liebten Literatur, und diese gemeinsame Neigung führte auch dazu, dass sie Grotes Schmerz persönlich nachempfinden konnten.

Die aktuelle Pflichtlektüre in Deutsch war „Spur der Steine" von Erik Neutsch, ein 912 Seiten-Wälzer, für den der Autor bereits wenige Monate nach Erscheinen des Romans den Nationalpreis bekommen hatte. Alles keine günstigen Voraussetzungen, auf dieses Buch hohe Erwartungen zu legen. Aber zunächst war es allen aufgegeben, es zu lesen. Besprechen und analysieren würden sie es später, wenn sie das gegenwärtige Thema, Goethes Faust I und II, mit einem Theaterbesuch in Leipzig und, sehr wahrscheinlich auch mit einer Klausur, abgeschlossen haben würden.

Martin war zwanzig Minuten zu spät zum Unterricht erschienen, weil der Zug Verspätung hatte, wie er Grote versichert hatte.

Richard Kleber, unser Casanova, war hingegen zum Deutschunterricht erst gar nicht erschienen. Während der Pause tauchte er dann jedoch auf dem Hof auf und versuchte, sich möglichst unauffällig dem losen Kreis seiner Seminargruppe zuzugesellen, ganz so, als komme er gerade von der Toilette. Aber vergebens, Jochen Grevers, seines Zeichens ein Lästermaul, und als solcher immer auf der Suche nach neuen Opfern, hatte ihn gesehen.

„Ach, da ist ja auch unser Richard. Na, hat dich deine Freundin doch endlich aus ihrem Bett geschubst?"

Richard nahm es gelassen hin.

„Na ja, es ist halt ein bisschen spät geworden. Hat Grote was gemerkt?"

Aber Jochen war noch nicht mit ihm fertig.

„Sag mal, Richard, das wollte ich dich schon immer mal fragen. Ich habe dich doch neulich auf dem Waisenhausring mit deiner Freundin, also mit dieser älteren Frau, gesehen, und da bin ich, ehrlich gesagt, doch ins Grübeln gekommen. Wie kannst du dich nur mit solch einem Weib abgeben? Nicht nur, dass sie mindestens zehn Jahre älter aussieht, als du, macht ihr Gesicht den Eindruck, als habe sie einige Jahre als Profi-Boxerin gearbeitet."

Richard schien unangenehm berührt, dass Jochen vor aller Ohren so deutlich wurde, blieb aber ruhig.

„Ich weiß gar nicht, was dich das angeht. Ulla und ich hatten für einige Zeit unseren Spaß, niemand hat einen Schaden erlitten, und ansonsten, na ja, kann man ja übers Gesicht auch ein Handtuch legen."

Er wendete sich ab, um jetzt vielleicht wirklich zur

Toilette zu gehen. Dann drehte er sich noch einmal um und sagte lässig:

„Außerdem kommt ihr Mann morgen von der Montage zurück. Da hat diese Episode sowieso ein Ende."

Und verschwand damit endgültig im Haus.

Seinen Mitstudenten hatte es glatt den Atem verschlagen. Gut, dass Britta und Gisela, die beiden einzigen weiblichen Mitglieder der Seminargruppe, nicht in Hörweite waren. Selbst Jochen war verstummt, was eigentlich ein bemerkenswertes, weil seltenes, Ereignis war. So dauerte es eine Weile, ehe er endlich Dampf abließ:

„Mein lieber Scholli, so etwas abgeklärt Kaltschnäuziges habe selbst ich in meinem langen Leben noch nicht gehört. Man muss schon sagen: Unser Richard ist doch ein ungewöhnlich zielstrebiger, nur an einer bestimmten Sache orientierter Mensch."

Er hatte recht. Richards Gefühllosigkeit und Kälte, mit der er von dieser Frau gesprochen hatte, hatte irgendwie etwas Verstörendes auch für diejenigen Studenten, die Witzen und Späßen normalerweise auch dann nicht abgeneigt waren, wenn sie nicht ganz stubenrein waren. Aber Richards gefühllose Nüchternheit in seiner Beziehung mit dieser Frau, die offenbar ausschließlich und nüchtern nur das eine Ziel hatte, im Bett mit ihr seinen Spaß zu haben, war offensichtlich allen peinlich und fremd. Dabei war Richard sonst ein freundlicher, hilfsbereiter und 'humaner' Mensch. Aber vielleicht gehörte es zu seinem Verständnis von Humanität gegenüber von Frauen, auch mit einer unattraktiven Frau ins Bett zu gehen.

Frauengeschichten waren unter männlichen Studenten natürlich immer präsent, aber kein bestimmendes Thema. Natürlich gab es auch unter ihnen die üblichen Angeber, die, meistens in großem Kreis, großsprecherisch erklärten, dass sie, wenn sie nur wollten, an jedem Finger eine haben könnten, und natürlich jede auch 'rumkriegen' würden. Angeber eben. Aber reden tat schließlich Niemandem weh. Anders war es bei denjenigen, deren Freundinnen zu Hause warteten. Sie erzählten seltener von ihren Liebesverhältnissen, wenn doch, dann doch eher in einer fast romantisch verklärten Art. Ja, und die, die zur Zeit 'unbeweibt' waren, standen bei solchen Gelegenheiten immer dabei, machten sich wahrscheinlich ihre eigenen Gedanken, hatten ihre eigenen Phantasien und verhielten sich still.

Als verheirateter Student mit Frau und kleinem Baby, nahm Peter natürlich eine Art Sonderstellung ein. Man nahm ihn bei solchen Themen einfach nicht für voll, weil zu alt und gar nicht mehr flexibel. Ihm war das recht.

Am Abend auf dem Zimmer wurde der Vorfall noch einmal diskutiert.

„Wie fandest denn du die Aussage von Richard zu seiner Bettgenossin, heute in der Pause meine ich?" fragte Peter Alex, der zur Zeit ohne Freundin war.

„Daneben, um es milde zu sagen", antwortete der kurz. „Weißt du, es ist ja eine Sache, wenn man das dringende Bedürfnis hat, mit einer Frau ins Bett zu gehen. Aber da sollte doch wenigsten ein Minimum an Sympathie dabei sein. Wenn nicht mal das vorhanden ist, dann sollte er doch gleich ins Bordell gehen."

„In welches?" fragte Peter hinterhältig.

Alex stutzte: „Na ja, gut, dass du fragst. Da offenbart sich gleich ein wichtiges Problem, nämlich, dass es in der DDR ja gar keine Bordelle gibt." Sein Grinsen wurde immer breiter und seine Rede gewann immer mehr an Fahrt: „Ja natürlich, eine wirklich gute, entscheidende Frage. Und was ist nun die Folge? Richard muss sich mit einer Frau vergnügen, der er ein Handtuch übers Gesicht legen muss."

Mit dieser scharfsinnigen Analyse hatte Alex wieder einmal den Finger in eine klaffende Wunde der DDR-Gesellschaft gelegt: Es gab keine Bordelle.

„Wahrscheinlich hast du recht", meldete sich Martin mit aufgesetztem Ernst zu Wort. „Aber ich will nur mal daran erinnern, dass wir in der DDR einen Arbeitskräftemangel haben. Die Frauen müssen doch alle anderweitig arbeiten, um die sozialistische Produktion aufrecht zu erhalten. Wer von ihnen soll denn da noch im Bordell tätig sein?"

Jetzt allgemeines Grinsen.

„Nun seid doch mal nicht so ungeduldig", tönte überraschend eine Stimme aus dem Hintergrund des Zimmers, wo Jan es sich auf seinem Bett gemütlich gemacht hatte. „Wie wir alle wissen wird doch der Kommunismus in Kürze bei uns gesiegt haben. Und dann gehört doch sowieso alles allen. Und, soweit man mir versprochen hat, trifft das dann auch auf die Frauen zu. Und dann brauchen wir logischerweise auch keine Bordelle mehr."

Jan war eigentlich ein ganz ruhiger, der bei Diskussionen meistens im Hintergrund blieb und wenig bis nichts sagte. Insofern war seine Aussage von einer bemerkenswerten dialektischen Schärfe.

„Ja, das habe ich auch gehört", mischte sich jetzt Alex wieder ein und verzog dabei keine Miene. „Allerdings trifft das dann auch auf die Männer zu, wie ich gehört habe. Auch die gehören dann allen. Aber, Jugendfreunde, wenn ich mir jetzt vorstelle, ich als Mann, muss mit jeder Frau in die Koje, nur weil die gerade in Stimmung ist, dann......also, nein", er verzog schmerzhaft das Gesicht. „Vielleicht sollten wir den endgültigen Sieg des Kommunismus doch noch ein bisschen auf später verschieben."

Alle brachen in hemmungsloses Gelächter aus, und es dauerte eine Weile, bis eine normale Unterhaltung wieder möglich war. Richards Affäre war damit zunächst abgehandelt. Es blieb aber zu vermuten, dass sie ihm bis ans Ende des Studiums anhängen würde, denn niemand würde die Gelegenheit auslassen, ihn bei passenden und unpassenden Anlässen daran zu erinnern.

Später, Peter war dabei, seine Sachen für den nächsten Tag einzupacken, fiel ihm ein, dass er Alex bereits gestern Abend die letzte Nummer der Studentenzeitung 'Forum' hatte geben wollen. Er hatte sie schon auf der Heimfahrt in Leipzig gekauft und den Inhalt mit wachsender Begeisterung gleich im Zug gelesen.

Er nahm sie aus seinem Schrankfach und legte sie vor

Alex auf den Tisch:

„Hier, Alex, das musst du unbedingt lesen. Ein Theaterstück von Heiner Kipphardt über den amerikanischen Atomphysiker Oppenheimer[9]. Eigentlich wollte ich im Zug ja den Faust lesen, aber dann habe ich mit diesem Oppenheimer-Stück angefangen und konnte es nicht mehr weglegen. Lies es bei Gelegenheit. Würde mich interessieren, was *dir* dazu einfällt. Aber geh bitte sorgfältig damit um, denn ich weiß nicht, ob das Stück später mal bei uns auch als Buch gedruckt wird. Wenn nicht, dann habe ich den Text wenigstens noch als Zeitschrift."

Alex nahm die Zeitung und blätterte interessiert etwas vor und wieder zurück, ehe er sie auf sein Schränkchen legte.

„Okay, mal sehen, wann ich Zeit finde. Im Moment begeistert mich Goethe. Den Faust habe ich am Wochenende in einem Zug hintereinander gelesen. Der hat mir so sehr gefallen, dass ich Faust II auch noch lesen will, obwohl das ja keine Pflichtlektüre ist. Aber hör mal jetzt diesen gewaltigen, bedeutungsschwangeren Anfang.

> '*Habe nun, ach, Philosophie,*
> *Juristerei und Medizin,*
> *Und leider auch Theologie!*
> *Durchaus studiert mit heißem Bemühn.*
> *Da steh ich nun, ich armer Tor!*
> *Und bin so klug als wie zuvor*'

Ist das nicht wunderbar, ja erhebend? Sag mal selbst."

Peter blieb nichts anderes, als ihm zuzustimmen:

„Ich merke schon, Alex, Goethe hat dich übers Wochenende ganz in seinen Bann gezogen. Natürlich ist das gewaltig. Man sieht Faust förmlich vor sich, für mich immer in schwarzem Talar und dieser schwarzen Gelehrtenmütze auf dem Kopf, wie er sinnend vor einer großen Bücherwand mit dicken Folianten steht.

Weißt du, als ich das angefangen habe zu lesen, ist mir auch unser eigenes Leben in den Sinn gekommen, denn

Fausts Wort könnte man ja irgendwann, natürlich nur im übertragenen Sinne, auch auf uns anwenden. Wir lernen, studieren wie die Verrückten, um das Abitur zu schaffen und später dann auch noch das Fachstudium. Aber die Frage, im Sinne der Faust'schen Worte, bleibt doch immer: Werden wir dabei wirklich klüger? Ich meine jetzt mehr so im menschlichen Sinne, verstehst du? Oder müssen wir vielleicht auch eines Tages resümieren: *Da steh ich nun, ich armer Tor, und bin so klug als wie zuvor?* Ich meine, natürlich werden wir, was die einzelnen Fächer angeht, im Laufe der Zeit klüger. Aber ob wir uns dabei auch als Mensch weiterentwickeln, steht doch noch in den Sternen?"

„Was meinst du denn mit 'als Mensch weiterentwickeln", mischte sich jetzt Jan ein. „Das ist doch ein reichlich diffuser Begriff, finde ich jedenfalls."

„Na ja, ich meine eben solche Eigenschaften wie Moral, Empathie, Hilfsbereitschaft, um nur einige Begriffe zu nennen. Nehmen wir doch Richard: Könnte man jetzt erwarten, dass er, nachdem er vielleicht auch Philosophie, Juristerei und Theologie studiert hat, in sieben Jahren damit fertig ist, dass er nach dieser Zeit des Studierens auch ein anderer Mensch geworden ist? Ich meine, ein Mensch, der die Frauen nicht einfach als einen Gegenstand behandelt?"

Sie schauten sich etwas ratlos an, bis Alex schließlich entschieden anordnete:

„Heb' dir das für die Faust-Diskussionen mit Grote auf, oder, um mit Faust zu sprechen:

*'Ich bitt euch, Freund, es ist tief in der Nacht.*
*Wir müssen's diesmal unterbrechen'."*

„Mensch, Alex, hast du den Faust übers Wochenende schon auswendig gelernt?" reagierte Peter auf den Zweizeiler. Er war ein wenig deprimiert über die Fortschritte, die Alex gemacht hatte, und die ihm erneut vor Augen führte, dass die Zeit eines langen Wochenendes mit Jutta und Baby Björn seinen Preis hatte.

**7.** Der für die *'stranded passengers'* reservierte Speiseraum im Airport-Hotel hatte sich kaum geleert. Die wichtigen Reisenden, oder die, die sich dafür hielten, hatten ihre ursprünglichen, zeitnahen Termine längst abgesagt oder verschoben, so wie Wolfgang. Nun sitzen sie weiter an ihren Tischen, trinken noch einen Cognac oder Kaffee, lesen in Ruhe in den verfügbaren Zeitungen oder schreiben etwas in ihre Notizbücher. Im ganzen Restaurant herrscht diese spezielle leise, gedämpfte Stille, in der Gespräche in verhaltener Lautstärke, kaum mehr als im Flüsterton geführt werden. Das Personal schwebt diskret und fast unhörbar auf den dicken Teppichen. Die einzigen Geräusche erzeugen sie, wenn sie die bestellten Waren auf den Tisch stellen. Ich bin beeindruckt.

Und Wolfgang? Wie wichtig mochte er sein? Zu welcher Sorte von Dienstreisender mochte er gehören? Sein selbstsicheres, bestimmtes Auftreten am Airline-Schalter lässt vermuten, dass er wohl nicht zu meiner Kategorie gehört. Der Kategorie der armen, angestellten Wissenschaftler, die angewiesen sind, mit den kargen Reisemittel ihres Instituts sorgsam umzugehen und deshalb Touristen-Klasse buchen müssen.

Alles das ist aber heute unwichtig. Eine Art Demokratisierung hatte stattgefunden. Mit einem Schlag waren alle Flugpassagiere gleich geworden. Wenn auch nicht am Airline-Schalter, so doch hier im Hotel.

Ja, der heutige Tag ist wirklich wie ein Zwangsurlaub, der manchen Reisenden vielleicht sehr ungelegen kommt, aber den alle mangels einer Alternative annehmen *müssen*. Es ist wie Notlandung auf einer einsamen Insel, auf der man gefangen ist, nur dass die Umstände und Bedingungen hier im Hotel unvergleichlich luxuriöser sind. Hier kann man seine 'Bruchlandung' unbeschwert genießen. Denn hier herrscht eine gepflegte, angenehme Club-Atmosphäre. Das

Buffet wird immer wieder aufgefüllt, und die Kellner sind sehr aufmerksam, wenn es um den Nachschub an Getränken geht. Zusammengefasst: Beste Bedingungen dafür, dass es ein schöner und erholsamer Tag werden könnte.

Wolfgang sitzt mir sinnend gegenüber. Woran er denkt, ist nicht auszumachen. Sein Blick geht immer wieder in Richtung Fenster, was mich wundert, weil er dort nur den blauen Himmel sehen kann. Vielleicht denkt er an die abgesagte Besprechung seiner Geschäftsleitung und macht schon Pläne für den Tag nach seiner Heimkehr in München. Bis mir auffällt, dass vor dem Fenster, an einem Vierertisch, eine nicht mehr ganz junge, aber dennoch sehr attraktive Frau alleine vor ihrer Kaffeetasse sitzt.

„Wolfgang, bist du ansprechbar?" frage ich.

Erschrocken zuckt er zusammen.

„Ja, natürlich. Warum fragst du?"

„Ach, nichts. Ich hatte nur den Eindruck, dass dich die Wolkenformationen so sehr in deinen Bann gezogen hatten, dass ich vielleicht nicht stören sollte."

Er ist kein bisschen verlegen und winkt nur ab.

„Ach, du meinst die attraktive Frau am Fenster? Ja, zugegeben, sie wäre wirklich einen Versuch wert", erklärt er dann schmunzelnd, „und, ja, sie hat mich irgendwie abgelenkt. Aber, nein", sein Ton wird ernst, „ich habe gerade an meine abgesagte Besprechung gedacht, die für unsere Firma ziemlich wichtig gewesen wäre."

„Ja, das ist natürlich ein ziemlicher Mist. Aber die kommt vielleicht morgen oder übermorgen auch noch zurecht, wenngleich", lenke ich im gleichen Atemzug ein, „ich mich in deinen Geschäften natürlich nicht auskenne. Am besten, du vergisst meine unqualifizierte Bemerkung gleich wieder."

Er reagiert nicht, und so wechsle ich das Thema:

„Weißt du, ich habe noch eine Frage zu unserem vorigen Thema, die mich wirklich interessiert. Du hast doch vorhin nach der Demo auf dem Alex gefragt. Ich hatte dabei ein wenig den Eindruck, als sei dir die damalige Situation gar nicht mehr im Bewusstsein. Wo hast *du* denn diese

Ereignisse damals erlebt?"

Wolfgang scheint diese Frage irgendwie nicht zu behagen. Er antwortet nicht gleich, wendet den Kopf zur Seite, blickt wieder aus dem Fenster und macht den Eindruck, als müsse er erst darüber nachdenken, wo er sich damals aufgehalten hatte. Ich bin ein wenig irritiert, hatte ich doch damit gerechnet, dass er spontan sagen würde, 'ich war zu Hause" oder 'in Urlaub', denn daran musste man sich doch eigentlich erinnern. Es waren schließlich historische Tage und Zeiten gewesen, da vergisst man doch nicht, wo man sie erlebt hat.

Ich blicke ihn an und lasse ihm Zeit. Und die braucht er offenbar auch. Für einen Moment habe ich sogar den Eindruck, als habe er gar nicht realisiert, was ich ihn gefragt hatte. Schließlich aber, es war, als habe er zwischenzeitlich geträumt, kehrt er jetzt aus diesen Träumen und Gedanken zurück:

„Ich war im Herbst 1989 für einige Zeit in Moskau und habe deshalb die Unruhen in der DDR nur bruchstückhaft mitgekriegt."

„Was? Du warst damals in Moskau?" frage ich neugierig.

„Lass mich raten: Du warst entweder als Austauschwissenschaftler dort, wie ich in den siebziger Jahren, oder du hast an einem dieser Erfahrungsaustausche teilgenommen."

Es hat den Anschein, als wolle Wolfgang sich nicht offenbaren. Vielleicht hatte er damals eine Geheimhaltungsverpflichtung unterschrieben, aber, Gott nochmal, inzwischen hatte sich die Welt doch irgendwie verändert.

„Ja, es stimmt, es war so eine Art Erfahrungsaustausch, kann man sage", antwortet er zögernd.

Wieder verstummt er. Wieder lässt er mich warten, und wieder setzt er seinen Bericht dann sehr unvermittelt wieder fort:

„Weißt du, so aus dem Zusammenhang gerissen, mag das jetzt etwas komisch klingen. Ich war damals bei der NVA[16] und war, gemeinsam mit einem anderen Genossen, für die Beschaffung von Waffen und Ersatzteilen bei den Freunden verantwortlich. Du kannst dir sicher vorstellen, dass man da häufiger auch mal für längere Zeit vor Ort sein musste, dort, wo die Waffen herkommen. Das war nun zufällig im Herbst '89 der Fall. Und dort waren wir vom Geschehen zu Hause zunächst einmal ziemlich abgeschirmt. Natürlich habe ich mir nachher vieles erzählen lassen. Aber das ist natürlich nicht das gleiche, als wenn man unmittelbar dabei gewesen ist."

Ich kann nicht gleich etwas darauf erwidern. Ich bin immer noch überrascht: Wolfgang bei der NVA, und noch dazu in solch einer Position? Nicht im Traum hätte ich daran gedacht. Als er Elektrotechnik und Ilmenau erwähnt hatte, hatte ich aus irgendeinem Grunde vermutet, dass er in die Wirtschaft gegangen wäre.

„Ich habe gedacht, dass du in irgendeinem Elektro-Kombinat in die Forschung gegangen wärst. Aber dass du dann zur Armee gegangen bist, ist ja wirklich sehr interessant. Erzähl doch mal ein bisschen mehr. Wie ist es dazu gekommen? Hattest du schon während der ABF-Zeit mit dem Gedanken gespielt, später einmal zur Armee zu gehen?" Plötzlich hatte ich viele Fragen.

„Nein, überhaupt nicht", antwortet Wolfgang jetzt bereitwilliger. „Das war doch so: Man machte sein Abitur, und hatte auch mehr oder weniger konkrete Vorstellungen davon, was danach kommen könnte. Dann studierte man. Und mit den Erfahrungen aus dem Studium änderten sich manchmal auch die Pläne. Und im späteren, realen Leben hat sich möglicherweise wieder alles verändert. Du kennst das doch sicherlich auch."

Ich blicke ihn fragend an. „Und, war es bei dir so?"

„Es war schon so ähnlich, wie du vermutest hast: Nach dem Studium habe ich in einem kleineren VEB[9] gearbeitet. Die hatten eine kleine Entwicklungsabteilung mit nur wenigen Mitarbeitern. Da wusste ich eigentlich schon nach kurzer Zeit, dass das nichts für mich war. Dann kam der Wehrdienst. Ich wurde zu einer Nachrichten-Einheit eingezogen. Ja und dort, das muss ich sagen, dort habe ich mich eigentlich von Anfang an richtig wohlgefühlt. Das mag jetzt komisch klingen, aber ich konnte da in meinem Fach tätig sein. Und es war anspruchsvoll. Abgesehen natürlich vom militärischen Teil, der war nicht so mein Ding. Aber auch daran habe ich mich schließlich gewöhnt. Und dann, nach vielleicht einem knappen Jahr, kam ein wirklich tolles Angebot."

Er hält inne und sagt dann: „Weißt du was? Bevor ich weiter erzähle, gönnen wir uns noch einen von diesem vorzüglichen Cognac."

Er winkt dem Ober, der aufmerksam die gut besetzten Tische der gestrandeten Passagiere beobachtet. Im Gegensatz zu uns ist er sicher nicht traurig darüber, dass die Fluglotsen heute streiken. Und ich? Eigentlich hatte ich mich ja schon auf zu Hause gefreut, nach fast zwei Wochen Aufenthalt in Japan. Andererseits hätte ich ohne den Streik und ohne die Warterei in der Schlange Wolfgang nie getroffen. Ich muss innerlich schmunzeln, wenn ich daran denke, wie unverdrossen Wolfgang heute Vormittag daran gearbeitet hatte, seiner Erinnerung auf die Sprünge zu helfen. Dennoch hatte es ja einiger, gemeinsamer Anläufe bedurft, ehe wir wussten, wer wir sind oder einmal gewesen waren. Und dieser Prozess des Erinnerns hält ja noch an.

Unaufhörlich kommen seitdem neue Informationen dazu, und führen dazu, dass sich die Vorstellung von dem, was mal gewesen ist, immer mehr vervollständigen. Und hierbei ist der gute Cognac ein vorzüglicher Katalysator, wie sich bis hierhin schon deutlich gezeigt hatte. Geschichte ist eben nicht etwas, was einfach ohne Zutun der Menschen abläuft. In diesem Prozess verändert sich der Mensch ebenso. Da zeigt sich auch, wie wichtig Erinnerungen sind. Ohne die Zeit vor fast vierzig Jahren wieder aufleben zu lassen, können wir wohl auch nicht einschätzen, wie sich unsere Mitstudenten und ihre Ansichten in der Zwischenzeit verändert haben.

Wenn ich mich früher aus unterschiedlichen Gründen mit der Vergangenheit beschäftigt hatte, war mir nie wichtig gewesen, festzustellen, wann und bei welcher Gelegenheit ich in meinem Leben einen Fehler gemacht hatte. Der war passiert, aber oft hatte es dann auch eine Möglichkeit gegeben, ihn irgendwie wieder auszubügeln.

Nein, interessanter war im Rückblick die Erkenntnis, wann und wodurch man sich, entweder im Laufe einer längeren Entwicklung, oder vielleicht auch durch ein kurzfristiges Ereignis, verändert hatte. Was war es gewesen, was eine vormals längerfristige Überzeugung verändert hatte? Gab es einen Zusammenhang zu einem Ereignis oder war das ein schleichender Prozess gewesen, der durch die Veränderung der Lebensumstände in Gang gekommen war?

Wie war das bei Wolfgang gewesen? Je mehr ich darüber nachdenke, desto schärfer kristallisieren sich bestimmte Momente unserer gemeinsamen ABF-Zeit heraus. Das ist noch immer kein vollständiges Bild, sondern mehr kleine, aber doch schon zusammenhängende, Sequenzen, ein Mosaik von Bildchen mit noch viel leerem Raum dazwischen. Würde es im Laufe des Tages gelingen, diese Zwischenräume zu füllen? Es hängt ja nicht nur von Wolfgangs Bereitschaft alleine ab, meiner Erinnerung auf die Sprünge zu helfen, sondern auch davon, was in meinem Kopf noch gespeichert ist, um bei einem passenden Signal wieder zum Leben erweckt zu werden.

Auf der kurzen Busfahrt zum Hotel hatte Wolfgang kurz von einem Mitstudenten gesprochen, der bei mir keinerlei Erkennen hervorgerufen hatte. Ich muss ihn gekannt haben, aber er war weg, verschwunden im Orkus des Vergessens, als hätte es die gemeinsamen zwei Jahre in Halle nie gegeben. Es ist wohl eines der Mysterien des menschlichen Gehirns, dass es bestimmte Dinge in messerscharfer Klarheit über Jahrzehnte bewahren kann, während andere Ereignisse oder Personen nach wenigen Jahren auf ewig in Vergessenheit geraten können.

## 8. *Biermann*

Die Mathe-Stunde hatte noch nicht begonnen, da erschien Frau Schneider, die Sekretärin des Direktors, in der Tür, schaute sich suchend um und kam dann zu Peter Köster an den Tisch. Sie reichte ihm einen Zettel:

„Es ist wichtig", flüsterte sie und zog sich sofort wieder zurück.

Verwundert blickte Peter auf den schmucklosen Ormig-Abzug.

> *Die FDJ-Sekretäre aller Seminargruppen der MLU[10] Halle werden aufgefordert, heute abend um 18 Uhr zu einer wichtigen Beratung im Tschernyschewsky-Haus[11] zu erscheinen.*
> *FDJ-Leitung der MLU*

Merkwürdig. Das hatte es in der kurzen Zeit, seit der er FDJ-Sekretär war, noch nie gegeben.

Überhaupt FDJ-Sekretär. Was für ein merkwürdig klingender, amtlicher Titel. Eher ein Beamtendienstgrad, als die Bezeichnung für den niederrangigen Vertreter einer Jugendorganisation. Im Westen war er 'Klassensprecher' gewesen, was sich im Vergleich zu FDJ-Sekretär eindeutig 'volkstümlicher' anhörte. Na ja, aber nun hatte er sich wählen lassen und musste folglich auch diesen Titel erdulden.

Vor einigen Wochen, zum Ende des ersten Semesters, hatte Wanka Peter nach dem Mathematik-Unterricht zur Seite genommen.

„Jugendfreund Köster, wir haben festgestellt, dass sie in diesem ersten Semester gute Leistungen gezeigt haben und, wie uns von mehreren Seiten berichtet wurde, sie einen gesellschaftlich positiven Einfluss in der Seminargruppe ausüben. Haben sie sich nicht schon mal Gedanken darüber gemacht, dass sie diese Wirkung noch wesentlich besser ausüben könnten, wenn sie Mitglied der SED wären?"

Wanka war ein beliebter Dozent und für die Seminargruppe verantwortlich, in der Peter Köster lernte. Er war Genosse, betonte diesen Umstand in der Öffentlichkeit aber nicht. Vielleicht hatte das mit seinem Lehrfach zu tun, denn Mathematik ist ein Fach, das keiner Weltanschauung unterliegt und sich nur wenig für die Untermauerung von politische Belehrungen eignet. Selbst in Trigonometrie, wo man leicht Fragestellungen aus dem militärischen Bereich hätte nehmen können, hielt er sich damit zurück. Eine Ausnahme hatte er allerdings bei der mathematischen Beschreibung einer Parabel gemacht, für die die Kurve einer abgeschossenen Granate eindeutig das beste Anschauungsbild war, egal, von wem sie abgeschossen wurde.

Andererseits scheute er sich nicht, für den Unterricht eine völlig antiquiert wirkende Methode aus der Mottenkiste der Pädagogik zu holen, nämlich das Kopfrechnen.

„Alle aufstehen", begann er dann unvermittelt die Stunde. „Wir wollen doch mal sehen, ob ihre Gehirnwindungen heute für das Rechnen ausreichend geölt sind."

Nach dem ersten Mal, dem ersten ungläubigen Erstaunen, bei manchen grenzte das schon an Entsetzen, wussten alle sofort Bescheid. Wanka warf Aufgaben in den Raum, die man im Kopf lösen konnte, wenn man denn das Kopfrechnen beherrschte. Wer die Lösung als erster laut rief, der durfte sich setzen. Unglaublich, hatten viele am Anfang gedacht, was hat denn diese Methode aus der Kaiserzeit an einer sozialistischen Bildungseinrichtung zu tun? Schließlich war man ja auch erwachsen und kein Klippschüler mehr, dem man das Ein-mal-Eins auf diese Weise beibringen musste. Aber er zog das ungeachtet einiger leiser Proteste ungerührt weiter durch. So war das Kopfrechnen schließlich zu einer Routine geworden, die niemanden mehr aufregte.

Das war Wanka, und der stand jetzt vor Peter Köster, schaute ihn erwartungsvoll an, und erwartete eine Antwort auf die heikle Frage eines Beitritts zur Partei.

Bisher war Peter noch nie so direkt gefragt worden,

vielleicht weil er als 'West-Import' nicht dafür prädestiniert schien, Mitglied der Partei zu werden. Er hatte das nie gewollt, auch jetzt verspürte er dafür kein Bedürfnis. Er wollte kein Abitur ablegen, dem der Verdacht anhing, er habe es wegen seiner Mitgliedschaft in der Partei geschafft. Er wollte einfach nur nach seinen fachlichen Leistungen beurteilt werden, sonst nichts. Natürlich war das naiv. Natürlich wusste er inzwischen, dass die sogenannte 'politische Haltung' unter Umständen ein erhebliches Gewicht bei Beurteilungen haben konnte. Aber derartige Erkenntnisse hatten seine Meinung bisher nicht ändern können, und so beantwortete er jetzt auch Wankas Frage in diesem Sinne, wenngleich etwas diplomatischer.

Wanka sah ihn an, nachdenklich, ja, vielleicht auch etwas erstaunt. Dann legte er ihm die Hand leicht auf die Schulter, was für ihn eine ungewöhnlich persönliche Geste darstellte, und sagte:

„Ich danke ihnen für die offene und ehrliche Antwort, Jugendfreund Köster. Vielleicht überlegen sie sich das ja später noch mal. Und....", er zögerte einen Moment, „vielleicht sollten wir bis dahin auch nicht unnötig über dieses Gespräch reden."

Peter hatte sich bis heute daran gehalten.

Ein, zwei Wochen später wurden Wahlen zum FDJ-Sekretär der Seminargruppe angesetzt. Das war überraschend, denn Reinhard Bäumler, der diese Funktion bisher ruhig und mit Billigung der Studenten ausgeführt hatte, war zurückgetreten. Er war Genosse und bereits zu Beginn des Studienjahres von der Leitung als FDJ-Sekretär eingesetzt worden. Reinhard wolle diese Funktion nicht mehr ausüben, wurde den Studenten mitgeteilt, da er fürchte, die Mehrbelastung, die damit verbunden war, auf die Dauer nicht verkraften zu können.

Meldete sich vielleicht jemand freiwillig? Natürlich nicht. Eine solche Frage war eher rhetorisch, denn ernst gemeint. Über mögliche Kandidaten wurde in der Regel vorher verhandelt, irgendwo, hinter verschlossener Tür, in einem

Kreis von Personen, die sich dafür befugt hielten.

Und so lief denn auch das weitere Programm des Wahlvorgangs wie nach einem Spielplan ab. Es stand auf der Genosse und Jugendfreund Bernd Ulbrich und verkündete, dass man übereingekommen sei, dass Peter Köster diese Funktion hervorragend ausfüllen könne und das volle Vertrauen der gesamten Seminargruppe habe. Es folgten die üblichen, blumigen Begründungen, die aber nichts weiter als schmückendes Beiwerk für diesen Überfall darstellten.

Alle hatten Peter daraufhin angestarrt, ihn, den vorher niemand gefragt hatte.

„Wären sie bereit, Jugendfreund Köster, diese Funktion anzunehmen?" hatte Wanka dann gefragt, und Peter, überrascht und peinlich berührt, hatte „Ja" gesagt, weil ihm im Moment nichts eingefallen war, warum er hätte „Nein" sagen können. Die Wahl war dann nur noch eine Formsache gewesen.

So war er nun FDJ-Sekretär dieser Seminargruppe, und als solcher aufgefordert, 'an einer wichtigen Beratung' im Tschernyschewsky-Haus teilzunehmen.

Peter hatte sich mit Wolfgang Grabert verabredet. Dieser war FDJ-Sekretär der zweiten Seminargruppe, die nach einem auf Mathematik und Naturwissenschaften spezialisierten Lehrplan unterrichtet wurde. Auch Wolfgang war, wie Reinhard Bäumler, bereits zu Beginn des Studiums von der Leitung als FDJ-Sekretär eingesetzt worden, wahrscheinlich, weil er bereits Parteimitglied war. Andere Gründe für diese Auswahl konnten ja am Studienanfang noch nicht vorgelegen haben. Wolfgang schien ganz in Ordnung sein. Jedenfalls hatte Peter auf den beiden Schulungen für FDJ-Sekretäre nicht den Eindruck gehabt, dass er sich aus eigennützigen Gründen politisch besonders eifrig darstellte.

Der Saal im Tschernyschewsky-Haus war ziemlich groß, und bei ihrem Erscheinen bereits gut gefüllt. Die Uni musste außergewöhnlich viele FDJ-Sekretäre haben, dachte Peter erstaunt. Eine andere, denkbare Erklärung konnte sein, dass auch Mitglieder anderer gesellschaftlicher Organisationen an der Beratung teilnehmen sollten.

An der schmalen Frontseite war ein Tisch aufgebaut, an dem schon einige ältere Männer saßen. Der offensichtlich jüngste von ihnen trug ein blaues FDJ-Hemd. Wahrscheinlich war er der Leiter der FDJ an der Uni; Peter kannte ihn aber nicht. Die Männer unterhielten sich gelöst und beobachteten nebenbei, wie sich die Reihen im Saal auffüllten.

Dann, ein demonstrativer Blick auf die Uhr, und der schon ältere FDJ-ler ergriff das Wort zu einer kurzen Begrüßung, die er alsbald zu der Bemerkung überleitete, 'dass wir heute einen wichtigen Beschluss zu fassen haben'. Dazu würde der Genosse von der Parteileitung das Wort ergreifen und uns mit den erforderlichen Informationen versorgen.

Der Genosse von der Parteileitung ergriff dann auch ohne Zögern, und sehr routiniert, das Wort und erklärte den Anwesenden weitschweifig, dass der westdeutsche Staat mit Hilfe des Westfernsehens nichts unversucht lasse, den sozialistischen Aufbau in der DDR zu stören, und zwar nicht nur auf ökonomischem Gebiet.

Wolfgang und Peter blickten sich stumm an. Neu war das nicht gerade, denn jeder von ihnen kannte solche Reden natürlich von früheren Gelegenheiten, von FDJ- oder Gewerkschaftsversammlungen, oder Parteiversammlungen. Es waren die üblichen Warnungen vor den schädlichen, westlichen Einflüssen, die über alle möglichen Schleichwege in die DDR getragen wurden mit dem einzigen Ziel, uns, dem Staat DDR, zu schaden. Waren wir nur deshalb zur Abendstunde hierher beordert worden, ging es Peter durch den Kopf, um uns diese schon leidlich abgenutzten Phrasen anhören zu müssen?

„Jugendfreude, ich weiß, dass sie sich in ihren gesellschaftswissenschaftlichen Seminaren schon intensiv mit diesen Themen befasst habt und in ihren Analysen dabei sicherlich zu dem gleichen Schluss gekommen seid, dass nämlich diese Einmischungen nichts anderes sind als Instrumente zur Destabilisierung der DDR."

Er blätterte die Seite seines Redemanuskripts um, seine Augen flogen über die nächsten Zeilen. Dann hob er den Kopf und blickte bedeutungsvoll in den Saal:

„Das alles, liebe Jugendfreunde, ist schon negativ genug. Schlimm wird es aber dann, wenn, wie erst kürzlich geschehen, diese Versuche der Destabilisierung durch Bürger der DDR öffentlich im Westfernsehen unterstützt werden."

In Benzlau konnte man kein Westfernsehen empfangen. Außerdem waren Fernseher für das schmale Budget von Peters gerade gegründeter Familie viel zu teuer. Hier in Halle, also auch im Studentenheim, war der Empfang des Westfernsehens technisch wahrscheinlich möglich, Peter wusste das nicht genau. Im Versammlungsraum des Studentenheimes stand zwar ein Fernseher, jedoch war es bisher niemanden von den Studenten eingefallen, auszuprobieren, wie gut der West-Empfang hier war.

Peter war also ahnungslos, und auch Wolfgang hob nur ratlos seine Schultern als Peter fragend zu ihm herüber blickte.

„So hat vor wenigen Tagen", fuhr der Redner fort, wobei er seinen Stimmbändern und dem Mikrofon nun eine erhöhte Lautstärke abverlangte, „der sogenannte Dichter und Sänger Wolf Biermann in seiner Wohnung in Berlin dem Westfernsehen ein Interview gegeben. Dabei hat er auch einige sogenannte Gedichte und Lieder vorgetragen, die unsere Partei und ihre Genossinnen und Genossen in einer anmaßenden und unverschämten Art und Weise verleumden und verächtlich machten.

Liebe Jugendfreunde und Genossen", der Redner löste sich jetzt mit erhobenem Haupt von seinem Manuskript, „derartige feindliche Handlungen können wir nicht dulden und tolerieren. Wir müssen einer solchen schändlichen Hetze gegen Parteigenossen, die ihre ganzen Kräfte dem Aufbau des Sozialismus widmen, entschieden entgegentreten."

Er nahm ein weiteres Blatt aus seiner Mappe in die Hand und hielt es demonstrativ hoch.

„Partei- und FDJ-Leitung haben deshalb beraten, und

sind zu dem Schluss gekommen, dass es die adäquate Antwort einer sozialistischen Bildungseinrichtung sei, machtvoll mit einer gemeinsamen Resolution der Studenten dagegen zu protestieren. Wir haben unseren Protest deshalb in dieser scharfen Erklärung zum Ausdruck gebracht," er hob ein Blatt Papier erneut in die Höhe, „in der wir das Verhalten dieses Wolf Biermann auf das Schärfste verurteilen und fordern, dass der Biermann zur Verantwortung gezogen wird. Und damit diese Protestresolution auch die notwendige Wirkung entfalten kann, haben FDJ- und Parteileitung der Martin-Luther-Universität beschlossen, dass die Studentenvertreter aller Seminargruppen der Universität heute und hier an diesem Tisch diese Resolution einzeln unterzeichnen sollen."

Stille, Unsicherheit, dann Geraune. Die ersten Studenten machten sich schon bereitwillig auf und marschierten in Richtung Tisch. Da gab es eine Wortmeldung durch einen Studenten:

„Liebe Genossen, das ist ja alles ganz schön. Aber bitte, wer ist Wolf Biermann? Ich sehe kein Westfernsehen und im Neuen Deutschland oder in unserer FDJ-Zeitung 'Forum' habe ich auch noch nichts *über ihn*, beziehungsweise *von ihm* gelesen. Wie kann ich also jemanden, den ich nicht kenne, für etwas verurteilen, was ich auch nicht kenne?"

Alle schauten sich nach dem Fragesteller um, der ruhig und ohne besondere Erregung inmitten seiner Kommilitonen stand, zum Podium blickte und mit erkennbarer Neugier eine Antwort erwartete. Peter kannte ihn nicht, hätte ihn jedoch wegen dieser scharfsinnigen Schlussfolgerung gerne gelobt.

Die Männer auf dem Podium blickten sich verblüfft an. Es war eine schizophrene Situation, wie sie augenblicklich begriffen hatten: Auf der einen Seite erwarteten, ja forderten sie, dass die Studenten kein Westfernsehen sehen sollten. Andererseits gingen sie jedoch wie selbstverständlich davon aus, dass alle *diesen Wolf Biermann*, wie der Parteisekretär distanziert betont hatte, kannten, ohne die verhassten Feindsender eingeschaltet zu haben.

Wolfgang grinste leicht und flüsterte Peter zu: „Jetzt bin ich aber mal gespannt."

Auf dem Podium zunächst schweigende Ratlosigkeit, dann leises Getuschel untereinander, schließlich Verständigung. Der Genosse aus der Parteileitung räusperte ins Mikrofon und hob dann zu einer Einklärung an:

„Liebe Jugendfreunde, die Frage scheint auf den ersten Blick berechtigt: Was man nicht kennt, das kann man nicht loben und auch nicht verurteilen. Soweit die vordergründige, scheinbare Logik dieser Aussage. Aber, Jugendfreunde, das ist eine Scheinlogik, der sie da unterliegen. Natürlich kann man Dinge verurteilen, von denen man die Einzelheiten nicht kennt. Wie ist das zum Beispiel mit einer strafbaren Handlung, wie Diebstahl, Totschlag oder gar Spionage? Muss man da tatsächlich ganz genau wissen, worum es im Einzelnen geht, um ein solches Verbrechen verurteilen zu können?"

Sein Blick schweifte fragend über die Anwesenden, bevor er seine Stimme wieder erhob.

„Die Gedichte und Lieder dieses Biermann sind von einer Gruppe von Genossen, die sich in Poesie und solchen Sachen bestens auskennen, sorgfältig geprüft und als schändliche Verächtlichmachung der Mitglieder unserer Partei entlarvt worden. Und an dieser Einschätzung gibt es keine Zweifel. Wenn wir ihnen also diese Protestresolution zur Unterschrift vorlegen, dann gehen wir selbstverständlich davon aus, dass sie, als gewählte Vertreter der Studenten unserer Universität, absolutes Vertrauen in das Urteil der Mitglieder dieser Kommission haben, so dass sie die Resolution guten Gewissens unterschreiben werden, ohne dieses ganze Geschmiere im Einzelnen gesehen bzw. gehört zu haben."

Der dürftige Strom der eiligen Unterschriftswilligen stockte. Unsicherheit bei den Studenten, Murren, das schließlich zu einem bienenschwarmähnlichen Gemurmel anschwoll. Jetzt auch Unsicherheit bei den Funktionären, erneute Beratung, dann ein Klopfen am Mikrofon:

„Jugendfreunde, ich bitte um Ruhe."

Der Redner schob suchend einige Blätter Papier vor sich auf dem Tisch hin- und her. Dann schien er das Gesuchte gefunden zu haben und legte es demonstrativ vor sich hin und fuhr fort:

„Jugendfreunde, wie ich schon sagte, sind wir ursprünglich davon ausgegangen, dass sie darauf verzichten würden, dieses Geschmiere von dem Biermann persönlich in Augenschein zu nehmen, da wir von einer starken und gefestigten Vertrauenshaltung zur Partei überzeugt waren, und auch noch sind", schob er hastig nach. „Andererseits verstehen wir, dass sie diese Aktion überzeugend in ihren Seminargruppen diskutieren wollen. Natürlich werden wir die Schmierwerke dieses Wolf Biermann nicht veröffentlichen, und dadurch zu ihrer weiteren Verbreitung beitragen. Wir werden ihnen jedoch, quasi zur Unterstützung ihrer Agitationstätigkeit, einen Auszug vorlesen, der ihnen die ganze Verleumdung, die in diesen Texten steckt, illustrieren wird. Wir gehen davon aus, dass niemand diesen Text mitschreibt."

Sofort herrschte Stille. Der Mann nahm das vor ihm liegende Blatt etwas hoch und begann: „Wie gesagt, nur ein Auszug.

Hier, als nur eines von vielen Beispielen, ein Vers aus dem sogenannten Gedicht:

'Die hab' ich satt.'[12]

*Und sagt mir mal: Wozu ist gut*
*Die ganze Bürokratenbrut?*
*Sie wälzt mit Eifer und Geschick*
*dem Volke über das Genick*
*Der Weltgeschichte großes Rad*
*die hab ich satt!*

Und, im gleichen Gedicht, etwas später

*Die Lehrer, die Rekrutenschinder*
*Sie brechen schon das Kreuz der Kinder*
*Sie pressen unter allen Fahnen*
*Die idealen Untertanen*
*Gehorsam – fleißig – geistig matt*
*- die hab ich satt!*

„Liebe Jugendfreunde, er, dieser Biermann, hat *uns* satt! Er hat diejenigen satt, die unsere Kinder erziehen, die ihnen dazu verhelfen, eine solide berufliche Bildung zu erlangen, um in der sozialistischen Produktion ihren Beitrag leisten zu können. Er hat die Hochschullehrer an den Universitäten satt, und damit auch diejenigen jungen Menschen, die an unserer Arbeiter-und-Bauer-Fakultät hier in Halle ihr Abitur machen können. Das heißt nichts anderes, als dass diese Herabwürdigungen uns alle treffen soll. Aber wir werden uns zu wehren wissen und werden nicht zulassen, dass dieser Biermann gerade diejenigen verunglimpft, die für die Zukunft unserer jungen Menschen arbeiten."

Er lehnte sich auf seinem Stuhl zurück und sah wie ein Feldherr über die Köpfe im Saal:

„Ich kann mir nicht vorstellen, dass angesichts solcher offensichtlichen Beschimpfungen und Verleumdungen jemand von ihnen noch Bedenken haben könnte, diese Protestresolution zu unterzeichnen. Wenn ja", seine Stimme erhob sich, „dann möge er sich jetzt melden, damit wir seine Bedenken hier gemeinsam klären können."

Aber es hatte niemand mehr eine Frage, auch Bedenken gegen eine Unterschrift, falls sie vorher existiert haben sollten, waren schlagartig verflogen.

**9.** Der Cognac war genauso vorzüglich gewesen wie die beiden ersten. Ich hatte einen unauffälligen Blick in die Getränkekarte werfen können. Nun ist mir klar, dass das mir vom Institut zugestandene Tagegeld bereits vollständig in unseren Mägen ruhte, dort allerdings ein wohliges Gefühl erzeugte.

Wolfgang muss wohl die gleiche Befriedigung verspüren, denn sein Gesicht zeigt eine vergnügliche Miene, als er das leere Glas auf den Tisch setzt.

„Das ist doch immer wieder schön, wenn man einen so guten Tropfen in angenehmer Gesellschaft zu sich nehmen kann. Zu Hause könnte ich das ja auch machen, aber alleine macht das einfach keinen Spaß. Karin trinkt nämlich nicht."

Er holt ein Tuch aus seiner Hosentasche und wischt sich leicht über die Stirn:

„Mir ist warm", fügt er erklärend hinzu, um sich dann jedoch energisch aufzurichten:

„Aber jetzt mal zurück zum Thema, damit ich deine Neugier vollständig befriedigen kann. Also, ich habe da bei der Armee in einer Nachrichtenabteilung meinen Dienst geschoben. Eines Tages wurde ich zum Kommandanten befohlen. Dort war noch ein mir unbekannter Oberst anwesend und außerdem noch zwei Männer in Zivil. Aber nicht in Ledermänteln", fügt er grinsend hinzu. „Die horchten mich anfangs noch ein bisschen aus, nach West-Verwandtschaft, meinen Nachbarn, Freunden und meiner Freundin - ich war ja damals noch mit Britta Carolis zusammen-, usw., nichts besonderes. Wie das damals eben so üblich war. Dann kam das Angebot: Ich könne sofort meinen Wehrdienst beenden, wenn ich mich bereit erklären würde, in einer militärischen Entwicklungsabteilung der NVA zu arbeiten."

Seine Finger hatten die ganze Zeit mit einem Untersetzer gespielt, der vom Cognac-Glas zurückgeblieben war. Jetzt knüllt er ihn, irgendwie gedankenlos, zusammen und wirft ihn in einen Aschenbecher. Er hebt seinen Kopf und sieht mich direkt an:

„Du kannst dir sicher vorstellen, wie überrascht ich war."

„Ja natürlich. Und, hast du das Angebot angenommen?"

„Na klar", antwortet er lebhaft, „das war doch eine

einmalige Chance aus diesem langweiligen VEB zu entkommen."

„Und womit musstest du dich dann beschäftigen? Waffen entwickeln oder warten, und dergleichen?"

„Nein, so etwas nicht. Dafür waren doch meistens die Freunde zuständig. Nein, es ging um Untersuchungen zur Sicherheit der elektronischen Geräte der NVA. Du bist doch Physiker und als solcher weißt du doch, dass zum Beispiel bei der Detonation einer Atombombe ein elektromagnetischer Impuls entsteht, der alle elektronischen Geräte in einem bestimmten Umkreis zerstören kann. Also, die Aufgabe liegt auf der Hand: Man muss sie schützen."

Ich muss nicht weiter fragen, denn ich weiß, dass alle wichtigen elektronischen Einrichtungen deswegen heutzutage einen Schutz gegen einen solchen, möglichen Impuls haben.

„Und da bist du bis zur Wende geblieben?"

„Nein", wehrt Wolfgang ab. „Wahrscheinlich habe ich eine zu gute Figur abgegeben, jedenfalls wurde ich einige Jahre später in eine Gruppe abkommandiert, die Waffen und Ersatzmaterial bei den Freunden eingekauft haben. Dazu mussten wir dann regelmäßig in die SU[13] fahren. Aber darüber können wir vielleicht heute Abend noch reden."

Er steht vom Tisch auf, und wendet sich im Weggehen zu mir um:

„Entschuldige, Peter, ich muss kurz mal zur Toilette. Wenn ich zurück bin, erzählst du mir erst mal, wie du deine Nach-ABF-Zeit bewältigt hast."

Es dauert nicht lange, dann sitzt er wieder erwartungsvoll vor mir:

„Nun erzähl mal, wie es bei dir gelaufen ist. Ich bin wahnsinnig neugierig."

„Ich fürchte, meine Entwicklung ist für dich vergleichsweise langweilig. Zwei Jahre Physik-Studium an der TU in Dresden, dann Wechsel an die Humboldt-Uni nach Berlin."

„Ging denn dieser Wechsel so einfach?" unterbricht mich

Wolfgang. „Ich erinnere mich, dass man solche Wechsel damals nicht gerade gerne gesehen hat."

„Na, einfach natürlich nicht. Aber Jutta, meine Frau, war vom Fernstudium an die Hochschule zum Direktstudium nach Berlin gewechselt. Und deshalb wurde mein Wechsel befürwortet, quasi als eine Art Familienzusammenführung."

„Ach, deine Frau war der Grund. Ja, ich glaube, ich erinnere mich an sie. Sie muss auf der Abschlussveranstaltung in Halle dabei gewesen sein. So eine kleine, Hübsche mit kurzen Haaren, nicht wahr?"

„Ja, das stimmt", bestätige ich. „Also dann in Berlin, die letzten drei Jahre bis zum Diplom. Danach eine Anstellung an einem Forschungsinstitut der Akademie der Wissenschaften mit Promotion, und später auch noch Habilitation. Ich war zufrieden. Wegen meiner West-Herkunft war ich natürlich kein Reisekader. Aber immerhin wurde ich zweimal zum Austausch in die SU geschickt, erst nach Moskau und später dann Jerewan. Das waren wirklich sehr interessante Erfahrungen."

„Dann musst du dich ja in Moskau gut auskennen?"

„Ja, einigermaßen, damals jedenfalls. Heute hat sich sicher vieles verändert."

„Das ist wohl war", sinniert Wolfgang wie abwesend, „ich bin ja immer noch regelmäßig dort. Nun schon mehr als dreißig Jahre."

„So lange?". Ich bin wirklich erstaunt. "Was machst du denn dort immer?"

Er zuckt ein wenig zusammen und winkt dann mit der Hand ab.

„Später vielleicht."

„Ja, in Ordnung", lenke ich ein. Offenbar ist er nicht bereit, weiter darüber zu reden. „Frage: Wollen wir uns nicht mal ein wenig die Stadt ansehen? Ich war noch nie in Brüssel."

„Das ist eine prima Idee. Ich kenne Brüssel ein bisschen. Es lohnt sich für ein, zwei Stunden. Altmarkt, Männeken Pis, und so weiter. Die ganze Zeit hier im Hotel zu sitzen, wäre wirklich langweilig. Und im Zentrum gibt es auch jede Menge nette Cafés und Restaurants."

Er steht auf.

„Vorschlag: Abmarsch in einer viertel Stunde. Wir nehmen ein Taxi."

## 10. *Bergfest*

Jan und Martin hatten sich bereits einen Monat vor Ende des Studienjahres endgültig verabschiedet und waren nach Hause gefahren. Es war ein etwas wehmütiger Abschied gewesen. Nach fast zwei Semestern hatten sie aufgegeben. Alle Versuche von Peter und Alex, sie zum Durchhalten zu bewegen und von ihnen Unterstützung anzunehmen, waren vergebens gewesen. Mit Wanka hatte es, in Gegenwart der beiden, noch ein Gespräch gegeben, an dem auch Peter als FDJ-Sekretär hatte teilnehmen müssen. Wanka hatte ihr Hilfsangebot gelobt und auch den Beistand des Lehrkörpers angeboten. Aber die beiden waren gar nicht darauf eingegangen, hatten als Begründung nur ihre derzeit schlechten Leistungen angegeben und ansonsten auf ihre Entlassung aus dem Studentenstand bestanden.

„Glaub mir, Peter", hatte Martin kurz nach dem letzten Gespräch zu diesem gesagt, „mir tut es sehr leid, dass ich jetzt auf diese Art das Feld räumen muss. Wir vier hatten uns doch ziemlich gut aneinander gewöhnt. Ja, vielleicht kann man sogar sagen, dass es schon so etwas wie der Beginn einer Freundschaft war. Jedenfalls von meiner Seite sehe ich das so. Alex und du, ihr seid wirklich gute Kumpel gewesen, und Jan natürlich auch. Eigentlich ein Wunder, dass wir, obwohl wir doch auch viele unterschiedliche Interessen haben, so ohne Konflikte in unserer Bude zusammen gehaust haben. Und, das muss ich unbedingt auch noch sagen: Die Dozenten haben uns wirklich sehr unterstützt.

Wenn es also nur nach euch und den Dozenten gegangen wäre, dann hätte alles gut werden können. Aber, ehrlich gesagt, ich bin einfach nicht für diese Art zu lernen geeignet. Und deshalb sehe ich auch keinen Sinn darin, mir und meinen Eltern noch länger vorzumachen, aus mir könnte mal ein Ingenieur oder Akademiker werden. Wofür soll ich mich also noch quälen? Allein die Vorstellung, diese Strapazen noch ein weiteres Jahr aushalten zu müssen und mich dann am Ende auch noch für die Abiturprüfungen quälen zu müssen, bereitet mir Magenkrämpfe. Und ich glaube, dass Jan das genau so empfindet. Sieh mal, ihr beide, du und Alex, ihr schafft das Abitur locker. Und wenn ihr dann das Zeugnis erst einmal in der Tasche habt, dann schafft ihr auch die Uni. Ich bin wirklich froh, es versucht zu haben, denn jetzt weiß ich genau, wo meine Grenzen liegen. Das ist ja auch wichtig. Und jetzt ist die Zeit gekommen, wo ich wieder auf meine Lok möchte, um durch das Land zu fahren und mir den Dampf und den Rauch dieser tollen Maschine wieder um die Nase wehen zu lassen. Jedem das Seine, sagt man doch. Ich habe festgestellt, ABF und Uni sind nichts, was zu mir passt."

Was hätte Peter dazu noch sagen sollen? Hatte Martin nicht recht? War es nicht richtig, dass jeder das tun sollte, was er konnte und nicht das, was Eltern oder Gesellschaft, oder wer auch immer, meinte, von ihm verlangen zu müssen? Ist nicht der Nutzen für die Gesellschaft dann am Größten, wenn jeder das mit Eifer und Engagement tut, was er am besten kann? Oder wäre es besser, wenn möglichst viele Leute formal eine hohe Qualifikation erwerben, aber in ihrem späteren Leben mit ihren Aufgaben überfordert sind?

„Ich verstehe dich ja, Martin. Aber es fällt mir schwer, es zu akzeptieren. Wir waren doch ein so gutes Team in unserer Bude", versuchte Peter seinen Wehmut etwas abzuschwächen. „Wir vier haben uns alle gut verstanden, und es hat nie Zoff wegen Unordnung oder lauter Musik gegeben. Und nun lasst ihr Alex und mich alleine. Eure Betten wird man sicherlich bald neu belegen, und Alex und ich müssen uns dann wieder an irgendwelche neue Typen gewöhnen. Vielleicht saufen die dann, verstänkern das Zimmer mit

Zigarettenrauch, oder furzen nachts. Ja, grinse nicht so, das ist doch denkbar. Da ist der Zoff doch vorprogrammiert."

Peter hatte es ernst gemeint, aber es waren dennoch vergebliche Worte gewesen. Die Entscheidung war ja längst gefallen. Aber die Gedanken daran hatten ihn für einen Moment regelrecht deprimiert. Und etwas trotzig hatte er deshalb noch hinzugefügt:

„Aber das ist ja nun nichts mehr, was dich noch interessiert."

Und so war es auch. Der endgültige Abschied war dann kurz gewesen, wie es sich geziemt, wenn Männer sich verabschieden, die ja in mancher Weise erst unterwegs waren, um noch richtige Männer zu werden.

Wieder im Zimmer fiel Peters Blick unwillkürlich sofort auf die nackten Matratzen der beiden leeren Betten. So nackt wirkten sie hässlich und ungemütlich.

Alex hatte sein Bedauern über den Weggang von Jan und Martin offenbar schnell abgelegt. Er mochte es nicht, wenn die Stimmung durch irgendwelche Ereignisse gedrückt war. Und so hatte er ohne Mühe auch in der neuen Situation einen Vorteil für die beiden ausgemacht.

„Da habe ich ja jetzt endlich mal eine sturmfreie Bude", sagte er verschmitzt grinsend und fügte mahnend hinzu:

„Ja, nur ich. Für dich gilt das natürlich nicht. Du kannst ja die Stürme deiner Triebe zu Hause mit Jutta ausfechten. Aber für mich ist das anderes. Und ich habe auch so ein gewisses Gefühl, als wenn mir bald ein junges, hübsches Mädchen in die Arme laufen wird. Und wenn es dann ernst wird, dann könnte die Tatsache, dass ich hier eine Höhle für uns habe, wichtig sein."

Sein Grinsen verstärkte sich, vielleicht, weil er sich in Gedanken diesen Fall bereits ausgemalt hatte.

„Aber keine Angst, wenn du die Bude dann für einige Stunden räumen musst, dann spendiere ich dir auch ein Bier".

„Ich höre immer 'ein Bier'. So billig wirst du dann nicht davon kommen", antwortete Peter. „Aber vorläufig sind das ja doch nur deine Träume. Erst mal musst du dir ja jemanden angeln und sie davon überzeugen, dass sich ihr Besuch bei dir in diesem Luxushotel lohnen könnte. Dann können wir immer noch darüber verhandeln, mit wie vielen Bieren du mich dann bestechen kannst, damit ich verschwinde."

„Also, Peter, jetzt bin ich aber enttäuscht. Wie kann es sein, dass du so wenig Herz für junge Leute aufbringen kannst. Du warst doch selbst mal jung, irgendwann, vor langer Zeit. Jetzt zeigt sich, dass du nichts anderes bist, als ein alter Eheknochen, der mit hohen Preisen meine sexuellen Initiativen schon in der Anfangsphase hemmen will. Schäm' dich! Ausbeuter", maulte Alex mit verstellter Stimme.

„Nun sei mal nicht ungerecht. Bei Mehrfachnutzung gebe ich dann auch Rabatt. Schließlich will ich ja nicht zum Alkoholiker werden, nur weil du deine Triebe hier ausleben willst."

„Großartig", feixte Alex, „bis jetzt habe ich mich ja bewusst den Frauen gegenüber zurückgehalten, aber bei so einem großzügigen Angebot kann ich meine natürlichen Hemmungen ja jetzt etwas abbauen. Und du wirst sehen, ich finde wirklich eine, der es hier gefällt."

„Mensch Alex, *du* musst attraktiv sein, nicht das Zimmer. Sonst klappt das nie."

„Wieso? Bin ich das nicht schon immer?" fragte dieser unschuldig und verzog dabei keine Miene.

Schließlich musste er aber doch lachen. Und da er eine laute und ungehemmte Art zu lachen praktizierte, ließ ich mich wieder einmal hinreißen, es ihm gleich zu tun.

„Habt ihr nun endlich genügend Bänder und Platten zusammen?" fragte Peter, als Alex einige Tage danach spät abends ins Zimmer stolperte. Alex gehörte, wie Peter, zu den Organisatoren des Bergfestes, mit dem der Abschluss der ersten beiden Semester an der ABF gefeiert werden sollte. Dass Alex ein Instrument spielte, hatte sich an der Fakultät schnell herumgesprochen, und so war er von der FDJ-Leitung kurzerhand zum Fachmann für Tanzmusik erklärt und, gemeinsam mit Manfred Kröger, für die Auswahl der Musik verantwortlich gemacht worden. Dabei hatten die beiden für ihre Aufgabe eine klare Direktive mit auf den Weg bekommen: Man wollte tanzen, ausgelassen tanzen. An Walzer oder ähnlich unmoderne Tänze hatte dabei natürlich niemand gedacht. Die Forderung nach tanzbarer Musik war bei der FDJ-Leitung der Fakultät sofort auf Zustimmung gestoßen, da es ja ein 'umfangreiches Repertoire an DDR-Tanzmusik' gäbe. Diese Aussage hatte bei Alex und Manfred einige Beklemmung ausgelöst, denn ihnen schwante, dass damit potenziell ein gewisses Konfliktpotenzial verbunden sein könnte.

Die Plakate mit der Ankündigung *'Bergfest mit Tanz'*, die im Fakultätsgebäude an das Ereignis erinnern sollten, konnten also bei Rudolf, einem künstlerisch ambitionierten Studenten, 'in Produktion gehen'. Die Anregung für dieses 'Halbzeitfest' war ursprünglich aus den naturwissenschaftlichen Seminargruppen gekommen. Dort hatten einige männliche Studenten (weibliche gab es dort fast keine) festgestellt, dass so ein Fest eine gute Gelegenheit wäre, den 'spirituellen Gedankenaustausch' mit den in starker Überzahl vorhandenen Studentinnen in den zwei medizinischen Seminargruppen zu vertiefen. Führend hierbei war natürlich Richard Kleber gewesen, der, wie allgemein bekannt, intensive Gedankenaustausche mit dem anderen Geschlecht liebte. Aber mit diesem Vorschlag hatte er natürlich sofort offene Türen eingerannt, und auch die Umfrage bei den angehenden Medizinerinnen war sehr positiv ausgefallen.

Natürlich bedurfte es hierzu der Zustimmung der Fakultätsleitung. Das war eigentlich nicht nur eine Formsache, aber die Genehmigung erfolgte ohne langes Zögern: Sie war sogar mit dem Angebot verbunden, für das Bergfest die Sporthalle der Fakultät zu nutzen. Dass daran wiederum eine Reihe von Auflagen gekoppelt waren, war von den Organisatoren erwartet und akzeptiert worden.

„Ja, haben wir", antwortete Alex, dem man eine gewisse

Erschöpfung ansehen konnte, auf Peters Frage. „Aber die *Zahl* der Bänder ist nicht das Problem, da hatten wir schnell mehr zusammen, als wir jemals abspielen können. Das eigentliche Problem ist, dass wir nicht wissen, was genau für Musik sich darauf befindet. Diejenigen, die die Bänder von zu Hause mitgebracht haben, haben auf unsere Frage immer nur gesagt: 'Na, Tanzmusik natürlich, wie ihr das wolltet.' Eine Liste der Musikstücke konnte uns kaum einer zur Verfügung stellen. Das heißt mit anderen Worten: Die müssten eigentlich alle erst einmal abgehört werden, damit wir sicher sein können, dass darauf nicht irgendwo, im hinteren Teil, irgendwelche Schweinereien drauf sind. Ich meine, menschliche wie politische. Und die Musik muss ja auch passen. Manfred meinte, dass wir zur Not selbst noch einige Bänder aus dem vorliegenden Material zusammenschneiden könnten. Aber wer soll das wann machen? Wir haben ja kaum noch eine Woche Zeit."

„Ja, das verstehe ich. Aber Alex, wenn ihr Hilfe benötigt, braucht ihr doch nur ein Zeichen geben. Viele von uns wären froh, wenn sie einige Stunden mit dem Abhören von Musik verbringen könnten", warf Peter ein. „Und noch dazu im Auftrag der FDJ-Leitung", fügte er grinsend hinzu.

„Das ist ja mal ein richtig guter Vorschlag", antwortete Alex erleichtert. „Ich werde das morgen gleich mit Manfred bereden, und du gibst mir dann eine Liste mit den Leuten, die uns unterstützen wollen. Ist das okay?"

Er nahm Paters Zustimmung als selbstverständlich, und zog seine dünne Jacke aus, die er am Nachmittag mitgenommen hatte, weil es in den letzten Tagen abends immer mal wieder unangenehm kühl geworden war. Der Sommer machte vorübergehend mal wieder eine kurze Pause. Während er sie auf einen Bügel hängte, drehte er sich zu Peter um:

„Weißt du, was uns aber eigentlich die meisten Sorgen bereitet? Das ist das Repertoire. Da sind wir völlig unsicher. Wir können doch unmöglich den ganzen Abend nur Schnulzenmusik von Bärbel Wachholz oder Helga Brauer spielen. Aber wenn nicht das, was dann? Manche haben uns ja auch Platten mit Beat-Musik und Rock'n Roll und anderer Westmusik mitgebracht, die sie von ihren West-Verwandten geschenkt bekommen haben. Aber können wir die wirklich so ohne weiteres abspielen?"

„Da fällt mir ein, dass ich ja auch noch ein paar West-Singles habe, die ich bei mir hatte, als ich in die DDR kam. Die sind sogar kontrolliert worden, wurden also legal eingeführt", erinnerte sich Peter.

„Und das fällt dir jetzt schon ein?" höhnte Alex. „Was ist denn da drauf?"

„Fats Domino, Cliff Richard, Elvis Presley, und noch ein paar andere aus meiner West-Zeit. Bill Haley fällt mir da auch noch ein."

„Das sind ja Schätze", begeisterte sich Alex mit strahlendem Gesicht, das sich nach wenigen Sekunden allerdings sofort wieder verdunkelte:

„Aber hilft uns das jetzt? Also, ich stelle mir jetzt mal vor, wir haben gerade Bärbel Wachholz mit einem ihrer DDR-Hits gehört, sagen wir zum Beispiel diese Schnulze „Damals", und danach dröhnt dann ein Rock'n Roll von Bill Haley durch die Lautsprecher. Kannst du dir vorstellen, was dann los wäre?"

In seiner Phantasie musste in diesem Moment gerade diese Szene ablaufen, und in seinem Gesicht gingen die Zeichen von Begeisterung und Entsetzen nahtlos ineinander über.

„Ich habe da so eine Ahnung", antwortete Peter und grinste. „Ich glaube, neunzig Prozent der Anwesenden würden aus dem Häuschen sein. Die restlichen zehn Prozent wären irritiert. Unsere unbekannten Aufpasser würden sich vielleicht auch über die Musik freuen, ihr Abspielen in unseren heiligen Hallen möglicherweise aber dennoch als grundsätzliche Abweichung vom sozialistischen Kurs in der Kultur sehen, und vorsichtshalber melden. Ich wage mir gar nicht vorzustellen, wie die Mitglieder des Org-Kommitees[14], also auch wir beide, vor FDJ- und Parteileitung am nächsten

Morgen einen Kotau hinlegen müssten."

Auch in seinem Gesicht spiegelte sich Ratlosigkeit.

„Was werdet ihr denn nun machen?" forderte er Alex zu einer Meinungsäußerung auf. Er selbst fühlte sich im Moment ziemlich überfordert, denn mit so einer Frage hatte er sich gar nicht befasst, als er vor einigen Wochen gemeinsam mit Wolfgang von der Nachbar-Seminargruppe, die Zustimmung zum Bergfest von der übergeordneten FDJ-Leitung eingeholt hatte. Die Aussicht auf die Fete hatte ihn fast euphorisch gestimmt, an Details hatte er nicht gedacht, schon gar nicht an solche, die Alex nun vorbrachte.

„Alex, mal ehrlich, warum machst du dir nur so düstere Gedanken? Wer sollte uns wegen der Musik schon anschwärzen? Sieh mal, seit den Weltfestspielen gibt es doch DT64, und die spielen doch auch Westmusik, ich glaube, manchmal sogar Rock- oder Beat-Musik, wie immer sie das nennen. Denk nur an die Musik, die die Butlers oder die Sputniks spielen. Das ist doch auch Beat, und zwar reiner DDR-Beat, also bereits genehmigt. Ich finde, das ist doch auch schon was. Und noch etwas Wichtigeres fällt mir in diesem Zusammenhang ein: Amiga hat doch vor kurzem sogar mehrere Beatles-Platten gepresst, die auch hier in Halle verkauft wurden. Insgesamt ist das alles doch eine gute Basis für euer Repertoire, das ihr dann hier und da noch etwas mit West-Mitschnitten von den Bändern anreichern könnt. Und das wäre dann auch am nächsten Tag eine gute Grundlage für die Diskussion mit der Parteileitung", ergänzte Peter sarkastisch,

Alex sah Peter mit zweifelnder Miene an. Er war nicht überzeugt und äußerte diesen Zweifel jetzt ziemlich erbost:

„Das alles ist ja einigermaßen logisch, aber deinen Sarkasmus hättest du dir sparen können. Weißt du, ich habe wirklich keine Lust, mich wegen der Musikauswahl irgendwo ins Fettnäpfchen zu setzen. Und überhaupt, *du* bist doch der FDJ-Sekretär unserer Seminargruppe. Warum hältst *du* nicht deinen Kopf für die Musik hin, wenn dir daran liegt, dass moderne Musik gespielt wird?"

Alex war jetzt richtig laut geworden, was ein deutliches Zeichen dafür war, dass er sich in die Enge gedrängt fühlte. Er schien im Moment wirklich keine Idee zu haben, wie er und Manfred am nächsten Tag ihre Vorbereitungen weiter fortsetzen sollten. Als er sich vor einer Stunde von diesem verabschiedet hatte, hatte er noch locker versprochen, dass er sich bis zum nächsten Treffen etwas einfallen lassen würde. Unruhig lief er im Zimmer hin und her, sagte kein Wort, warf aber immer mal wieder einen bösen Blick auf Peter, als sei der die Ursache allen Übels.

Peter musste akzeptieren, dass er den Druck unterschätzt hatte, den Alex bei der Auswahl des Musikprogramms empfinden musste. Und recht hatte der, wenn er ihm vorwarf, seine Verantwortung einfach mit ein paar unverbindlichen Worten zu bagatellisieren. Allerdings wusste auch jeder, dass, sollte es nach der Veranstaltung Kritik geben, dann würden die FDJ-Sekretäre die ersten sein, die ihren Kopf würden hinhalten müssen. Also auch er.

Vorsichtig versuchte er einzulenken.

„Tut mir leid, Alex, so habe ich das nicht gemeint. Ich wollte nur meine Sorge ausdrücken, dass ihr beide euch schon vor der Fete das Leben unnötig schwer macht. Es ist nicht gut, wenn ihr versucht, die Ansichten der FDJ- und Partei-Leitungen zu eurer Auswahl schon vorab erahnen zu wollen. Ihr könnt so lange darüber nachdenken, wie ihr wollt, euer Ergebnis wird nichts wert sein. Ihr könnt nicht vorher wissen, in welchen Hals manche Leute manche Musikstücke kriegen. Solche Überlegungen lähmen euch doch nur. Ich meine, wenn ihr eure Auswahl im Ernstfall gut begründen könnt, zum Beispiel eben auch mit Hilfe von DT64 und den Amiga-Platten, dann kann doch eigentlich nichts passieren. Und wenn doch, dann könnt ihr euch auf jeden Fall auf die Zustimmung der FDJ-Sekretäre zum Repertoire berufen. Versprochen. Ich rede morgen gleich mit Wolfgang darüber."

Während Peter ihm seine taktischen Überlegungen ausbreitete, schaute ihn Alex schweigend an. Es war, als würde er jedes einzelne Argument unmittelbar im Hinblick auf seine mögliche Nützlichkeit im noch nicht eröffneten Kulturkampf gegen die überlebten Auffassungen von FDJ- und Parteileitung der Fakultät prüfen.

„Wie wäre es, wenn wir ihnen vorab eine Titelliste vorlegen würden? Was denkst du dazu? Ich meine, dann wären wir doch eigentlich aus dem Schneider?" fragte Alex nachdenklich.

Peter blickte ihn verblüfft an:

„Meinst du das ernst?" fragte er dann zögernd. Und als Alex unsicher nickte, antwortete er ganz entschieden:

„Nein, Alex, auf keinen Fall. Überlege doch mal, was das für Folgen hätte: Ihr würdet dann eine Musik spielen müssen, die euch FDJ- und Parteileitung zwar genehmigt hätte, die aber wohl kaum den Erwartungen der Studenten entsprechen würde. Wenn sich das vorher herumsprechen würde, dann kommt keiner. Und wenn es vorher niemand weiß, dann du kriegst nachher Dresche von deinen eigenen Leuten. Dann wäre euer Ruf im Eimer, Alex, glaub mir das. Nein, nein", und Peter schüttelte entschieden seinen Kopf, „spielt eure eigene Auswahl, dann könnt ihr euch bestenfalls die Kritik der Leitung einhandeln, was, zugegeben, nicht angenehm sein würde. Aber, ich habe es eben schon gesagt, dann würdet ihr auf jeden Fall unsere Unterstützung haben. Das verspreche ich dir, mein Wort darauf."

Alex wusste, dass Peter recht hatte, aber diese Einsicht half ihm nicht wirklich weiter. Noch einmal versuchte er in Ruhe seine Gedanken zu ordnen.

Was war das eigentliche, vordergründige, Problem? Ganz klar: Die Auswahl der Musik. Und dabei würde es mit Sicherheit unterschiedliche Meinungen zwischen Studenten und Parteileitung geben. Okay, warum auch nicht? Hatte er davor Angst? Ja, etwas, aber nicht viel, denn über Geschmack konnte man ja immer auch politisch neutral streiten. Also, was war jetzt das Problem, das ihn und Peter jetzt im Moment umtrieb? Was war das *eigentliche* Problem?

Alex musste nicht lange überlegen, die Antwort lag auf

der Hand: Das *eigentliche* Problem war wirklich nicht die Musikauswahl an sich, sondern die Unsicherheit, die sich bei ihm, Peter, Manfred und anderen darüber eingestellt hatte, welche Folgen es haben könnte, hierbei 'falsche' Entscheidungen zu treffen. Im Moment, heute, war Beat-Musik akzeptiert und wurde sogar im DDR-Radio gespielt. Das war heute, bedeutete aber nicht automatisch auch morgen. Bis zum Bergfest waren es noch einige Tage. Es wäre nicht das erste Mal, dass es irgendeinem hohen Kulturfunktionär über Nacht eingefallen wäre, etwas, was gestern noch gut, ja sehr gut gewesen war, einen Tag später schlecht zu finden, da er in diesem Werk bei genauem Hinsehen antisozialistische Tendenzen entdeckt hatte.

Würde man es im Ernstfall bei einer Abmahnung belassen oder war Schlimmeres zu befürchten? Wer konnte das im Voraus wissen? Natürlich niemand. Die Auffassung von dem, was sozialistische Musik war, oder, was man im Sozialismus tolerieren sollte oder könnte, konnte sich wirklich über Nacht ändern, und war dann häufig mit entsprechenden Sühnemaßnahmen verbunden. Im fiel dabei die Rockband 'Butlers' ein, die auf dem Deutschlandtreffen im letzten Jahr groß gefeiert worden war, sogar eine Auszeichnung bekommen hatte, und über die vor kurzem ein Auftrittsverbot verhängt worden war. Das hatte Peter wohl nicht bedacht. Und wer in dieser Zeit mit seinem Repertoire zwischen die Front der Verfechter beider Richtungen geriet, der hatte möglicherweise noch schlechtere Karten. Und schlechte Karten an der ABF....? Wie schlecht durften die sein, um einer Relegation gerade noch entgehen zu können?

Hilfesuchend blickte er Peter an, der intuitiv ahnte, was in Alex vorging.

„Alex", sagte er versöhnlich, „ich vermute, deine Überlegungen haben dich nicht schlauer gemacht. Glaub mir, überlegen hilft nicht. Und selbst wenn du heute eine Auskunft zu irgendeiner Titel-Liste bekommen würdest, dann weißt du immer noch nicht, ob dir morgen nicht gesagt wird, dass du sie falsch verstanden hättest. Also, noch einmal mein Rat: Spielt eine Mischung von Ost- und West-Beat, spielt die Butlers, die Sputniks, die Beatles und Bill Haley, und gelegentlich eben auch Bärbel Wachholz und Ten Oliver, und ich weiß nicht, wen sonst noch alles aus dem Osten. Dann seid ihr auf der guten Seite."

Alex war noch nicht ganz überzeugt, aber da er auch keinen besseren Ausweg wusste, war er inzwischen geneigt, Peters Vorschlag am nächsten Tag mit Manfred zu besprechen.

Die technischen Vorbereitungen für das Bergfest hatten gute Fortschritte gemacht. Die Sporthalle war an den Seiten mit einigen Stehtischen und einer größeren Anzahl von Stühlen bestückt worden. Die Mitte war frei geblieben. An der schmalen Seite der Halle war eine Art provisorische Bühne ebenerdig markiert worden. Auf einem großen, stabilen Tisch standen ein Tonbandgerät und ein Plattenspieler, in den Ecken zwei große Lautsprecher, die die Technik-Abteilung der Uni zur Verfügung gestellt hatte.

Peter Köster hatte die letzten Tage keine richtige Ruhe gefunden. Als FDJ-Sekretär trug er eine Mitverantwortung an diesem Fest. Nach Diskussion mit den anderen Seminargruppen hatte es Konsens über das Programm gegeben. Alle fieberten der Überreichung der Zeugnisse in der letzten Stunde und dem anschließenden Bergfest schon ungeduldig entgegen. Aber dennoch, seine Mitverantwortung für das Musikprogramm lag Peter auf der Seele und er verspürte eine permanente, leichte Unruhe, die er nicht völlig abstreifen konnte.

Er hatte Alex in diesen letzten Tagen kaum noch gesehen, wenn man von den Zeiten der gemeinsamen Vorlesungen einmal absah. Die Auswahl der Musik hatte Alex ganz in Anspruch genommen. Nach Rücksprache mit Manfred hatten sich die beiden entschlossen, das Repertoire nach eigenem Geschmack zusammenzustellen und niemanden sonst in die Auswahl einzubeziehen. Es wird wie ein Blindflug sein, hatte Alex nach dieser Entscheidung grinsend erklärt, wir fliegen auf Sicht in der Hoffnung, nicht am nächsten Morgen abzustürzen.

Am Vormittag des letzten Tages stand die Verteilung der Zeugnisse im Mittelpunkt und niemand dachte in dieser Stunde schon an das für den Abend geplante Bergfest. Formal galten die Zeugnisse nur für das letzte Semester, real natürlich für das ganze erste Jahr. Die Zensuren stellten eine Art Lackmustest dar. An ihnen würde sich abzeichnen, ob sich die Wünsche für das spätere Uni-Studium realisieren lassen würden, oder ob man von ihnen Abschied nehmen und sich mit einem Fachschulstudium begnügen müsste. Niemand rechnete damit, dass nach dem ersten Jahr noch jemand gegen seinen Willen nach Hause geschickt werden würde. Auch die Leitung der Fakultät hatte ein Interesse daran, die Zahl der Abbrecher möglichst gering zu halten. Deshalb waren die Dozenten angehalten, frühzeitig alle Möglichkeiten der individuellen Förderung zu nutzen, falls erforderlich. Ein gewisser 'Schwund' bei den Studentenzahlen schien dennoch unvermeidlich, wie sich bei Jan und Manfred gezeigt hatte, bei denen ihre persönliche Einschätzung in ihre reale Leistungsfähigkeit den Ausschlag für ihren Studienabbruch gegeben hatte.

Alles das, was für ihre nähere Zukunft wichtig sein würde, hatten sie nun an diesem Vormittag erfahren. Wanka hatte die Leistungen jedes einzelnen Studenten ausführlich gewürdigt. Überraschungen der Art, dass man einem Studenten nahegelegt hatte, besser zu Hause zu bleiben, hatte es nicht gegeben. Nachdem Jan und Martin aufgegeben hatten, gab es niemanden in der Seminargruppe mehr, der befürchten musste, wegen zu schlechter Leistungen exmatrikuliert zu werden. Wohl aber war einigen empfohlen worden, ihren ursprünglichen Studienwunsch noch einmal zu überdenken. Einer von diesen war Klaus Schmieder, ein fast schon tragischer Fall, wie einhellig alle empfanden. Klaus hatte von Anfang an beharrlich nur die Raumfahrt als sein berufliches Wunschziel benannt. Nicht, dass er Kosmonaut werden wollte, nein, es war die wissenschaftlich-technische Seite dieses Abenteuers, das seine Gedanken völlig vereinnahmt hatte. Mangels inländischen Möglichkeiten hatte er ohne Wanken die Absicht geäußert, sich nach dem Abitur für ein Studium der Astrophysik in Moskau zu bewerben. Dafür wäre jetzt der Zeitpunkt gekommen, die Weichen entsprechend zu stellen.

Als Klaus dann zur Entgegennahme seines Jahreszeugnissen vor die Gruppe gebeten worden war, war er Wanka in der sicheren Erwartung entgegengetreten, nunmehr den ersten Ritterschlag seiner künftigen Raumfahrt-Karriere entgegennehmen zu können.

Wanka wäre nicht Wanka gewesen, wenn er Klaus nicht lächelnd empfangen und ihm freundlich seine Hand entgegengestreckt hätte.

„Ich freue mich, Jugendfreund Schmieder, ihnen ein Zeugnis überreichen zu können, dass, mit wenigen Ausnahmen, nur gute bis sehr gute Leistungen aufweist. Ich gehe davon aus, dass sie dieses Leistungsniveau auch weiterhin halten können, so dass ihnen für ein erfolgreiches naturwissenschaftlich-technisches Studium sicher nichts im Wege stehen wird."

Moskau! Warum sagte er nichts zu Moskau? Klaus' Blick hing erwartungsvoll an Wankas Lippen.

Wanke hatte eine kurze Pause gemacht. Alle sahen, dass er sich konzentrieren musste. Dann räusperte er sich und versuchte, Klaus auch weiterhin unverkrampft anzulächeln.

„Jugendfreund Schmieder, sie kennen sicher den Spruch: Wo viel Licht, da ist auch Schatten. Ich habe gerade über das Licht gesprochen, leider kann ich den Schatten nicht ausklammern."

Nochmals musste er sich konzentrieren:

„Es tut mir sehr leid, Jugendfreund Schmieder, ihnen mitteilen zu müssen, dass das Dozentenkollektiv zu dem Schluss gekommen ist, dass eine Delegierung nach Moskau, nach wirklich sorgfältigen und wohlwollenden Abwägungen von allen Seiten, für sie nicht in Frage kommen kann. Ich will versuchen"......

Wanka hielt inne. Er registrierte mit einiger Sorge, dass Klaus' Gesicht schlagartig eine grau-weiße Farbe angenommen hatte. Für einen Moment war nicht mehr zu erkennen, ob Klaus überhaupt noch fähig war, eine Begründung aufzunehmen. Aber Klaus, der seinen Kopf in einem Anflug von Enttäuschung und auch Scham für einen Moment still gesenkt und vor sich auf den Boden geguckt hatte, hatte sich schnell wieder gefangen. Er hatte den Kopf wieder angehoben und Wanka gefasst angesehen, jedenfalls war es ein Versuch. Dabei hatte er schnell noch einige Tränen aus seinem Gesicht gewischt. Ein wirklich tragisches Bild.

„Ich will versuchen, ihnen das zu erklären. Sie wissen sicher, dass es für eine Delegierung nach Moskau einige Bedingungen gibt, welche im wesentlichen sind: Sehr gute bis herausragende fachliche Leistungen, ebensolche natürlich auch in Marxismus-Leninismus, sowie eine sehr engagierte politisch-ideologische Arbeit. All das, und das möchte ich hier noch einmal ausdrücklich würdigen, können wir ihnen bestätigen, auch wenn ihre Leistungen gerade in Physik sich noch verbessern müssten. Allerdings gibt es noch eine weitere Anforderung an ein Studium in der Sowjetunion, die von unseren sowjetischen Freunden immer wieder angemahnt wurde, das sind sehr gute Kenntnisse in der russischen Sprache. Ich weiß, dass sie sich in diesem Jahr sehr darum bemüht haben. Aber ich muss leider auch sagen, und diese Einschätzung wird auch von der Genossin Gerson mit getragen, dass ihre Anstrengungen nicht dazu geführt haben, den von unseren sowjetischen Freuden, zugegebenerweise sehr hohen Anforderungen, auch nur annähernd zu genügen. Das ist keine Kritik an ihrem Einsatz, die russische Sprache zu erlernen. Aber, glauben sie mir, Jugendfreund Schmieder, unsere Freunde in Moskau würden uns nicht verstehen, wenn wir sie zu ihnen schicken würden. Und glauben sie mir auch, dass sie selbst mit diesem sprachlichen Defizit in Moskau sicherlich auch nicht glücklich werden würden."

Klaus Schmieder stammte aus dem Vogtland, ein an und für sich nicht zu bemitleidender Umstand, wenn es dort in manchen abgelegeneren Gegenden nicht üblich wäre, sich in einer Sprache zu verständigen, die für Fremde nicht gleich an Deutsch erinnern würde. Diese Sprache mochte für die benachbarten Sachsen noch verständlich sein, für alle sonstigen Nicht-Vogtländer war es wie eine Fremdsprache, die zu ihrem vollen Verständnis der Hilfe eines einheimischen Dolmetschers bedurfte. Klaus hatte sich von Anfang an alle Mühe gegeben, hochdeutsch zu sprechen, zumindest das, was er dafür hielt, und alle Dozenten und Mitstudenten waren bereit gewesen, diese Versuche als Angebot einer Verständigung zu akzeptieren. Und es hatte auch geklappt, nach einiger Zeit hatte es sogar gut geklappt, zumindest untereinander.

Anders bei den Fremdsprachen, Russisch wie Englisch. Als Klaus in einer der ersten Stunden einen russischen Text vorlesen sollte, war allen klar, dass es die Natur an dieser Stelle nicht gut mit ihm gemeint hatte. Offenbar hatten die Jahre in seinem, wohl etwas abgeschirmten, Heimatdorf sein Sprachzentrum so stark geprägt, dass alle dort einmal angelegten Möglichkeiten, auch eine andere Sprache zu sprechen, vollständig zerstört worden waren.

Mit einem Wort, das, was Klaus als einen russischen Text vorlas, bestand in der Aneinanderreihung von Fremdwörtern auf vogtländisch, harte russische Wörter wurden in einen weichen Singsang umgewandelt. Und, trotz wirklich intensiver Anstrengungen seinerseits, hatte das erste Jahr gezeigt, dass er niemals eine Fremdsprache würde verständlich sprechen können, auch bei Beherrschung des notwendigen Wortschatzes. Dieses sprachliche Unvermögen beinhaltete eine Tragik, die alle Anwesenden besonders in diesem Moment verspürt hatten.

Klaus' Gesicht war wie versteinert gewesen. Mitstudenten, die in der vorderen Reihe saßen, erzählten später, dass sie sogar vereinzelt Tränen bemerkt hatten. Herzelein, seine Russisch-Dozentin, hatte sich im Laufe des ersten Jahres wirklich aufopfernd um ihn gekümmert und ihn mehrfach vor einer dramatischen Fünf in Russisch gerettet. Aber ihre und seine Anstrengungen waren vergebens gewesen. Wahrscheinlich hatte er in dieser Zeit dennoch nie damit gerechnet, dass gerade dieses Defizit an Russisch seine gewünschte Delegierung nach Moskau vernichten könnte.

Britta Carolis hingegen erlebte den ersten Höhepunkt ihres Studiums. Wenn man sie nicht näher kannte, hätte man vermuten können, dass sie ein Mannequin oder so etwas ähnliches war, auf jeden Fall aber mit etwas beschäftigt war, wo es auf Äußerlichkeiten ankam. Sie hatte hellblonde Haare, die sie straff nach hinten gebunden hatte. Ihre Augen waren groß und klar und hatten eine Farbe wie der Himmel bei schönem Wetter. Das Puppengesicht war weich und ebenmäßig, und ihr Blick unbekümmert und freundlich. Ihre Figur stellte eine einzige Vervollkommnung dar: schlank, Busen und Hüfte vorhanden, aber nicht aufdringlich üppig und dazu schlanke, wohlgeformte Beine. Sie schien in einer anderen Welt geschaffen worden zu sein, und ihre Erscheinung rief bei den männlichen Mitstudenten allerlei sehnsüchtige Gefühle und Phantasien hervor. Ein freundlicher, unbefangener Blick von ihr war für viele bereits wie eine Verheißung. Aber als dann die ersten Bewerber um ihre Gunst erfolglos kapitulieren mussten, wurde schnell klar, dass es schwer sein würde, aus dieser Verheißung Realität werden zu lassen. Und bis in die Gegenwart des Bergfestes hinein war nicht bekannt geworden, ob es einen Glücklichen gab, den sie erhört hatte.

Bei den weiblichen Mitstudenten aus den medizinischen Seminargruppen rief sie Neid, Demut, Depression und die Erkenntnis hervor, dass ein gutes Make-up offenbar doch nur etwas verschönern kann, was die Natur schon angelegt hatte.

Als Wanka am Vormittag Britta ihr Zeugnis überreicht hatte, hatte er überschwänglich ihre guten fachlichen Leistungen gelobt. Wanka war nicht dafür bekannt, dass er Studentinnen Honig ums Maul schmierte, nur weil sie lange Haare und schöne Augen hatten. Nein, Britta war fachlich wirklich gut, so gut, dass Wanka ihr nun empfahl, sich nach dem Abitur für ein Mathematikstudium zu bewerben. Mathematik und Frau, das war schon eine Kombination, die aufhorchen ließ. Und 'bewerben' war an dieser Stelle eher eine Art Euphemismus, denn jeder Student wusste, dass er oder sie fast jeden Studienplatz bekommen konnte, wenn die entsprechende Beurteilungen der Fakultät vorlag. Mit anderen Worten hatte ihr Wanka einen solchen Platz angeboten, natürlich nur 'wenn ihre Leistungen im zweiten Studienjahr nicht nachlassen, Jugendfreundin Carolis'. Britta hatte sich artig bedankt, dabei aber nicht zu erkennen gegeben, ob sie von diesem Angebot später einmal Gebrauch machen wollte.

Die bisherige Erfolglosigkeit einiger Studenten im Rennen um Brittas Gunst schien die Hoffnungen der anderen nur noch zu beflügeln. Sie legten eine bemerkenswerte Zähigkeit an den Tag, Britta zu signalisieren, dass einzig sie geeignet seien, ein würdiger Partner für sie zu sein. Einer dieser ewigen Ritter war Hans Born, ein aufrichtiger, etwas bieder wirkender Mitstudent, der keine Gelegenheit ausließ, in ihrer Nähe sein zu können. Seine Naivität und die Art, wie er Britta anhimmelte, wirkten manchmal schon etwas peinlich. Die zum Teil drastischen Lästereien seiner Mitstudenten nahm er jedoch nicht wahr, oder sie hatten ihn von Anfang an nicht sonderlich beeindruckt, so dass er auf sie nicht reagiert hatte. Was für ihn zählte, war irgendwann das eine Ziel zu erreichen, und das hieß, die Zuneigung Brittas zu erlangen.

Unter denen, die sich auch in dieser Angelegenheit durch ein besonders lockeres Maul hervortaten, war natürlich auch Jochen Grevers. 'Lästerer von Berufs wegen', hätte man hinzufügen müssen, denn wo es eine Gelegenheit für spitze Bemerkungen gab, da war Jochen nicht weit. Man duldete ihn, denn er konnte sehr fein unterscheiden zwischen lästern und beleidigen und hatte es bis jetzt stets geschickt vermieden, diese Grenze jemals zu überschreiten.

Auch wusste man dank Jochens Beobachtungen und

seinen bereitwillig mitgeteilten Schlussfolgerungen, dass auch der Weiberheld Richard Kleber nicht auf einen Annäherungsversuch bei Britta verzichtet hatte. Seit dem durch Jochens Lästereien öffentlich gewordenen Abbruch seiner Affäre mit der 'Handtuch-Frau' Ulla hatte er offenbar auf weibliche Betreuung verzichten müssen. Ein Tete-a-tete mit Britta wäre sicherlich mehr als ein Ersatz für Ulla gewesen. Aber bei Jochen lagen dazu 'keine Erkenntnisse' vor, was üblicherweise so zu deuten war, dass da nichts lief. Auch davon, dass Britta angeblich lesbisch sei, wie einer der Abgewiesenen unter vorgehaltener Hand verstreut hatte, wusste er nichts.

Die Lästereien über Hans Born und seine Liebesmühen ließen denn auch schnell nach. Er war einfach zu sympathisch, und es machte selbst Jochen auf Dauer keinen Spaß, diesen sympathischen Menschen immerfort zu kränken.

Das Bergfest war ohne Ansprache, ohne Glockenzeichen oder sonstige Feierlichkeiten, dadurch eingeleitet worden, dass Alex, 'zum Anfüttern', wie er sich ausdrückte, eine Beatles-Platte aufgelegt und den Ton ordentlich laut gestellt hatte. Das war eine Signalwirkung von der Art gewesen, wie die Studenten es erwartet hatten. Sollte es eine Hemmschwelle gegeben haben, so wurde sie von den Beatles hinweggefegt. Paare, die zufällig nebeneinander gestanden hatten, eilten auf die Tanzfläche, um diese 'Ouvertüre' nicht zu verpassen. Bei dieser Gelegenheit konnte man auch gleich prüfen, ob dieser Tanz Konsequenzen für den Ablauf des Abends haben könnte.

Seit dieser Eröffnung war nun schon mehr als eine Stunde vergangen. Alex, der von Peter als der 'wichtigste Mann des Abends', gekürt worden war, fühlte sich in dieser Rolle inzwischen sehr wohl. Seine Ängste um das Repertoire waren fast vergessen. Seine Gedanken kreisten nur um die Musik und nicht um etwaige Folgen.

Während er einige Platten in eine bestimmte Reihenfolge

brachte, sah er Hans Born am Rande der Tanzfläche Ausschau halten - wonach war klar. Aber Britta Carolis war bisher noch nicht in Erscheinung getreten.

„Weißt du, ob Britta schon nach Hause gefahren ist und heute Abend gar nicht kommt?" fragte Hans schließlich Alex.

„Keine Ahnung", antwortete Alex kurz angebunden. „Ich bin hier mit der Musik beschäftigt und habe nicht darauf geachtet, wer wann kommt und wieder geht."

„Das heißt, du hast sie heute Abend noch gar nicht gesehen?" insistierte Hans beharrlich.

Alex mochte Hans, aber jetzt war er ihm lästig. Er legte ihm freundschaftlich den Arm um die Schulter und schob ihn etwas weiter vom Mikrofon weg.

„Hör zu, Hans, in aller Freundschaft ein kostenloser Rat von mir: Wenn du heute Abend vorhattest, bei Britta einen neuen Versuch zu starten, dann hättest du dich gleich mit ihr verabreden sollen und nicht hier herumlungern und warten, bis sie zufällig vorbeikommt."

Hans war nicht beleidigt, blickte ihn aber missmutig an.

„Das wollte ich ja. Aber ich habe sie ja nirgends abfangen können."

Seine Stimmung war ganz offensichtlich bereits auf einem Tiefpunkt angelangt. Die Tatsache, dass er am Vormittag ein überraschend gutes Zeugnis erhalten hatte, konnte seinen Kummer offenbar nicht besänftigen. Das Zeugnis war jetzt abgehakt. Nun ging es einzig darum, eine Möglichkeit zu finden, um mit Britta zu tanzen, und diese Minuten kollektiver Zweisamkeit auf der Tanzfläche ungestört auskosten zu können. Wogen eines ungehemmten Glücksgefühls durchströmten ihn schon jetzt, wenn er daran dachte, Brittas Körper in den Armen halten und sich an sie schmiegen zu können. Wie so oft überwand seine Phantasie dabei alle jene Grenzen, die das tägliche Leben ihm immer wieder in den Weg stellte.

Aber Britta war nicht da. Bedrückt wandte er sich zur Tür, um draußen nachzusehen, ob sie sich vielleicht mit den anderen Studentinnen versammelt hatte.

„Er leidet", sagte Alex zu Manfred. „Wahrscheinlich hat er schon den ganzen Tag davon geträumt, das Objekt seiner schlaflosen Träume wenigstens beim Tanzen endlich in die Arme nehmen zu können, und nun ist sie nicht mal anwesend."

Manfred sortierte gerade einen neuen Plattenstapel und besprach nebenbei mit Alex die Folge der nächsten Musikstücke, als dessen Blick zufällig zum Eingang hin abschweifte. Er sah, dass durch die offene Tür eine auffällige blondhaarige Person erschien, bei der es sich unverkennbar um Britta handelte.

Impulsiv versuchte er sich sofort durch Winken bemerkbar zu machen. Vielleicht konnte er für Hans ein gutes Werk tun und Britta sagen, dass er sie suche. Doch hinter Britta folgte eine zweite Gestalt. Da ist ja Hans, dachte Alex im ersten Moment, er hat sie draußen wohl gleich abgefangen. Aber dann sah er, dass er sich getäuscht hatte. Es war Wolfgang, der FDJ-Sekretär aus der Nachbar-Seminargruppe, dessen Nachnamen er immer mal wieder vergaß. Er kannte ihn nicht näher, hatte ihn aber ein-, zweimal zusammen mit Peter getroffen. Gespannt blickte er auf die Szene. Sind die nur zufällig zusammen erschienen, oder gehören die vielleicht zusammen, rätselte er interessiert. Eigentlich berührte ihn diese Frage nicht besonders, aber es wäre schon ein Ereignis, wenn sich die beiden heute Abend als Paar zu erkennen geben würden. Aber genau das taten sie nicht, jedenfalls nicht jetzt. Wolfgang setzte sich auf einen der Stühle und blickte etwas gelangweilt zur Tanzfläche hin. Und Britta, die endlich bemerkt hatte, dass Alex ihr zuwinkte, kam zu ihm auf die angedeutete Bühne.

„Alex, was gibt es, dass du mir so heftige Zeichen gibst?"

„Gut, dass du endlich kommst", gab sich Alex erleichtert. „Ich habe gehört, dass du heute hier eine Gesangsnummer darbieten möchtest. Das wäre jetzt eine gute Gelegenheit."

Britta war vor Schreck einen Schritt zurückgewichen.

„Was? Ich soll hier singen?"

Ihre Stimme zitterte, und sie brauchte einen Moment, bis

sie sich gefangen hatte.

„Ich habe nie so etwas gesagt. Wer hat sich denn diesen Quatsch ausgedacht?"

Über Alex' Gesicht huschte für einen winzigen Moment ein leichtes Grinsen.

„Ich weiß nicht mehr, wer davon gesprochen hatte", antwortete er unschuldig. „Ich glaube, ich habe das auf einer Besprechung des Org.-Komitees gehört. Aber ich habe mich auch gewundert, denn ich habe dich noch nie singen gehört. Trotzdem, ich würde dich doch gerne mal hören. Willst du nicht doch? Hier ist das Mikro."

Jetzt versuchte er einnehmend zu lächeln.

„Um Gottes Willen." Britta hob entsetzt ihre Hände. „Auf keinen Fall."

„Schade", gab sich Alex enttäuscht, um dann jedoch lebhaft hinzuzufügen:

„Aber, da du gerade hier bist: Hans war eben hier und hat dich gesucht. Er ist von hier aus nach draußen gegangen, weil er dich wohl irgendwo an der freien Natur vermutete. Wahrscheinlich habt ihr euch gerade verpasst", sagte Alex, um im gleichen Atemzug hinzuzufügen: „Und Gratulation zu deinem Mathe-Studienplatz."

„Danke, aber das steht ja noch gar nicht fest. Vielleicht mache ich auch irgendwas mit Kunst, Theater, oder so was ähnliches", erwiderte Britta unkonzentriert. „Weißt du, es ist komisch, manchmal macht mir Mathe wirklich richtig Spaß, aber einen Tag später graut mir fast vor dem Gedanken, mich ein Leben lang nur noch damit zu beschäftigen."

„Wohl dem, der solche Gedanken haben kann", sinnierte Alex, der bisher zu Mathe keine Liebesbeziehung hatte herstellen können. „Die meisten sind doch froh, wenn sie in Mathe wenigstens einigermaßen bis zum Schluss mithalten können".

„Ja, ich weiß auch nicht, warum mir Mathe so wenig Schwierigkeiten macht."

Ihr Blick irrte unruhig suchend durch die Halle. Dort tanzten einige Paare nach der Musik von Helga Brauer. Alex, der sich für diese Musik eigentlich nicht erwärmen konnte, musste, als er die eng aneinander gepressten Körper der Paare sah, allerdings neidvoll anerkennen, dass diese Art von Musik beim Tanzen einige Vorzüge gegenüber dem Rock 'n Roll hatte.

Brittas Blick irrte, offensichtlich auf der Suche nach etwas Konkretem, noch immer hin und her, aber vergeblich. Wie beiläufig wandte sie sich wieder an Alex:

„Was wollte Hans denn eigentlich?"

„Hat er nicht gesagt, wahrscheinlich mit dir tanzen", antwortete Alex.

„So, ich dachte schon, es sei etwas Wichtiges. Na, ich seh mich dann mal weiter um", sagte sie mit gleichgültiger Stimme und entfernte sich in Richtung Ausgang.

„Sag mal, was war denn das für eine Einlage?" fragte Manfred, nachdem Britta außer Hörweite war. „Ich wusste gar nicht, dass sie singen sollte."

Alex winkte feixend ab: „Ach, ich auch nicht. Das war doch nur ein Spaß. Ich wollte sie wenigstens einmal aus der Fassung bringen. Und da war die Gelegenheit gerade so günstig."

Sinnend blickte er Britta hinterher. Das wird nie was mit den beiden, dachte er voller Mitgefühl für Hans. Sie ist einfach eine andere Klasse. Er selbst hatte es gar nicht erst versucht. Peter hatte ihn kürzlich mal direkt gefragt, ob Britta nicht etwas für ihn sein könnte, aber er hatte nur abgewinkt. Man muss seine Grenzen kennen, hatte er geantwortet, dann lebt es sich viel ruhiger.

Aber jetzt ist Bergfest, und eigentlich müssten wir wieder mal *richtige* Musik auflegen, dachte Alex. Er verständigte sich mit Manfred, der begeistert zustimmte.

„Aber nur nicht gleich so heftig", bremste ihn Alex etwas. „Erstmal etwas inländisches, vielleicht von den Sputniks, wenn du die gerade greifbar hast."

„Wird gemacht", antwortete Manfred, „da haben wir doch sogar eine ziemlich aktuelle Single von Amiga, die hat Jochen mitgebracht."

Er blickte auf das Cover, auf dem sich die vier jungen Bandmitglieder in ähnlich gelenkiger Pose darstellten, wie die Beatles das taten.

„Gitarren-Twist steht hier drauf." Manfred liebte moderne Rock-Musik, aber trotzdem war Englisch nicht sein Lieblingsfach. „Was soll denn 'twist' eigentlich bedeuten, Axel?"

„Weiß ich nicht genau, drehen oder so ähnlich. Ist mir aber auch egal. Hauptsache, die Musik stimmt. Und da bin ich sicher. Ich habe von der Truppe nämlich erst kürzlich was gehört, ihre Musik ist wirklich Spitze. Also, mach los, damit wieder Stimmung in die Bude kommt."

Kaum, dass die erste Folge von Akkorden der Sputniks erklang, da wurde die Tanzfläche von Paaren und Einzeltänzern bestürmt. Nach ersten, immer noch etwas unbeholfen aussehenden Schritten, fiel dann schnell jegliche Scheu, und in hemmungslosem Eifer versuchten sie, die Bewegungen ihrer Beine mit den schnellen Rhythmen aus den Lautsprechern in Einklang zu bringen. Die Anforderungen waren beträchtlich, und schnell konnte man diejenigen erkennen, für die diese zu hoch schienen, weil sie offenbar noch nie nach einer solchen Musik getanzt hatten. Aber das minderte die Freude an diesem letzten Tag kein bisschen. Wen sollte es schon stören, wenn man sich beim Beat-Tanzen noch etwas ungelenk anstellte? Hier ging es nicht um Schönheit, nicht um Show, hier ging es alleine darum, seiner Lebensfreude ungebremsten Ausdruck verleihen zu können. Es war die Äußerung einer besonderen Art von Freiheit, der Gewissheit nämlich, mit dem heutigen Abend für eine lange Ferienzeit den Zwängen des Unterrichts entronnen zu sein und keinen Regeln und Vorschriften mehr folgen zu müssen. Alkohol, der hier nur in Form von Bier konsumiert werden durfte, spielte dabei eine eher untergeordnete Rolle. Peter, der aufpasste, dass nach Möglichkeit alles so lief, wie die FDJ-Leitung der Fakultät sich das vorgestellt hatte, hatte noch niemanden gesehen, den man im strengen Sinne als betrunken bezeichnet hätte.

Vielleicht angetrunken, ja, darüber hätte man reden können. Aber je länger der Abend andauerte, desto lästiger wurde es ihm, hier den Aufpasser spielen zu müssen. Wolfgang ging es genau so. Vor einer viertel Stunde hatten sie für sich die interne Regelung festgelegt, dass sie sich alle Stunden abwechseln würden, damit sich jeder von ihnen auch mal entspannen konnte. Im Moment hatte Peter 'Dienst' und Wolfgang konnte sich vergnügen. Eigentlich waren sie sich einig gewesen, dass diese Aufpasserfunktion unter volljährigen Studenten Quatsch war. Die Fakultätsleitung hatte aber darauf bestanden und ihnen die Verpflichtung abgenommen, dafür zu sorgen, dass es auf der Veranstaltung nicht zu *'unsozialistischen Exzessen'* käme. Peter musste grinsen, denn dieses war eine der typischen Bezeichnungen aus Frenzels unerschöpflichem Reservoir an Ausdrücken gewesen, auf die er immer dann zurückgriff, wenn ihm irgendetwas suspekt erschien. Immerhin hatte er nicht *'antisozialistisch'* gesagt, was man wohl als Zeichen dafür werten konnte, dass ihn der Ablauf des Studentenfestes nur schwach beunruhigte.

Bei der Auswertung des Bergfestes mit Partei- und FDJ-Leitung, die für morgen Vormittag angesetzt worden war, würde sich zeigen, ob ihre Kontrollmaßnahmen akzeptiert oder kritisiert werden würden.

Alex ging jetzt ans Mikrofon und verkündete laut und gewollt förmlich:

„Meine Damen und Herren, jetzt die neueste Edition von Amiga, direkt aus der Plattenpresse. Hören sie noch einmal: Die Beatles."

Nun gab es kein Halten mehr. Auf der Tanzfläche gab es ein Gedrängel und Gestosse. Man rempelte sich an, aber das interessierte niemanden. Paare verloren sich aus den Augen, fanden sich wieder, oder jeder tanzte für sich alleine weiter.

Peter stand neben Alex und schaute zu. Er selbst hatte Walzer, sogar links herum, Foxtrott, und einige Grundlagen von Tango in einer Tanzschule gelernt, war aber nie ein guter Tänzer geworden. Und Rock n' Roll war schon gar nichts für ihn.

„Mensch, Alex, das ist ja beängstigend. Hoffentlich stürzt nicht jemand, und wir müssen noch einen Krankenwagen holen".

Ziemlich schnell fokussierte sich die Aufmerksamkeit der Zuschauer, aber auch anderer Tänzer auf zwei Paare, deren Darbietung eine erstaunliche Perfektion zeigte. Ihre Schrittfolgen und Körperbewegungen passten, wie lange einstudiert, ganz selbstverständlich zueinander, wobei sie sich auch nicht scheuten, wilde Hüft- und Überschwünge einzubauen.

Als Alex schließlich Bill Haley mit „Rock around the clock" vom Band abspielte, bildete sich spontan ein Kreis um die zwei Paare, die in Profi-Manier einen Rock n' Roll von einer Klasse boten, wie ihn Halle wahrscheinlich noch nicht erlebt hatte. West-Fernsehen lässt grüßen, das war klar, störte hier aber auch niemanden. Hier zählte nur die Musik, ihr Rhythmus und die Möglichkeiten, sie auf der Tanzfläche in eine akrobatischen Schrittfolge umsetzen zu können.

Als die Musik zu Ende war, verbeugten sich die vier Tänzer wie im Theater. Ihre Gesichter glänzten von der Anstrengung aber auch vor Glück und Befriedigung. Als sich eine der beiden Mädchen ihre verschwitzten Haare aus dem erhitzten Gesicht strich, erkannte Peter erstaunt Gisela Hendrik, die zweite Studentin in ihrer Seminargruppe. Donnerwetter, dachte er verwundert, das hätte ich der gar nicht zugetraut. Es war mehr eine spontane, durch nichts begründete Reaktion, die ihn im gleichen Moment auch selbst verblüffte. Er schüttelte den Kopf: Gisela, ja, warum nicht Gisela?

Auf der Tanzfläche hatten sich die Tänzer um die beiden Ausnahme-Paare geschart, die nun wohl erklären mussten, in welcher 'Tanzschule' man so gut Rock 'n Roll tanzen lernen konnte. Peter musste grinsen. Natürlich wäre das eine rein rhetorische Frage. Die Antwort lag auf der Hand, oder besser in der Luft.

Peter war seit zwei Jahren mit Jutta verheiratet, gerade

Vater eines Sohnes geworden, und im Grunde genommen ziemlich immun gegen die Wirkungen fremder, weiblicher Schönheit. Aber natürlich war er nicht blind, und der äußerliche Unterschied zwischen Gisela und Britta war ihm nicht entgangen.

Gisela war keine so auffällige Schönheit wie Britta, aber dennoch eine ansehnliche Frau. Anders als Britta war Gisela eher der Kumpeltyp, sportlich, unkompliziert und kameradschaftlich. Aber wenn man beide zusammen traf, dann schauten alle immer zuerst auf Britta, die ja wirklich auch eine Ausnahme unter den Studentinnen war, schön und klug, eine ungewöhnliche, schwer zu ertragende Kombination für Männer mit Selbstbewusstsein. Neben ihr hatte Gisela es natürlich schwer; nicht ganz so klug und nicht ganz so schön wie Britta. Dieser ständige Vergleich müsste doch eigentlich eine schwere Bürde für Gisela sein, dachte Peter. Aber nie hatte er bei ihr irgendwelche Anzeichen von Eifersucht oder Neid gesehen. Als einzige weibliche Mitglieder ihrer Seminargruppe hatten sich Britta und Gisela zu Beginn des Studiums wie selbstverständlich an einen Tisch gesetzt, und dabei war es bis jetzt dann auch geblieben. Offenbar kamen sie gut miteinander aus. Eines schien aber sicher: Mit diesem Tanz hatte Gisela Punkte gesammelt auf einem Gebiet, auf dem Klugheit und Schönheit nicht zählten.

Alex rollte gerade ein Band zurück, und Peter stand neben dem Tisch, ohne das schleifende Geräusch des schnell laufenden Bandes wahrzunehmen. Vor seinen inneren Augen liefen noch einmal die letzten Minuten des Rock 'n Roll ab. Er sah Gisela, die so selbstverständlich, so vertraut mit ihrem Partner getanzt hatte, sich so natürlich in seine Arme geworfen hatte und ihn dabei so hingebungsvoll angesehen hatte, dass ihm schlagartig klar wurde, dass die beiden ein Paar sein mussten. Während die schöne Britta nach einem Jahr Studium immer noch ohne Freund oder Partner herumlief, und allen Studententratsch auf sich fokussierte, hatte die unscheinbare Gisela offensichtlich einen festen Freund. Verkehrte Welt, dachte Peter, alle reißen sich um

Britta, und in aller Heimlichkeit schafft sich Gisela einen Freund an. Aber, ging ihn das etwas an? Natürlich nicht, besser gesagt: Glücklicherweise nicht.

Manfred und Alex hatten inzwischen dafür gesorgt, dass der Tanzkessel nicht überkochte, und über das Mikrofon laut eine Pause angekündigt. Es gab keine Proteste, denn alle waren noch erfüllt von der eben erlebten Rock n' Roll – Darbietung. Klaus Schmieder, der das Bier verwaltete, bekam jetzt zu tun. Die Stimmung war positiv, die Atmosphäre ähnelte der, wie man sie häufig in der Pause von Konzerten findet, wenn alle an die Theken strömen, und sich mehr oder weniger erregt über die erste Halbzeit des Konzertes austauschen. Peter hatte für Alex und Manfred Bier geholt, damit diese sich über die nächsten Musikstücke verständigen konnten.

„Nun, was habt ihr entschieden? Gibt es jetzt noch ein Ost-Kontrastprogramm", fragte Peter und stellte für jeden eine Flasche auf den Tisch.

„Ja, schon", antwortete Alex noch unentschlossen. „Aber zu groß darf der Kontrast natürlich auch nicht werden, sonst meutern die."

Sein Blick ging zur Tür, in der Britta erschienen war. Suchend schweiften ihre Blicke zunächst über die Anwesenden, dann trat sie endgültig ein, leicht geschoben und abgeschirmt von Hans Born.

„Guck mal", forderte Alex Peter auf und wies zum Eingang hin, „jetzt ist Hans auf seiner Pirsch endlich erfolgreich gewesen. Nun wollen wir doch mal sehen, was wir für das junge Glück tun können. Ich glaube, ich habe hier was."

Auf dem Plattenteller lag schon eine Amiga-Single. Alex setzte vorsichtig die Nadel auf die Platte und nach einigen einleitenden, melodiösen Gitarrenklängen ertönte dann die geschmeidige, rauchige, aber weiche Stimme von Manfred Krug:

'Es steht ein Haus in New Orleans..."

Das war die Gelegenheit: Mit leichtem Armdruck schob Hans Britta auf die Tanzfläche, was diese widerstandslos akzeptierte. Dann legte er beide Arme um sie, zog ihren Körper zu sich heran und ließ sich durch den langsamen, weichen Rhythmus der Musik treiben. Britta ließ ihn, ohne Emotionen zu zeigen, gewähren.

„Hans im Glück", lästerte Alex grinsend.

Und wirklich, Hans war überschwemmt von einem Gefühl purer Glückseligkeit, das er auch gar nicht verheimlichen wollte. Je länger der Tanz ging, desto mehr ging er auf Tuchfühlung zu Britta und legte ihr schließlich verliebt den Kopf zwischen Hals und Schulter. Wenn man ihn so sah, hätte man meinen können, dass die beiden ein Liebespaar wären. Aber Britta war an diesem Gefühl nicht beteiligt. Man sah, dass sie Hans' Zärtlichkeit nur erduldete. Ihr Gesicht verriet kein Gefühl, keine Hingabe an Musik und Tanzpartner, eher war es das Warten auf das Ende des Tanzes. Und in der Tat schweiften ihre Blicke schon während des Tanzes unablässig umher, als suche sie etwas Bestimmtes.

Alles hatte einmal ein Ende, und jeden Versuch von Hans, von ihr noch die Zustimmung zu einem weiteren Tanz einzufordern, wehrte sie unauffällig aber energisch ab, ging zum Eingang und verschwand.

Hans stand, in Erinnerungen an die letzten Minuten gefangen, noch an der Stelle, wo Britta ihn verlassen hatte. Wenigstens einmal hatte er sie für ein paar Minuten in den Armen halten dürfen, hatte, wie nie zuvor, ihren Körper gespürt, seine Wärme und seine Weichheit. Und um dieses Gefühl möglichst lange und ungestört genießen zu können, schloss er für Sekunden die Augen und überließ sich seiner Erinnerung.

Dann kehrte er in die reale Welt zurück, und ihm schwante, dass er lange von dieser Erinnerung würde zehren müssen, ohne, dass diese Gefühle aufgefrischt werden würden.

Peter, der die beiden ebenfalls beobachtet hatte, erkannte

die verzweifelte Enttäuschung in Hans' Gesicht. Hoffentlich tut sich der nichts an, dachte er für einen Moment, verwarf diesen Gedanken jedoch sofort wieder.

„Guten Abend, Jugendfreund Köster."

Erschrocken drehte sich Peter nach dem Sprecher um und erkannte Wanka.

„Herr Wanka, was treibt sie denn um diese Zeit noch hierher? Darf ich ihnen etwas zu trinken holen? Ein Bier, Limo oder Wasser?"

Beinahe hätte sich Peter verhaspelt, so sehr hatte ihn Wankas plötzliches Erscheinen überrascht. Natürlich waren der Form halber alle Dozenten eingeladen worden, aber die Ablehnung war einhellig mit der Begründung erfüllt, dass es wohl besser sei, wenn die Jugend unter sich feiern könne, eine weise Begründung, wie die Studenten gefunden hatten.

Wanka reichte allen dreien die Hand.

„Nein, danke, ich wollte nur mal schauen, ob sie ohne die Erwachsenen zurecht kommen."

Er lächelte, und Peter wunderte sich, denn Wanka war normalerweise kein Freund von Ironie. Was mache ich denn jetzt mit dem, dachte Peter, ich kann ihm doch nicht den Plattenspieler erklären oder sonst irgendeinen Quatsch. Er blickte ihn fragend an, aber Wanka reagierte nicht darauf.

Alex hatte eben Marlene Dietrich aufgelegt, eine Amiga-Pressung, und Wanka betrachtete interessiert das Cover mit dem Foto der Dietrich.

„Was es alles gibt", murmelte er und nahm auch noch die Beatles-Single von Amiga vom Tisch. „Wo haben sie denn das alles her?" fragte er Alex verwundert, „ich wusste gar nicht, dass es das bei uns gibt."

„Ja, doch", antwortete Alex etwas verlegen. Die außerschulische Situation behagte ihm nicht so sehr. „Also, eigentlich gibt es die in jedem Plattenladen, nur eben nicht immer, das heißt, man muss genau wissen, wann sie geliefert werden." Er wurde lockerer und fügte zur besseren Erklärung gleich noch hinzu: „Das ist genauso, wie beispielsweise mit Papiertaschentüchern oder Apfelsinen. Man muss eben da sein, wenn sie geliefert werden."

Alex erschrak über seinen Mut, und Peter beobachtete besorgt das Gesicht Wankas, aber der nickte nur und sagte: „Ja, ich verstehe."

Er blickte wortlos eine kurze Weile auf das Geschehen auf der Tanzfläche, um dann Alex zu ermahnen:

„Das ist ja alles sehr schön. Geben sie auf ihre Sammlung acht."

Und zu Peter gewandt: „Ich werde sie dann mal wieder alleine lassen. Würden sie mir vielleicht noch helfen? Ich habe ihnen noch eine Kiste Getränke mitgebracht, für den Notfall."

Er lächelte, hob leicht die Hand zum Gruß und verließ mit Peter im Schlepptau Alex' Kommandozentrale.

Einen Moment später kehrte Peter ächzend zurück, vor seinem Bauch eine volle Kiste Wernesgrüner Pilsner.

„Verstehst du das?" fragte Alex ihn, immer noch beeindruckt von Wankas kurzem Auftritt.

„Jein", antwortete Peter zögernd. „Entweder er erfüllt einen Auftrag der Parteileitung, und soll mal unauffällig nach dem Rechten gucken, oder er ist einfach nett. Die Kiste Bier spricht doch eigentlich für Letztes."

Wanka *war* nett, das war allgemein bekannt. Aber eine Kiste Bier war schon etwas mehr als nett.

Peter wandte sich wieder Alex und Manfred zu:

„Hat einer von euch Hans Born gesehen?"

Beide schüttelten den Kopf und Manfred ergänzte: „Ich habe nicht drauf geachtet. Wanka hat uns ja abgelenkt."

„Ich gehe ihn mal suchen. Nicht, dass er sich heimlich aus Liebeskummer besäuft."

Nach der kurzen Unterbrechung durch Wanka hatte Manfred jetzt eine Single der Butlers aufgelegt und sofort war die Tanzfläche wieder voll. Peter hatte Mühe, sich durch das Gewimmel der zuckenden Körper zu schlängeln. Hans brauchte er mit Sicherheit unter den Tanzenden nicht zu suchen, denn der würde nur mit Britta tanzen, und die war nicht in Sicht.

Als er die Tür nach draußen aufstieß, traf ihn eine Welle frischer Luft. Erst jetzt wurde ihm bewusst, wie verbraucht die Luft in der Halle inzwischen war.

Vor der Tür standen einige Studenten mit Bierflaschen in der Hand. Die Verständigung zwischen ihnen schien schon etwas holprig abzulaufen, aber Peter empfand keinen Grund zur Besorgnis. Alles noch im grünen Bereich, konstatierte er für sich. Es war ihm lästig, immer daran denken zu müssen, dass Ordnung herrschte. Und wenn mal nicht? Er hatte keine Ahnung, was er dann tun könnte oder müsste. Wanka anrufen? Den Gedanken verdrängte er sofort.

Er vergaß, dass er eigentlich Hans hatte suchen wollen. Die frische Luft war für ihn für einen Moment wie ein Rausch, der seinen Kopf von den lästigen Gedanken nach dem Ablauf des Festes und dessen morgigen Auswertung befreite.

Er ging ein Stück auf dem weichen Grasteppich der Wiese in Richtung der großen Ahorn-Bäume, die die eine Seite des Fakultätsgeländes begrenzten. In seiner Erinnerung musste dort eine Bank stehen, von der er in Ruhe das Geschehen um die festliche Sporthalle aus der Ferne beobachten konnte.

Seine Gedanken wanderten nach Hause zu Jutta und dem kleinen Björn. Er freute sich wie wahnsinnig, dass er endlich mal wieder für eine längere Zeit am Stück mit ihnen verbringen konnte, und nicht nur alle zwei Wochen die Zeit von Samstag Abend bis Sonntag Nachmittag. Und diese wenigen Stunden musste er sich jedes mal durch eine achtstündige Hinfahrt mit dem Zug am Samstag und am folgenden Tag gleich wieder zurück nach Halle, erkaufen. Wenig Zeit für ein Familienleben und das Ausleben von Liebe und Zuneigung für Jutta und ihren Nachwuchs. Aber jetzt waren fast acht Wochen Semesterferien angesagt, in denen er auch arbeiten würde, um ihre Haushaltskasse aufzubessern. Aber die Hauptsache blieb doch, dass er dann bei Jutta und Björn sein konnte.

Nicht weit von seinem Ziel entfernt, stellte er fest, dass

die Bank besetzt war. Im späten Dämmerlicht des zu Ende gehenden Sommertages konnte er niemanden erkennen, nur, dass es zwei Personen waren, die sich eng aneinander schmiegten. Kein Wunder, dachte er lächelnd, die Voraussetzungen sind wirklich optimal, um Zärtlichkeiten auszutauschen. Er wollte nicht stören, musste aber doch ein Geräusch gemacht haben, denn erschrocken fuhren die beiden auseinander und blickten unsicher in seine Richtung. Im Licht des bereits aufgegangenen Mondes erkannte er Britta und, zu seiner Überraschung, seinen 'Amtskollegen' Wolfgang. Er ließ sich nicht anmerken, dass er sie erkannt hatte, wandte sich ab und ging den Weg zurück zum Ort, wo die Musik.spielte.

Sieh an, dachte er vergnügt, wieder einmal hast du dich getäuscht. Auch die blonde Britta hat sich ergeben. Aber warum Wolfgang? War der ein Schwarm für junge Frauen? Bis jetzt war ihm das gar nicht aufgefallen. Aber egal, ihn ging es nichts an, und die beiden würden schon wissen, was sie aneinander hatten.

Ihrem Schlafbedürfnis Rechnung tragend, hatte Betge die Auswertung des Bergfestes mit Peter Köster und Wolfgang Grabert am nächsten Tag erst auf neun Uhr.angesetzt. Sie wären gerne auch früher angetreten, denn so verpassten sie den ersten Zug in die Heimatorte, für Peter waren das gleich mehrere Stunden Zeitverlust. Aber Betge hatte es gut gemeint.

Als sie das Direktorenzimmer betraten, trafen sie dort auf Wanka und den Genossen Frenzel, der die Parteileitung vertrat. Sie waren unsicher, denn sie hatten keine Ahnung, welche Informationen irgendwer, irgendwann an die Dozenten übermittelt hatte. Außer Wanka hatte man jedenfalls keinen weiteren Dozenten auf dem Fest gesehen. Peter und Wolfgang hatten sich natürlich über ihr Auftreten abgesprochen, wenngleich es dabei nicht viel zu bereden gegeben hatte. Zwischenfälle irgendwelcher Art, die man politisch hätte bewerten können, hatte es nicht gegeben.

Zwar waren gegen Ende einige der Studenten angetrunken gewesen, aber laute Reden, Gesang und sehr herzlichen Umarmungen zwischen einigen männlichen und weiblichen Teilnehmern waren nichts, was man als Besonderheiten würde nennen müssen.

Betge hatte ihnen zur Begrüßung betont freundlich die Hand gereicht, eine Geste, die bei Peter und Wolfgang schon zur Entspannung beitrug.

„Jugendfreunde", begann er, nachdem die beiden seiner Aufforderung, sich an den großen Konferenztisch zu setzen, nachgekommen waren. „Mir ist bereits berichtet worden, dass das von ihnen organisierte Bergfest unter den Studenten große Zustimmung erfahren hat."

Peter und Wolfgang horchten auf. Wer berichtet hatte, erwähnte Betge nicht, aber das interessierte sie in diesem Moment auch nicht. Sie kannten Betge, wenn er ungehalten war, seinen Ton, seine Mimik, seine Gestik. Nichts deutete darauf hin, dass von ihm nun noch ein großer Anschiss kommen würde.

„Der Genosse Wanka hat sich ja gestern Abend vor Ort kurz ein Bild machen können, und hat sich regelrecht begeistert geäußert. Insbesondere die Auswahl der Musik hatte es ihm angetan, die interessante Mischung von DDR-Tanz- und Beatmusik mit einigen modernen, westlichen Rhythmen. Das ist ja ein Vergleich, dem wir uns gerne stellen, weswegen ja in letzter Zeit auch Amiga eine Reihe von Lizenzplatten ins Programm genommen hat. Bitte richten sie dieses Lob den beiden Jugendfreuden aus, die für die Musikauswahl zuständig waren.

Wie ich gehört habe, hat es einigen Lärm, sprich, laute Gesänge, gegeben. Die Texte sollen nicht immer ganz stubenrein gewesen sein, aber das wollen wir jetzt nicht diskutieren. Wir waren ja schließlich auch mal Studenten, nicht wahr?" fügte er, an seine beiden Dozentenkollegen gewandt, jovial hinzu. „Und, das möchte ich besonders loben, die Sporthalle ist noch gestern Abend sofort wieder aufgeräumt worden. Das alles haben sie wirklich vorbildlich organisiert.

Insofern möchte ich hier auch ausdrücklich positiv erwähnen, dass die Veranstaltung nach unserer Meinung auch ein würdiger Abschluss ihres ersten Studienjahres an der ABF war. Die Leitung der ABF hat deshalb beschlossen, ihnen beiden ein besonderes Lob auszudrücken, das wir schriftlich formulieren und in ihre Kaderakte geben werden. Sind sie einverstanden?"

Peter und Wolfgang nickten überrascht und verlegen mit dem Kopf. Damit hatten sie nun überhaupt nicht gerechnet. Alle Grübeleien über die richtige Musikauswahl war demnach wohl überflüssig gewesen, dachte Peter zufrieden.

Die Dozenten reichten ihnen nacheinander die Hand und Betge fügte noch in seiner bekannten, väterlichen Art hinzu:

„Nun fahren sie man nach Hause. Wir wünschen ihnen erholsame Ferien."

Wieder draußen vor der Tür schauten sich die beiden an, noch immer verblüfft und ungläubig.

„War das jetzt wirklich wahr?" fragte Wolfgang, „oder träume ich das nur?"

„Ach, lass man", antwortete Peter, „da haben sich unsere Ängste doch endlich mal gelohnt. Ist doch prima gelaufen. Ich versuche noch Alex und Manfred zu erreichen. Wenn nicht, schreibe ich ihnen eine Karte von zu Hause. Und ansonsten: In einer Stunde geht mein Zug. Lass es dir gut gehen."

**11.** Mit weltmännischer Selbstverständlichkeit hatte Wolfgang dem Taxi-Fahrer „Grand-Place" als Ziel genannt. Mein Eindruck: Er scheint sich wirklich in Brüssel auszukennen

„Das ist das alte Zentrum mit dem Rathaus und anderen schönen, alten Häusern. Ist dir das recht?" fragt er überflüssigerweise. Ich nicke. Was sollte ich auch sagen: Ich kenne Brüssel nicht, abgesehen von ein paar Photos des

Atomiums und einiger EU-Gebäude, nichts, was sich lohnen würde, anzusteuern.

„Hast du mal was von den anderen aus unserem Jahrgang gehört?" frage ich ihn, während wir durch einen Stadtteil fahren, der mich wegen seiner heruntergekommenen Straßenzüge an ehemalige Bergarbeiter-Siedlungen im Ruhrgebiet erinnert.

„Ja schon", antwortet er, „aber, wenn ich so überlege: Eigentlich doch nur von wenigen. Wenn ich daran denke, dass wir immerhin so um die fünfzig Studenten in unseren beiden Seminargruppen gewesen sein müssen, dann kann man das fast vernachlässigen. Nach der feierlichen Übergabe der Abi-Zeugnisse sind die meisten ja relativ schnell verschwunden. Natürlich hatten wir unsere Adressen ausgetauscht, aber, wie das häufig so ist, sind die Korrespondenzen dann nach einiger Zeit versiegt. Aber einige sind in Halle geblieben. Ab und zu habe ich mal diesen und jenen getroffen und auch ein paar Worte mit ihnen gewechselt. Einen davon musst du eigentlich gut kennen. Ich glaube der hieß Alexander, Nachnamen weiß ich nicht mehr."

„Ja, das ist richtig. Wir waren auf einem Zimmer. Alex ist der Einzige, mit dem ich noch regelmäßigen Kontakt habe. Er hat Chemie in Halle studiert und danach irgendwo in Thüringen gearbeitet. Aber...", ich zögere einen Moment, ... „ich denke, du bist nach dem Abi zum Studium nach Ilmenau gegangen? Jetzt entnehme ich deiner Rede aber, dass du in Halle warst. Habe ich da nicht aufgepasst?"

„Nein, nein. Das hat schon seine Richtigkeit", antwortet Wolfgang. Es scheint, als wolle er es dabei belassen, aber dann besinnt er sich und setzt seine Erklärung fort:

„Erinnerst du dich noch an Britta Carolis?"

„Wer nicht", antworte ich lächelnd.

„Natürlich, wer nicht", erwidert Wolfgang verständlich. "Aber was du sicherlich nicht weißt ist, dass Britta und ich seit dem zweiten ABF-Jahr zusammen waren."

Aus seiner Stimme war ein gewisser Triumph zu vernehmen, mir etwas berichtet zu haben, was für mich nicht nur neu sein sollte, sondern auch eine Überraschung.

„Ja, das war mir bekannt", sage ich lakonisch.

Wolfgang starrt mich irritiert an.

„Du wusstest davon? Jetzt aber mal ehrlich: Du willst mich nur veräppeln. Ich meine, wenn Britta und ich uns damals getroffen haben, dann immer nur heimlich. Britta wollte nicht, dass die anderen davon erfuhren, und wir haben auch nie jemanden von euch anderen in der Nähe gesehen. Ich frage mich, wie bei diesen Vorsichtsmaßnahmen du davon erfahren haben konntest?"

„Man sollte nicht leichtfertig 'nie' sagen", feixe ich. „Erinnerst du dich an unser Bergfest? Da habt ihr euch wirklich Mühe gegeben, euch für alle erkennbar aus dem Wege zu gehen. Aber dann habt ihr es wohl nicht mehr ausgehalten, und habt euch draußen getroffen, unter den großen Bäumen am Zaun, Linden waren das, glaube ich. Und wie es der Zufall wollte, hatte der Jugendfreund Peter Köster ein dringendes Bedürfnis nach Bewegung an der frischen Luft. Ja, und dabei bemerkte er in einer gewissen Entfernung zwei Gestalten, die sich umarmt hielten und sich küssten."

Wolfgangs Gesicht hatte während meiner Offenbarung einen leicht verstörten Ausdruck angenommen.

„Und?" fragt er nun gespannt.

„Sollte ich etwas verpasst haben", frage ich grinsend zurück. „Nein, nichts. Das, was ich gesehen habe, war stubenrein. Und", betone ich, „ich habe auch niemandem davon erzählt."

Für einen Moment sagt er nichts und sieht aus dem Fenster, als müsse er sich vergewissern, dass der Fahrer auf dem richtigen Weg sei. Dann dreht er sich wieder zu mir um. Sein Gesicht hatte die alte Selbstsicherheit wiedergewonnen.

„Ja, ich erinnere mich ans Bergfest. Ich muss gestehen, dass du mich ganz schön überrascht hast. Wir waren so sicher, dass niemand unser Verhältnis mitkriegen würde. Weißt du, mir wäre das egal gewesen, aber Britta war in diesem Punkt sehr eigenartig."

„Warum denn nur? Ich erinnere mich gut, dass sie

außerordentlich attraktiv war. Sie hätte doch nur mit dem Finger schnipsen müssen, dann hätte sie jeden kriegen können. Hat sie aber nicht, ich meine, sie hat nicht geschnipst. Also, wo war ihr Problem?" frage ich erstaunt.

Wolfgang schüttelt ratlos seinen Kopf.

„Ich habe das auch nie verstanden. Vielleicht hatte es genau mit dem zu tun, was du gerade gesagt hast, dass sie nämlich immer im Mittelpunkt stand. Das behagte ihr irgendwie nicht, sie fühlte sich dadurch, im übertragenen Sinne, nicht wirklich frei. Also, alles heimlich. Aber", bei dem Gedanken daran lächelt er zufrieden, „ich habe mich schnell daran gewöhnt. Ich war zufrieden, dass ich mit ihr zusammen sein konnte. Übrigens, das will ich auch noch sagen: An dem bewussten Abend hast du, soweit ich mich erinnere, wirklich nichts verpasst. Ja, lang ist's her."

Er hält einen Moment inne. Ich habe den Eindruck als übermanne ihn die Erinnerung, vielleicht an Britta, vielleicht aber auch an das Bergfest. Jedenfalls hat er seinen Kopf gesenkt, schweigt für einen Moment und scheint abwesend zu sein.. Dann, als habe ihn etwas erschreckt, hebt er ruckartig den Kopf und fragt: „Aber wie sind wir jetzt auf das Bergfest und Britta gekommen?", um diese Frage umgehend selbst zu beantworten:

„Ich hab's. Du hattest gefragt, wieso ich oft in Halle war. Natürlich wegen Britta. Sie war in Halle geblieben, um ihr weiteres Leben nicht der Mathematik sondern der Kunst zu widmen. Sie hatte einen Studienplatz an der Kunst-Hochschule Burg Giebichenstein, irgendwas mit Design. Ja, ich dann also in Ilmenau, sie in Halle mit unserem Jungen."

„Ihr habt einen Sohn?" frage ich impulsiv.

Ich kann mich mit dieser Frage einfach nicht zurückhalten, so sehr hat mich diese Neuigkeit überrascht..

„Ja", antwortet er bedächtig und fährt dann bereitwillig fort: „Britta war schon schwanger, als uns die Abi-Zeugnisse überreicht wurden. Das habt ihr nicht bemerkt, denn man konnte damals noch nichts sehen. Es war ein Junge, Kai heißt er. Sie hat dann das Studium trotzdem angefangen und später mit gutem Abschluss beendet. Ich bin dann in der ersten Zeit häufig nach Halle gefahren. Ich hatte gedacht, dass ich ihr helfen könnte. Aber wie sollte das gehen? Den Jungen hatte sie in eine Krippe gegeben, der war also in der Woche versorgt. In der anderen Zeit, also an den Wochenenden und in den Ferien, hat sie sich selbst um ihn gekümmert. Für mich war da nichts zu tun. Und fachliche Unterstützung verbot sich ja von vorn herein. Für die Art von Kunst, mit der sich Britta beschäftigt hat, ich meine Gemälde und Bildhauerei, konnte ich mich nie besonders erwärmen.

Und, das muss ich zugeben, über die Entfernung liebt es sich auch nicht so richtig gut. Weißt du", er gibt sich verzweifelt, „ich brauche die Nähe, die Wärme eines weiblichen Körpers, ja, und den Sex natürlich auch. Also hatte ich bald in Ilmenau eine Mitstudentin, die mir alles dieses am Ort geboten hat. Britta musste das irgendwie erfahren haben. Aber eigenartigerweise hatte sie kein Verständnis für meine Situation. Ich meine, jetzt mal ganz ehrlich", er schaut mich direkt an. In seinem Gesicht kann ich ablesen, dass ihm Brittas Haltung auch heute noch unverständlich ist. „Wir haben uns nur alle zwei, drei Wochen gesehen, und dann natürlich auch miteinander geschlafen. Aber die Zeit dazwischen war ganz schön lang, zu lang, fand *ich* jedenfalls. Sie wollte einfach nicht verstehen, dass das mit der Studentin in Ilmenau nichts weiter bedeutete. Das war nur ein gegenseitiger Zeitvertreib, gewissermaßen ein Abreagieren. Niemand von uns beiden hatte da die Erwartung von etwas Dauerhaftem. Mit Britta war das von Anfang an etwas anderes. Ich wollte ja bei ihr bleiben. Und dann war da ja auch der Junge. Aber trotzdem, ich bin dann immer seltener nach Halle gefahren. Das ging dann noch so ein, zwei Jahre, aber schließlich haben Britta und ich uns dann endgültig getrennt. Ich habe meinen Teil für den Unterhalt des Jungen beigetragen, gelegentlich habe ich ihn auch besucht. Aber sonst haben wir nur noch telefoniert, wenn etwas zu regeln war. Wenn Kai mal krank war oder zu seiner Einschulung, und solchen Dingen."

Seinen Bericht hatte er sachlich vorgetragen, ohne dass irgendwelche Emotionen in seinem Gesicht sichtbar gewesen wären.

„Warum habt ihr eigentlich nicht geheiratet?" frage ich spontan. „Ich meine, mir ist schon klar, dass das deine sexuellen Nöte in Ilmenau nicht behoben hätte. Aber, du weißt vielleicht noch, dass ich schon verheiratet war, als ich nach Halle kam. Jutta und ich haben uns auch nur alle zwei Wochen sehen können, und ich weiß deshalb genau, wovon du redest. Ja, das war schwer, aber es ging. Und, um auch das zu sagen: Eine Mätresse habe ich mir in Halle deswegen nicht angeschafft."

Wolfgang ist das Thema nun doch sichtlich unangenehm.

„Nein, heiraten war für mich keine Option. Warum soll man sich so früh binden?"

„Vielleicht, weil man sich so früh ein gemeinsames Kind angeschafft hat?"

„Ja", antwortet Wolfgang zögerlich, „kann man, muss man aber nicht. Guck dir doch nur heute die Paare an. Kaum einer hält es noch für wichtig, zu heiraten."

„Ja, das sehe ich auch", antworte ich knurrig. „Und dann trennt man sich, und die Kinder haben keinen Vater mehr, meistens jedenfalls. Und die Mutter firmiert dann unter 'alleinerziehend'. Findest du das gut?"

Erstaunt blickt mich Wolfgang an.

„Das scheint dir ja richtig nahe zu gehen?"

„Ja, das siehst du richtig. Ich meine, konkret zu der Geschichte von Britta und dir kann ich natürlich nichts sagen. Will ich auch nicht. Aber, allgemein gesagt, finde ich schon, dass es eine sehr bedenkliche Entwicklung ist, dass es heutzutage so sehr viele Kinder gibt, die nur mit einem Elternteil aufwachsen müssen."

„Ja, kann sein." Wolfgang ist erkennbar desinteressiert, dieses Thema weiter zu diskutieren, was ich fast widerwillig akzeptieren muss. Schließlich sollten wir die wenigen Stunden, die uns der Zufall geschenkt hatte, nicht mit Diskussionen vergeuden, über die schon viele Bücher kontrovers geschrieben worden sind.

„Nous sommes arrivés."

Der Taxi-Fahrer hält an einer Ecke und zeigt mit der Hand in eine Richtung:

„La Grand Place est là."

Ich will nach meinem Portemonnaie greifen, aber Wolfgang legt beschwichtigend seine Hand auf meinen Arm.

„Lass stecken. Ich kann das absetzen."

Mir ist es recht. Business-Flugticket, guter Cognac - Wolfgang muss es gut gehen. Warum soll ich mich da vordrängen?

Es sind nur wenige Schritte. Die Straße zum 'Grand Place' öffnet sich und bietet uns einen atemberaubenden Blick auf eine Reihe prächtiger, barocker Gebäude, von denen mich das größte, das Rathaus, wie Wolfgang erklärt, mit seinem riesigen Turm am meisten beeindruckt.

„Es hat Ähnlichkeit mit dem Münchner Rathaus", sage ich unvorsichtigerweise. Wolfgang widerspricht erwartungsgemäß umgehend:

„Aber das Münchner Rathaus mit seinem Glockenspiel ist doch unvergleichlich schöner: Wie kannst du nur so etwas sagen."

Er scheint ehrlich empört, was ich gar nicht verstehen kann. Ich bin erst einmal in München gewesen, und bei dem Vergleich war ich einem Impuls gefolgt. Vielleicht hat er ja recht, und die beiden Gebäude haben im Detail keine Ähnlichkeit. Aber für mich sind sie jedenfalls vergleichbar, zumindest aus der Fernsicht. Beide sind schön mit ihren kleinteiligen, reich verzierten Fassaden, und das ist für mich das Wichtigste. Als Berliner kann ich das gelassen sehen und bin, anders als Wolfgang, der unstrittig als Lokalpatriot wertet, völlig frei in meinem Urteil. Abgesehen davon finde ich solche Betrachtungen eigentlich ziemlich unsinnig.

Wolfgang hatte sich schnell wieder beruhigt und erklärt mir bei einem Rundgang die wichtigsten Gebäude, und was man in deren Inneren sehen könnte, wenn man denn ausreichend Zeit hätte. Und auch zum Manneken Pis führt er mich. Erstaunlich, wie ein pinkelnder kleiner Junge aus Bronze eine solche Anziehungskraft ausüben kann. Wie lange mochte er hier zum Nutzen des Brüsseler Tourismusgewerbes wohl schon stehen und den beglückten Zuschauern seinen kleinen Pimmel entgegen strecken und das Wasser rauschen lassen? Gäbe es dafür Tantiemen könnte man ihn sicherlich in Gold kleiden. Jedenfalls sind die engen Straßen um diese kleine Figur zur Zeit fast verstopft von Menschen.

„Niedlich", sage ich, an Wolfgang gewandt, „aber ich könnte nicht pinkeln, wenn so viele Menschen zugucken würden."

Er lacht.

„Versuch es doch einfach mal. Stell dich hier hin, und du würdest sehen, dass du wahrscheinlich genau so viele Zuschauer hättest, wie das Manneken Pis. Zumindest so lange bis die Polizei käme", schränkt er grinsend ein.

Schließlich landen wir in einem Café, das Wolfgang natürlich von früheren Besuchen gut kennt, wie er erwähnt.

„Wieso bist du eigentlich so oft in Brüssel?", frage ich ihn, während wir auf den bestellten Kaffee mit Kuchen warten. „Du kennst dich ja wirklich gut aus."

„Na, weißt du", sinniert er, „oft bin ich hier eigentlich nicht. Aber über die Jahre gerechnet kommt dann zwangsweise doch eine beachtliche Anzahl zusammen. Und warum? Weißt du, das ist nicht leicht zu erklären. Wie ich schon erwähnte, handelt meine Firma mit Maschinen und großen Geräten. Für diese Geschäfte benötigt man Partner, und die finde ich häufig hier in Brüssel."

„Verstehe", antworte ich zurückhaltend. In Wirklichkeit habe ich nichts verstanden. Er ist Geschäftsmann und handelt mit Maschinen, okay, das verstehe ich. Aber warum Partner in Brüssel?

Kaffee und Kuchen kommen, und ich verliere diese Gedanken für den Moment aus meinem Fokus.

„Erzähl mal weiter, was du nach Moskau und Jerewan gemacht hast", fordert mich Wolfgang auf, während er sich gleichzeitig dem Kuchen zuwendet.

„Lass uns doch erst einmal die Sache mit Britta zu Ende bringen", wende ich ein.

„Da gibt's eigentlich kaum noch etwas hinzuzufügen", antwortet Wolfgang bereitwillig. „Sie ist immer noch an der Kunsthochschule, inzwischen als Dozentin. Aber wo sie wohnt, weiß ich nicht. Ich kenne nur ihre mail-Adresse."

„Und euer Sohn?"

„Der hat, glaube ich, Mathe-Lehrer oder Mathe-Diplom studiert. Aber mehr weiß ich nicht. Wir haben keinen Kontakt mehr."

Ich bin erschüttert, wage aber keine Nachfrage.

„Weißt du vielleicht auch, was aus Hans Born geworden ist? Du erinnerst dich sicher an den Kleinen aus meiner Gruppe, einer deiner zahlreichen Nebenbuhler. Er war wirklich unsterblich in Britta verliebt."

„Ja, natürlich", bestätigt Wolfgang eifrig. „Der kleine Hans, ich erinnere mich. Er war nach dem Abi auch noch eine Zeit in Halle und hat Britta weiterhin auf eine sehr lästige Art und Weise nachgestellt. Als er schließlich gesehen hat, dass Britta schwanger war, und er nicht der Vater sein konnte, soll er Schlaftabletten genommen haben."

Er wendet sich zur Kellnerin hin und bestellt auf Französisch zwei Cognac.

„Du nimmst doch auch einen mit?" fragt er nachträglich.

„Aber dieser bedauernswerte Kerl soll es überlebt haben, und dann aus Halle weggegangen sein. Hat Britta jedenfalls gehört."

Der Cognac kommt und Wolfgang prostet mir lächelnd zu.

„Es ist doch schön, wenn man nicht Auto fahren muss. Da kann man ruhig mal einen mehr trinken."

Mit einem zufriedenen Stöhnen setzt er das leere Glas auf dem Tisch ab.

„Jetzt aber noch mal zu dir. Du hast also in einem Institut gearbeitet, warst in Moskau und Jerewan, hast promoviert und dich habilitiert. Ja, und dann weiter? Professur?"

„Nein, soweit habe ich das nicht geschafft. Ich habe eine Gruppe geleitet, und wir haben eben geforscht, nach der Wende verstärkt in Kooperation mit ausländischen Gruppen."

„Und wie hast du die Wende überstanden?"

Wolfgang scheint wirklich interessiert, und ich erzähle ihm ausführlich von den Niederungen westdeutscher Forschungspolitik im Osten.

„Das ging jahrelang. Mal gab es gute Nachrichten, dann wieder mussten wir befürchten, dass unser Institut geschlossen wurde. Ich sage dir, insgesamt war das eine Riesenverschwendung von Forschungspotential. Wie soll man Wissenschaft, noch dazu Grundlagenforschung, betreiben, wenn einem über Jahre das Damoklesschwert einer möglichen Schließung über dem Kopf hängt?"

„Ehrlich gesagt, keine Ahnung." Wolfgang schaut mich unschuldig an und hebt ratlos seine Schultern. „Weißt du, ich habe ja mit Forschung nie direkt etwas zu tun gehabt, ein bisschen Geräteentwicklung bei der Armee, mehr aber auch nicht. Diese mehr akademische Forschung war mir immer eher suspekt. Ja, nun mal weiter: Wie habt ihr den Bogen dann gekriegt?"

„Das ist eine zu lange Geschichte mit so unendlich vielen Einzelschritten, Gesprächen, Konzepten und Nutzung von Beziehungen, als dass unsere Zeit für eine Darstellung ausreichen würde. Wir haben viele Federn lassen müssen, soll heißen, eine ganze Reihe fähiger, netter Kolleginnen und Kollegen sind auf der Straße gelandet und mussten sich nach was Neuem umsehen. Aber dennoch, die Hauptsache ist ja, dass wir es geschafft haben. Andernfalls hätte ich nicht in Japan an einem Kongress teilnehmen können, hätte damit nicht einen Fluglotsen-Streik in Brüssel erlebt, dabei keinen Mitstudenten von der ABF Halle getroffen und säße nicht hier, sondern wäre vielleicht arbeitslos."

Wolfgang lacht:

„Du und arbeitslos. Das glaubst du doch selbst nicht. Mit solch einer Vita hättest du doch bestimmt gleich wieder etwas gefunden."

Ich widerspreche ihm nicht. Offensichtlich weiß er wirklich nicht, was sich auf dem Gebiet der Universitäten und Forschungseinrichtungen im Osten alles abgespielt hatte. Darum antworte ich nur etwas lahm:

„Ja, vielleicht. Aber wie ist das denn bei dir gewesen?"

„Das ist auch eine lange Geschichte. Die heben wir uns bis nach dem Abendessen auf. Da haben wir noch genügend Zeit. Lass uns lieber noch einen Schluck nehmen."

Ich blicke ihn erstaunt an:

„Wird das nicht ein bisschen viel?"

„Wieso das?" fragt er erstaunt. „Zwei Cognac ist doch nicht viel."

Schon winkt er die Kellnerin heran und gibt seine Bestellung auf.

„Weißt du, wenn man so lange mit den Freunden zu tun hat, dann sieht man das anders. Du warst doch auch in der SU. Dann musst du doch wissen, dass man dort bei Verhandlungen zäh sein muss, auf jeden Fall aber auch trinkfest."

Uns beiden fallen dazu bestimmt recht unterschiedliche Erlebnisse ein, aber im Endeffekt müssen wir beide lachen. Russland ohne Wodka war einfach nicht Russland. Das wusste man, wenn man dort einmal längere Zeit verweilt hatte. Im Gegensatz zu Wolfgang, dessen Körper Alkohol als Folge langer Gewöhnung offenbar schnell absorbieren musste, hatten meine eigenen Erfahrungen nicht dazu geführt, dass ich trinkfester geworden wäre. Aber als nun der zweite Cognac gebracht wurde, trinke ich trotzdem mit. Bis jetzt bemerke ich noch keine Wirkung, obwohl mein Alkoholpegel nach dem ersten Umtrunk im Hotel schon ein beachtliches Niveau erreicht haben muss. Andererseits ist es aber auch ein herausragender Anlass.

Wolfgang führt uns zielsicher zum nächsten Taxistand. Auf dem Weg dahin kommen wir an einem diskret, auffälligen Haus vorbei. Über der Eingangstür eine gedämpfte Leuchtreklame mit dem eleganten Schriftzug „Club M".

Wolfgang zeigt wie beiläufig auf das Haus:

„Ein Bordell. Sehr sauber und sehr ansprechende, reizvolle Mädchen."

Ich blicke ihn erstaunt an:

„Woher weißt du das?"

Er ziert sich kaum und antwortet ganz locker:

„Ich musste mal einen Geschäftspartner begleiten."

„Das heißt, du hast ihm nicht nur gezeigt, wo er das Etablissement findet, sondern bist mitgegangen und hast vermutlich aufgepasst, dass ihm nichts passiert. Sehe ich das richtig?"

Er ist nicht beleidigt.

„Ja, genau so war es", sagt er grinsend. „In Russland enden die Verhandlungen häufig mit Wodka *und* Frauen, aber hier steht man nicht so auf Wodka."

Dabei lacht er ungehemmt laut.

Dann, vielleicht, weil er glaubt, sich vor mir wenigstens etwas rechtfertigen zu müssen, etwas lebhafter:

„Ja, es ist nicht einfach, gute Geschäfte zu machen. Man kann gut dabei verdienen, aber man muss eben auch was leisten. Da gehört so ein gemeinsamer Bordell-Besuch noch zu den angenehmsten Dingen."

„Weiß deine Frau davon?"

Ich bin nun doch einigermaßen verstört, dass Wolfgang so sachlich davon spricht, dass ein Bordellbesuch für ihn offenbar eine Art geschäftliche Routine ist.

„Ich glaube, sie ahnt es zumindest. Wir sprechen zwar nicht darüber, aber sie akzeptiert es stillschweigend. Weißt du, im Grunde genommen ist ja auch nichts dabei. Sie bekommt im Bett ja trotzdem das, was sie von mir erwartet. Und, ich erinnere an eine alte Bauernregel: Man soll die gleiche Saat nicht immer in den gleichen Boden einbringen, oder so ähnlich. Die Hauptsache ist doch, es ist immer genug Geld im Haus, oder?"

Er lacht und sieht mich an, als lege er Wert auf meine Zustimmung. Und da wir während dieser Unterhaltung unwillkürlich stehen geblieben sind, fügt er mit einem listig, lüsternen Funkeln in den Augen hinzu:

„Hast du Bedarf? Glaub' mir, du würdest es nicht bereuen. Dann können wir hier unseren Weg ins Hotel auch für eine Weile unterbrechen."

Ich bin über dieses überraschende Angebot etwas aus dem Gleichgewicht gebracht worden und winke schlapp mit der Hand ab.

„Na, macht ja nichts. Der Tag ist ja noch lang", sagt Wolfgang breit grinsend. Seine Augen flackern dabei und ich ahne, dass er seinen Plan noch nicht ganz aufgegeben hat.

Die Rückfahrt ins Hotel verläuft nahezu schweigsam. Wolfgang scheint müde zu sein, und als wir das Hotel schließlich erreichen, sagt er:

„Ich muss mich mal einen Augenblick hinlegen. Wir sehen uns um acht im Restaurant, d'accord?"

Meine Antwort wartet er nicht ab, sondern dreht sich um und geht in Richtung des Fahrstuhls.

## 12. *Richard*

Es war Pause, auf dem Hof das übliche Bild: Einige Studenten rauchten, andere standen in Gruppen und diskutierten erregt das Geschehen der letzten Stunde Marxismus-Leninismus. Sie hatten eine nicht angekündigte Testarbeit schreiben müssen. In den Gesprächen ging es jedoch nicht um das Thema der Arbeit, sondern die Art und Weise, wie sich ihr neuer Dozent für Marxismus-Leninimus, der Genosse Kestner, an diesem Vormittag eingeführt hatte.

Kestner war ein relativ junger Mann, Mitte dreißig, strenger Scheitel, eng anliegende Haare, ohne Pomade, dunkle Brille, ein streng wirkender Blick, gut sitzender Anzug. Es war seine erste Stunde in der Seminargruppe, die er als Dozent von Frenzel übernommen hatte, und wie folgt begonnen hatte:

„Liebe Genossen und Jugendfreunde, ich wünsche ihnen

einen guten Morgen. Mein Name ist Kestner, und ich werde bei ihnen Marxismus-Leninismus geben. Sie kennen mich noch nicht, ich kenne sie noch nicht, und deshalb ist es das beste, wenn sie mir *ad hoc* einmal aufschreiben, was ihnen zum Thema „Die Gesetzmäßigkeit des Sieges des Sozialismus" einfällt. Sie haben noch,..." er blickte auf seine Uhr, ..."40 Minuten Zeit. Ja, und bevor sie anfangen, möchte ich ihnen noch etwas Grundsätzliches sagen: Zu meinem Verständnis von den charakterlichen Eigenschaften von ABF-Studenten gehört, dass sie sich als politisch bewusste, sozialistische Studenten verstehen, die lernen und nicht abschreiben wollen. Deshalb werde ich sie jetzt bis zum Ende der Stunde alleine lassen. Sollte etwas sein, finden sie mich im Dozenten-Zimmer. Noch Fragen?"

Staunen, Stille, aber keine Fragen. Und schon schloss sich die Tür hinter ihm. Irritiert hatten sich alle angeguckt, unsicher mit den Schultern gezuckt, aber dann schließlich doch ihre Schreibblöcke zurechtgelegt und angefangen zu schreiben. Abschreiben ging nicht, wie sollte man das machen? Schließlich schleppte ja niemand seine schweren Bücher, aus denen man einige markante Sätze zum Thema hätte abschreiben können, nicht mit in die Fakultät. Ein schlauer Fuchs, der Neue.

„Ob der das immer so macht?" rätselte Roland Steiner jetzt in der Pause. „Wenn ja, dann würde es sich ja lohnen, einen Spickzettel vorzubereiten."

Er grinste, dann erstarrte sein Grinsen, und seine Augen erweiterten sich warnend:

„Vorsicht", zischte er leise, dann war Kestner aber auch schon heran.

„Wer von ihnen ist Jugendfreund Köster?" fragte er, und da alle Umstehenden automatisch in Peters Richtung schauten, hob dieser etwas lustlos seinen Arm.

„Kommen sie bitte mit, wir haben ein dringendes Problem", sagte Kestner, und stürmte in sichtbarer Eile vor Peter Köster her auf die Eingangstür der Fakultät zu.

Peter folgte ihm bis ins Zimmer des Direktors, wo sie

schon von Betge und Wanka erwartet wurden. Peter durfte sich setzen. Die drei Dozenten gruppierten sich vor ihm und schauten ihn, als sei er in irgendeiner, hoch-politischen Angelegenheit der Angeklagte, mit erster Miene an. Betge ergriff zügig das Wort:

„Jugendfreund Köster, sie wissen, dass gestern Abend im DDR-Fernsehen die Übertragung der Titelkämpfe der Europa-Meisterschaft im Boxen aus der Hauptstadt der DDR gelaufen ist. Wir wissen, dass diese Titelkämpfe von einer größeren Gruppe von Studenten im Fernsehraum des Studentenheimes verfolgt wurden. Weiterhin ist bekannt, das steht ja auch heute in der Zeitung, dass in einem der Endkämpfe der westdeutsche Sportler Freistatt Europameister geworden ist."

Betge holte Luft, vergewisserte sich mit einem Blick auf seine beiden Kollegen auch deren Aufmerksamkeit und fuhr fort:

„Wie bekannt, ist es bei internationalen Wettkämpfen üblich, dass bei den Siegerehrungen die Nationalhymnen der jeweiligen Länder gespielt werden. Gestern Abend war es also der Fall, dass zur Ehrung des westdeutschen Boxers die westdeutsche Hymne gespielt wurde. So weit so gut.

Allerdings ist uns berichtet worden", Betge blickte, offenbar auf der Suche nach der passenden Formulierung, konzentriert vor sich auf den Tisch, ehe er fortfuhr: „Also, es ist uns berichtet worden, dass einer der anwesenden Studenten unserer ABF die westdeutsche Nationalhymne mitgesungen hat. Wenn auch leise, so war jedoch ganz deutlich die Zeile 'Einigkeit und Recht und Freiheit für das deutsche Vaterland' im Zimmer zu vernehmen."

Erneute, kurze Pause. Peter wurde heiß.

„Ich glaube, ich muss nicht betonen, dass das eine Haltung ist, die wir bei einem ABF-Studenten nicht unkommentiert billigen können. Normalerweise hätten wir deshalb schon mit dem betreffenden Jugendfreund gesprochen. Leider ist es aber so, dass der betreffende Student namentlich nicht identifiziert werden konnte."

Betge hielt nochmals kurz inne. In seinem Gesicht arbeitete es. Peter schien, als suche er nach den richtigen Worten, was für Betge ungewöhnlich war, da er ein guter Redner war. Dann straffte er sich und fuhr fort:

„Es wurde uns ebenfalls berichtet, dass auch sie, Jugendfreund Köster, im Fernseh-Zimmer anwesend waren, und dass der betreffende Student in ihrer Nähe gestanden hat. Demnach müssen sie also diesen Vorfall auch bemerkt haben und sollten also auch wissen, wer gesungen hat. Also, um es kurz zu machen: Sie sind der FDJ-Sekretär der Gruppe, und deshalb erwarten wir von ihnen, dass sie uns den Namen des Sängers nennen."

Alle Augen richteten sich auf Peter Köster. Ihm war schlecht im Magen, was gelegentlich vorkam, aber nicht aus solch einem Grunde. Er musste nicht lange überlegen, um klar zu erkennen, dass seine Lage nicht nur misslich, sondern katastrophal war. Es war richtig, was Betge gesagt hatte: Er, Peter Köster, wusste, wer gesungen hatte, und das konnte er angesichts des unbekannten Zeugen wohl auch kaum leugnen. Andererseits kannte er den Sänger auch ziemlich gut. Nicht, dass man hätte sagen können, dass sie befreundet wären. Aber dennoch war ihr Verhältnis von gegenseitiger Sympathie geprägt. Und einen solchen sympathischen Mitstudenten, noch dazu aus der eigenen Seminargruppe, sollte er jetzt denunzieren?

Das Mitsingen der Hymne fand Peter wirklich nicht besonders clever, wenn man bedachte, wo sie sich befanden. Aber es war auch kein dramatischer 'Fehltritt'. Diese Einschätzung traf aber offenbar nicht das Verständnis bestimmter Funktionäre, die er nicht kannte. Von den Dozenten war diese Suche nach dem Übeltäter mit Sicherheit nicht ausgegangen, da war Peter sich sicher. Aber gerade diese Erkenntnis barg eine Riesenunsicherheit in sich: Peter konnte nicht wissen, welche Abstrafung den Sänger erwarten würde, wenn er den Namen nennen würde. Vielleicht würde man sich mit einer Ermahnung begnügen („Wir haben dem Jugendfreund klarmachen können, dass..." usw.), oder so ähnlich. Andererseits, je nachdem, von welcher Art der entsprechende Genosse der Sicherheit war, konnte die Geschichte für den Sänger auch mit einer Relegation enden. Vielleicht war das nicht extrem wahrscheinlich, es war aber auch nicht ausgeschlossen.

Und ein weiteres Dilemma tat sich vor Peter auf:

Würde er diesen Namen jetzt nennen, dann würden das früher oder später auch seine Mitstudenten erfahren. Und dann würde in Zukunft niemand ihm mehr vertrauen. Er wäre in ihren Augen ein Denunziant der übelsten Sorte.

Und wenn er sich einfach weigerte, den Namen zu nennen? Was würde dann wohl mit *ihm* passieren? Ein Student, der kein Vertrauen zu seinen Dozenten und der Partei hat? Peter wollte kein Märtyrer werden. Und, hatte nicht auch er das moralische Recht, in solch einer Situation wenigstens ein bisschen egoistisch sein zu dürfen?

Peter Köster versuchte Zeit zu gewinnen:

„Ja, es stimmt. Es war so, wie sie das geschildert haben. Die Nationalhymne wurde gespielt, einer der Studenten hat leise mitgesungen. Er ist aber, während die Hymne noch gespielt wurde, bereits von anderen Studenten deswegen kritisiert worden. Ich weiß nicht, ob ihnen ihr Informant das auch berichtet hat. Aber so war es."

Die Gesichtszüge aller drei hatten sich beim Wort *Informant* unwillig verzogen. Arge Bedenken kamen in Peter auf, ob es nicht vielleicht besser gewesen wäre, dieses Wort zu vermeiden. Aber es war eigentlich ein unwillkürlicher Impuls gewesen, dieses Wort zu gebrauchen. Schließlich musste ja jemand unter ihnen gewesen sein, dessen Auftrag es gewesen war, aufzupassen. Auf was? Und warum eigentlich? Es war doch nur eine harmlose Sportübertragung gewesen. Aber nun war es geschehen,und ungerührt, als habe er ihre Verstimmung nicht bemerkt, fuhr er fort:

„Ja, es ist richtig: Ich weiß, wer gesungen hat, und ich kenne ihn sogar gut. Deswegen bin ich auch sicher, dass er nur aus einem Reflex, aus einer Dummheit heraus, gesungen hat. Ich habe mit ihm gesprochen, er ist ein engagierter

Student der nicht provozieren wollte. Und ich möchte betonen, dass seine Tat zwar unbedacht, aber in keiner Weise gegen die DDR gerichtet war, falls diese Schlussfolgerungen an irgendeiner Stelle gezogen worden sein sollten.

Was ich mit all dem sagen will ist: Ich wäre ihnen dankbar, wenn sie akzeptieren würden, dass ich ihnen den Namen dieses Studenten nicht nennen kann und will. Die Gründe habe ich gerade genannt. Es wäre nicht fair von mir."

Betretenes, ungläubiges Schweigen. Peter wusste nicht, was sie erwartet hatten. Vielleicht hatten sie gedacht, dass er ihnen den Namen aus sozialistischer Überzeugung, aus Angst oder Unterwürfigkeit sofort nennen würde. Oder dass er ausgewichen wäre, geleugnet hätte, den Namen zu kennen. Ihren Gesichtern nach war es jedenfalls wohl nicht diese Antwort gewesen, zu der er sich unter Aufbietung allen Mutes im letzten Moment entschlossen hatte. Und die jetzt, nach vollbrachter Tat, in seinem Inneren einen regelrechten Angststurm erzeugt hatte. War man, wenn man sich in dieser Art vor einen 'Übeltäter' stellt, nicht selbst einer? Peter versuchte trotzdem ruhig zu erscheinen und stand artig vom Stuhl auf, als auch die Dozenten sich erhoben, nachdem sie sich durch Blicke verständigt hatten.

„Jugendfreund Köster, können sie uns bitte für einen Moment alleine lassen und draußen warten."

Peter verließ das Zimmer und stellte sich im Flur ans Fenster. Er sah vor sich die Seitenflügel des Fakultätsgebäudes. Gegenüber eine kleine Straße, an der sich die alten, geduckten Gebäude der Frank'schen Stiftung befanden. Im Moment war ihm der Zeitaufschub recht, denn so konnte er wenigstens einmal in Ruhe durchatmen und sich so etwas wie eine Strategie ausdenken. Aber Strategie – was für ein großes Wort. Welche Möglichkeiten hatte er überhaupt, seinen Kopf aus der sprichwörtlichen Schlinge zu ziehen? Mit Sicherheit ging es inzwischen nicht mehr nur um Richard Kleber, den Sänger. Es ging mit Sicherheit wohl auf irgendeine Weise auch um ihn, Peter Köster, der eigentlich überhaupt nichts mit der ganzen Sache zu tun hatte.

Wer mochte wohl der Informant sein? Eine interessante Frage, aber es war völlig sinnlos, sie jetzt zu stellen. Alle wussten, dass es Informanten gab, und auch, dass einige es nur widerwillig waren. Anderen war es vielleicht egal, welche Folgen ihr Tun haben konnte, und der Rest, ja das waren die Eifrigen, die Überzeugten, die reinen Herzens über alles informierten, wenn es nur nach Verrat roch.

„Jugendfreund Köster, bitte."

Er durfte wieder eintreten. Setzen war nicht vorgesehen, denn auch die Dozenten blieben stehen.

Betge zögerte dieses Mal nicht lange:

„Jugendfreund Köster, wir werden ihnen jetzt einen Vorschlag unterbreiten, möchten sie aber auffordern, über diese etwas heikle Angelegenheit unbedingt Stillschweigen zu bewahren.

Bevor ich zu unserem Vorschlag komme, möchte ich ihnen einmal ganz offen schildern, in welch einer Situation *wir*, also die Dozenten, sich befinden. Wir sind über diesen Vorfall nicht nur informativ unterrichtet worden, sondern die Genossen der Sicherheit haben uns unmissverständlich aufgefordert, den betreffenden Jugendfreund nicht nur zu identifizieren, sondern mit ihm gemeinsam diesen Vorfall auszuwerten. Das heißt mit anderen Worten: Wir können den Vorfall nicht einfach wegen erwiesener Bedeutungslosigkeit auf sich beruhen lassen, auch wenn wir ihre Haltung gegenüber ihrem Kommilitonen anerkennen. Wir *müssen* berichten, was wir in dieser Sache unternommen haben."

Betge schwieg für einen Moment, blickte zu seinen Kollegen, erkannte offensichtlich ein Zeichen von Ermunterung in ihren Gesichtern, und fuhr fort:

„Also, unser Angebot lautet wie folgt: Wenn sie uns den Namen des Sängers nennen, sichern wir ihnen im Gegenzug zu, dass ihm nichts passiert. Das heißt auch, dass er nicht vom Studium relegiert wird. Aber, noch einmal. Wir brauchen den Namen."

Die Situation selbst war für Peter schon äußerst belastend. Dazu kam nun noch der kompromisslose

Nachdruck, der unmissverständlich in den Worten von Betge lag, und den Peter fast körperlich zu verspüren meinte. Er war auf das Äußerste gespannt, zumal er nun wusste, dass der schwarze Peter eindeutig wieder bei ihm lag. Im Grunde genommen hatte er doch nur zwei Optionen: Die eine war, den Namen zu nennen, die Denunziation. Die zweite war, sich weiter zu verweigern und die möglichen Folgen für sich in Kauf zu nehmen.

Das Angebot war ohne Zweifel ungewöhnlich, die Offenheit ihm gegenüber ebenso. Aber was wäre, wenn die Entscheidung über eine Relegation von Richard Kleber am Ende gar nicht mehr von Betge und seinen Kollegen getroffen würde, sondern von Männern oder Frauen, deren Büro nicht in der ABF war?

Peter war völlig verunsichert. Plötzlich wurde ihm erst richtig klar, wie grotesk die Situation eigentlich war. Er stand hier, versehen mit dieser lächerlichen Funktion eines FDJ-Sekretärs, und verhandelte mit drei seriösen, erwachsenen Universitäts-Dozenten über das weitere, berufliche Leben eines Mitstudenten, der von nichts wusste.

Angesichts der möglichen Folgen fühlte er sich völlig überfordert. Wäre es unter diesen Umständen nicht eine Anmaßung von ihm, sich an diesem Spiel zu beteiligen? Aber was konnte er noch tun? Er hatte sich diese Funktion ja nicht ausgesucht, obwohl, immerhin hatte er sie sich ohne Widerstand anhängen lassen. Er hatte ja nicht ahnen können, dass er damit einmal in eine derart heikle Situation kommen könnte, seinen Mitstudenten Richard denunzieren zu sollen. Nein, er wollte das nicht.

„Herr Betge, ich muss gestehen, ich finde dieses Angebot wirklich sehr großzügig, und ich weiß das zu schätzen. Aber ich bleibe dennoch dabei: Ich möchte ihnen den Namen nicht nennen. Ich fühle mich nicht befugt, in dieser Angelegenheit so eine Art Schicksalsgöttin zu spielen. Ich habe ja schon gesagt, dass ich mit diesem Kommilitonen gesprochen habe. Er hat mir versichert, dass er jetzt erkenne, dass sein Handeln dumm und unüberlegt gewesen sei, aber keine Provokation darstellen sollte. Und er hat von sich aus auch zugesichert, dass Derartiges nicht wieder vorkommen würde. Deshalb....."

Peter zuckte hilflos mit den Achseln, sah Betge an und wartete angespannt auf seine Antwort. Die kam auch sogleich:

„Alles in Ordnung, Jugendfreund Köster, sehr gut, dass sie bereits ein derartiges Gespräch geführt haben. Aber, wie schon gesagt, das ersetzt nicht das Gespräch, das *wir mit ihm führen müssen.*"

Es klang fast schon wie ein Flehen, und mittlerweile war Peters Mitleid mit seinen Dozenten fast ebenso groß, wie die Angst um sich selbst.

„Wie schnell muss dieses Gespräch denn stattfinden?" fragte er impulsiv, zunächst nur, um etwas Zeit zu schinden.

„Na, heute natürlich," antwortete Betge nervös, „oder......?". Er wandte sich fragend an seine beiden Kollegen.

„Ich denke, wenn wir sicher sein können, dass wir morgen Vormittag ein Ergebnis erwarten können, dann würde das doch wohl reichen", sagte Wanka vermittelnd und blickte, Zustimmung erheischend, auf seine Kollegen. Diese nickten.

„Also, Jugendfreund Köster, wie soll das denn jetzt ihrer Meinung nach weitergehen?"

Ja, wie sollte es jetzt weitergehen? In der letzten Minute war in seinem Kopf eine verzweifelte Idee entstanden, deren Vor- oder Nachteile für Richard Kleber, und auch für ihn selbst, Peter in der Kürze der Zeit gar nicht mehr abwägen konnte. Aber er musste sie jetzt vortragen, denn etwas anderes fiel ihm ohnehin nicht. Wenn sie sich darauf einließen, dann hatte er wenigstens ein paar Stunden Zeit gewonnen.

„Ich könnte ihnen folgendes zusagen", sagte er dann. „Ich spreche heute im Laufe des Tages unter vier Augen mit dem betreffenden Kommilitonen und schildere ihm die Situation. Ich würde ihm dabei auch ihr Versprechen übermitteln, dass ihm, sollte er sich bis morgen Vormittag freiwillig bei ihnen melden, nichts passieren würde, er also weiterhin an der ABF studieren kann. Dieses Angebot steht doch?"

Er blickte alle drei nacheinander fragend an, denn er wollte unbedingt Sicherheit in einer Angelegenheit, deren Fortgang ja nicht nur von ihnen abhängen würde. Aber alle drei bejahten ohne Zögern.

Kestner, ihr neuer ML-Dozent, meldete sich jedoch mit einem Einwand zu Wort:

„Jugendfreund Köster, können sie das Verfahren, das ich an sich akzeptabel finde, nicht etwas abkürzen, und im Laufe des Vormittags hier im Fakultätsgebäude mit dem Kommilitonen sprechen? Dann könnten wir doch noch etwas schneller zu einem Ergebnis kommen."

Kestner schaute Peter dabei, wie dieser fand, etwas *zu* unschuldig an. Mit seinen Genossen hatte er doch soeben noch der mündlichen Vereinbarung zugestimmt, warum jetzt wieder der Vorschlag für eine andere Variante?

„Herr Kestner, ich stelle mir mal vor, ich würde hier im Gebäude oder draußen im Hof mit dem bewussten Kommilitonen sprechen. Und zufällig, oder nicht zufällig, sieht uns der besorgte Informant, schlussfolgert genau das, was dann ja auch auf der Hand liegt, und meldet seine Besorgnis an anderer Stelle. Ich weiß nicht, was wir alle damit gewonnen hätten? Ich bin deshalb dafür, dass wir bei dem Verfahren bleiben sollten, auf das wir uns geeinigt hatten. Denn, Herr Betge hatte ja bereits bestätigt, dass es auf die paar Stunden bis morgen früh nicht ankommen würde."

Betge winkte gleich ab.

„Genosse Kestner, Jugendfreund Köster hat, glaube ich, recht. Lassen sie uns bei dem ersten Vorschlag bleiben."

Dann wandte er sich an Peter:

„Jugendfreund Köster, sie haben unser Vertrauen und, natürlich wünschen wir ihnen viel Erfolg. Aber eines muss ich ihnen trotzdem mit auf den Weg geben: Meldet sich ihr unbekannter Mitstudent bis morgen Vormittag *nicht* bei uns, dann müssen *sie sich entscheiden.*"

Er reichte Peter die Hand, und der verließ das Zimmer. Es war alles gesagt. Peter wusste: Er war aus dieser Nummer noch nicht entlassen, aber er war guter Hoffnung, dass er Richard würde überzeugen können, sich unter diesen Umständen zu stellen.

Auf dem Heimweg ins Studentenheim dachte er an nichts anderes, als daran, wie er die Sache mit Richard am besten angehen könnte. Wenn dieser zustimmen würde, dann würden sich alle Probleme mit einem Schlag lösen – selbstredend nur *Peters* Probleme. Was danach kam lag im Dunkeln. Ging es für Richard schief, weil vielleicht irgendeiner von den Sicherheitsleuten der Meinung war, sein Vergehen, das Singen der westdeutschen Nationalhymne, bedürfe einer exemplarischen Bestrafung, dann könnte Richard seinerseits Peter vorwerfen, dieser hätte ihn in eine Falle gelockt. Und was immer Peter dann zu seiner Verteidigung vorbringen könnte, es wäre unglaubwürdig, denn er müsste dann seinerseits behaupten, die drei Dozenten hätten ihr Wort gebrochen.

Langsam verlor sich Peter in immer schrecklicheren Szenarien, die schließlich darin mündeten, dass er zeitweise glaubte, nicht nur Richards Studienplatz sei in Gefahr, sondern auch für seinen eigenen Rausschmiss sei die Wahrscheinlichkeit deutlich höher als Null.

Peter merkte, dass er in eine Denkspirale rutschte, die nur noch eine Richtung kannte, nämlich nach unten, also in Richtung immer dramatischerer Szenarien. In seinem Kopf gab es kein Abwägen mehr, keines der Gedankenexperimente schien unsinnig, sondern für jeden vorstellbaren Fall meinte er eine gewisse Wahrscheinlichkeit zu erkennen. Es war eine Tortur, aus der er sich schnellstens befreien musste.

Schließlich kam ihm ein Gedanke: Er brauchte einen Zeugen, einen Zeugen, der im allergrößten Ernstfall seine Aufrichtigkeit bezeugen könnte. Ein Zeuge, dem er zu hundert Prozent vertrauen konnte. Er musste nicht weiter überlegen, denn dafür kam nur Alex in Frage; Alex, der mit ihm auf einem Zimmer wohnte und mit dem er über alles, wirklich alles, sprechen konnte, und der verschwiegen war. Zwar hatte Peter vor den Dozenten strengste Vertraulichkeit versprochen, aber Alex würde schon dichthalten.

Jetzt wollte er es schnell hinter sich bringen. Alex war alleine, als er ihr Zimmer betrat. Da Peter Angst hatte, dass sie während des Gespräches gestört werden könnten, bat er Alex, ihn auf einem kleinen Spaziergang in der Grünanlage neben der Baracke zu begleiten. Alex schaute ihn verblüfft an, denn es gehörte nicht zu ihrer üblichen Freizeitgestaltung, in diesem ziemlich ungepflegten 'Park' spazieren zu gehen. Klar, dass Peter mit seinem Vorschlag die Spannung etwas zu hoch geschraubt hatte, aber er wollte unbedingt sicher sein, dass niemand zuhören konnte.

Als er Alex schließlich die ganze Angelegenheit detailgenau erzählt hatte, verlor dieser fast seine Fassung.

„Sag mal, Peter, bist du bescheuert, dass du dich in so eine Geschichte hineinziehen lässt. Ist dir eigentlich klar, was du da aufs Spiel setzt? Und hast du vielleicht auch mal an Jutta und euren kleinen Sohn gedacht? Du bist doch auch für die verantwortlich."

Er hielt inne. Langsam legte sich sein Zorn. In seinem Kopf begann es zu arbeiten.

Peter verhielt sich still. Alex' Zornestirade konnte er verkraften, hatte er sich doch vorher bereits immer wieder die gleichen Gedanken gemacht, die Alex ihm jetzt vorwarf. Deshalb wartete er jetzt nervös auf dessen Entscheidung. Schließlich hob Alex den Kopf:

„Gut, ich mache es."

Dabei sah Alex ihn fast drohend an:

„Aber nur das eine Mal. Es ist alleine deine Verpflichtung. Du musst Richard alleine dazu bringen, sich zu stellen. Ich werde nur Zeuge sein und kein Wort dazu sagen. Und nur dann, wenn es einmal ganz schlimm kommen sollte, dann kannst du auf mich zählen. Aber wünsch' dir das lieber nicht."

Fehler, die man zu Zweit macht, wiegen nicht so schwer, als wenn man alleine einen macht. Aber Peter ging auch nicht davon aus, einen Fehler gemacht zu haben oder einen zu machen. Es war nur so, dass die Anwesenheit von Alex ihm ein optimistischeres Gefühl vermittelte.

Wie das auf Richard wirken würde, wenn sie zu zweit mit ihm sprechen würden, hatte Peter noch gar nicht bedacht. Zu zweit würde ein Gespräch ohne Zweifel intimer, vertraulicher wirken. Andererseits konnte die Anwesenheit von Alex auch unterstützend wirken, Vertrauen vermitteln, denn wenn zwei Mitstudenten, noch dazu welche, die er gut kannte, ihm ein solches Angebot des Direktors vortrugen, dann musste das auch ein gewisses Gewicht haben.

Und dann war alles viel unkomplizierter. Richard starrte Peter verdutzt an, als dieser ihm die Wirkung seiner Gesangseinlage vom Vorabend schilderte, stimmte jedoch ohne Zögern sofort zu, sich am nächsten Vormittag bei Betge zu melden. Es war ersichtlich, dass er die Angelegenheit auf die leichte Schulter genommen hatte und auch jetzt den möglichen Ernst der Lage nicht begriff. An eine drohende Relegation hatte er nicht im Traum gedacht, da er sich völlig ohne Schuld wähnte.

„Wegen des Absingens einer im DDR-Fernsehen übertragenen Nationalhymne soll ich gemaßregelt werden? Im Ernst?"

Er hatte sich mit beiden Händen an den Kopf gefasst. Er war fassungslos, regelrecht entgeistert, dass man wegen so einer Kleinigkeit einen solchen Aufstand anzettelte. Dass es für ihn auch hätte um mehr gehen können, als nur ein Gespräch bei Betge, hatte er offensichtlich immer noch nicht ganz begriffen.

„Betge hat, eigentlich mehr so nebenbei von einer Relegation gesprochen, aber eindeutig in dem Sinne, dass es darum eben *nicht* gehe", antwortete Peter beruhigend. „Aber natürlich hast du recht, im Vorfeld muss wohl auch davon die Rede gewesen sein, denn sonst hätte Betge das nicht erwähnt. Vielleicht haben diese Leute von der Sicherheit das angedroht, keine Ahnung. Aber nochmal, die Zusicherung von Betge und den beiden anderen steht: Keine Relegation. In der Kirche hätte man dich vielleicht zu 100 '*Vater Unser*' verdonnert, hier wirst du vielleicht mit einem Vortrag im FDJ-Lehrjahr davon kommen, Titel: „Warum das Singen der Nationalhymne eines feindlichen Staates nicht zu einem sozialistischen Studenten passt."

Peter grinste erleichtert, und nach kurzem Zögern schlossen sich Richard und Alex an.

„Also, alles klar? Du meldest dich morgen früh bei Betge. Und eines kann ich dir nur raten: Denk dir eine halbwegs schlüssige, das heißt, plausibel erscheinende Begründung aus. Das ist wichtig, denn Betge muss diese dann weitertragen. Und noch etwas", Peter grinste, „sie sollte nichts mit Alkohol zu tun haben, damit niemand sagen kann, dass unter Alkoholeinfluss deine wahre, antisozialistische Haltung durchgekommen sei."

Richard hat Peter nie gesagt, was in diesem Gespräch mit Betge geredet worden ist. Ob er wirklich zu einer Sühne verdonnert worden war oder nur zu einem '*Mea culpa*'.

Nach seinem Gespräch kam er in der Kantine an Peters Tisch, lächelte etwas verlegen, sagte nur 'Danke', setzte sich, und aß seine Suppe.

## 13. *Jutta*

Der D-Zug quälte sich förmlich über die Gleise. Immer wieder blieb er auf freier Strecke stehen, und die Lokomotive ließ in regelmäßigen Abständen aus allen Ventilen Dampf ab. Es war, als müsse sie verschnaufen, um dann in einer gewaltigen Anstrengung die lange Reihe der Wagen wieder in Bewegung setzen zu können.

Diese Art der Vorwärtsbewegung war Peter Köster vertraut. Er hatte sie seit vielen Monaten erdulden müssen und sie jedes mal aufs Neue mit großer Verärgerung verwünscht. Dieses Wiedererkennen hatte für ihn nichts Tröstliches, denn es war seine Zeit mit Jutta und Söhnchen

Björn, die er hier zwangsweise vergeudete. Es war für ihn immer wieder unbegreiflich, wieso ein Zug, der ein internationaler Schnellzug sein wollte - und die Reichsbahn dafür von den Reisenden einen Zuschlag verlangte - auf diese Weise Minuten für Minuten Verspätung ansammelte, ohne dass es dafür einen sichtbaren Grund gab.

Aber Peter war bei seinen Heimreisen auf diesen Zug angewiesen, wenn er nicht erst in tiefer Nacht zu Hause ankommen wollte. Mal waren es nur Minuten, die der Zug hinter seinem Fahrplan herfuhr, mal mehr. Heute hatte die Verspätung bereits die halbe Stunde überschritten. Draußen lag Schnee, und es war kalt, typisches Februar-Wetter eben. Er hatte einen guten und warmen Platz im Abteil, der ihn selbst von den üblichen Unbilden einer Bahnfahrt schützte. Sorgen bereitete ihm jedoch, dass Jutta, die ihn vom Bahnhof abholen wollte, während des Wartens mit Sicherheit frieren würde, denn der Bahnhof war gut durchlüftet, besser gesagt, er war zugig. Vielleicht hatte sie zur Begrüßung ja auch Björn mit zum Bahnhof genommen.

Gestern war das dritte Semester seines Abitur-Studiums an der ABF in Halle zu Ende gegangen. Die Studenten hatten ihre Zeugnisse entgegen genommen und waren dann für zwei freie Wochen nach Hause gefahren. Alle waren der Meinung gewesen, dass sie sich die Erholung verdient hatten, denn das Arbeitspensum in diesem dritten Semester war hoch gewesen. Und auch diejenigen, die das Studium immer etwas sehr lässig auffassten, hatten in den letzten Wochen freiwillig jede freie Minute zum Lernen genutzt. Das aktuelle Zeugnis war wichtig, denn neben der allgemeinen Beurteilung war es das wichtigste Dokument für die Beantragung eines Studienplatzes an einer Universität oder Hochschule der DDR.

Peter hatte seines sorgsam in seiner Reisetasche verstaut, die, je nach Fahrtrichtung, sonst nur dem Transport von dreckiger oder sauberer Wäsche diente. Er war stolz auf dieses Zeugnis, denn es würde ihm nicht nur einen Studienplatz an der Uni in Dresden sichern, sondern auch noch die Fortzahlung eines Leistungsstipendiums von monatlich 80 Mark, das man ihm bereits ab dem dritten Semester für seine guten Leistungen zugesprochen hatte. Achtzig Mark war für ihn und Jutta viel Geld, denn bei einem Grundstipendium von 190 Mark war das ein beachtliches 'Zubrot'.

Jutta hatte nach dem Abitur beim Rat der Stadt angefangen und erhielt dort auch nur ein relativ mageres Gehalt. Als Anfängerin konnte sie noch nicht viel erwarten. Ab und zu steckten ihre Eltern ihr einen zusätzlichen Schein zu. Sie klagte ihnen gegenüber niemals über Geldmangel und legte es auch nicht auf diesen Schein an. Die Gewissheit, dass sie jederzeit mit zusätzlicher Unterstützung ihrer Eltern rechnen konnte, wenn dieses einmal notwendig sein sollte, verschafften ihr und Peter eine beruhigende Sicherheit. Und Björn, der jetzt sechzehn Monate alt war, kostete ja auch einiges. Peter musste lächeln, wenn er an ihren gemeinsamen Sohn dachte. Sechzehn Monate, wie schnell das gegangen war. Ihm fiel auf, dass bei kleinen Kindern das Wachstum noch nach Tagen und Monaten gerechnet wurde. Und wirklich, sechzehn Monate hörten sich ja auch bedeutender an, als wenn man locker sagen würde, dass er schon über ein Jahr alt sei. Sechzehn Monate bedeutete nämlich, dass man ihn sechzehn lange Monate jeden Tag genährt und für ihn gesorgt hatte. Das war schon etwas, auf jeden Fall mehr als über ein Jahr.

Manchmal, wenn er daran dachte, fühlte sich Peter schuldig, denn an all diesen Leistungen hatte er fast keinen Anteil. Als Jutta bereits im dritten, vierten Monat schwanger gewesen war, hatte er die Zulassung zur ABF erhalten, und als das erste Semester in Halle begonnen hatte, war sie im siebten Monat gewesen. Dass ihr Leben seither überhaupt so funktioniert hatte, hatten sie nur der Unterstützung von Juttas Eltern zu verdanken. Sie hatten die nötigen Baby-Sachen besorgt (und oft auch bezahlt), und ihr Vater hatte dafür gesorgt, dass immer ausreichend Kohlen in der Wohnung waren, denn ihre Wohnung lag im dritten Stock eines alten, aber gut rekonstruierten Hauses in der Altstadt.

Der Zug fuhr ruckweise wieder an, und nahm dann schnelle Fahrt auf. In Peter wuchs die Hoffnung, dass er nun erst im Bahnhof von Benzlau wieder anhalten würde.

Jutta war da, dick eingemummelt, mit Pelzhandschuhen an den Händen, aber ohne Nachwuchs. Sie hatte ihn schon von Weitem entdeckt und winkte ihm zu. Peter beschleunigte seine Schritte, er hatte Sehnsucht nach ihrer Umarmung.

„Warum hat der Zug denn wieder so lange Verspätung?" fragte sie fast vorwurfsvoll, als sie sich endlich voneinander wieder gelöst hatten.

„Ja, warum wohl?" antwortete Peter. „Wahrscheinlich wohl aus den gleichen Gründen, wie beim letzten und vorletzten Mal auch. Es ist eben eine lange Strecke von Paris bis Krakau, da kann viel passieren. Aber Hauptsache, ich bin endlich da. Wie geht's dem Kleinen?"

„Na, gut natürlich", strahlte Jutta. „Ich glaube, er freut sich schon auf dich. Jedenfalls habe ich ihm den ganzen Tag von dir erzählt. Im Moment schläft er, hoffe ich jedenfalls. Frau Hübner passt auf ihn auf."

Peter gab ihr während des Gehens einen schnellen Kuss. „Danke, das hört sich gut an."

Bis zu dem Haus, in dem sie eine kleine Zwei-Zimmer-Wohnung hatten, waren es vom Bahnhof aus zwanzig Minuten zu Fuß. Natürlich hätten sie auch ein Taxi nehmen können, aber solche vermeidbaren Ausgaben ersparten sie sich. Vielleicht, wenn es geregnet hätte, aber jetzt war es nur kalt. Da die Bürgersteige entweder vom Schnee geräumt oder dieser tagsüber von den vielen Menschen platt getreten waren, kamen sie gut voran.

„Na, hatte der Zug wieder Verspätung?" begrüßte ihn Frau Hübner mit einer Frage, die keine war. Sie hatte im Wohnzimmer, wo Juttas Vater ihnen kürzlich einen gebrauchten Fernseher installiert hatte, einen Spielfilm angesehen. Gelegentlich hatte sie auch mal nach Björn geschaut, der nebenan im Schlafzimmer seiner Eltern im Kinderbett schlief.

Frau Hübner war eine Kollegin von Jutta. Dass sie im gleichen Haus eine Etage tiefer wohnte, war reiner Zufall, ein Zufall, der allerdings für Jutta von großem Vorteil war. Wenn sie ihren kleinen Sohn für eine kurze Erledigung einmal alleine lassen musste, dann konnte Frau Hübner, die inzwischen auch einen Schlüssel für die Wohnung der Kösters hatte, nach Björn schauen, wenn dieser mal weinen sollte. Die Hellhörigkeit des Hauses war manchmal unangenehm, hier aber war sie von Vorteil.

„Dann kann ich ja wieder runter gehen, und den Film bei mir zu Ende schauen", sagte Frau Hübner. Sie wandte sich an Jutta und Peter, sagte mit einem hintergründigen Lächeln: „Schönen Abend und viel Spaß noch", und verließ die Wohnung.

„Vielen Dank, Frau Hübner", rief Jutta ihr noch hinterher.

„Schläft er?" fragte Peter, als sie wieder alleine waren.

„Wahrscheinlich. Sonst würden wir ihn ja hören", antwortete Jutta bestimmt.

Er schlief wirklich, und ließ sich auch nicht stören, als ihm Peter zärtlich über den Kopf strich, auf dem bisher nur wenige, weiche blonde Haare gewachsen waren. Sofort hatte er das starke Bedürfnis, ihn aus dem Bett zu heben und auf den Arm zu nehmen, um endlich wieder einmal den kindlichen Körper seines Sohnes ganz nah zu spüren. Aber es war nur ein kurzer, innerer Impuls, dem er nicht nachgab. Er wusste, dass Schlaf das beste für ihren kleinen Sohn war. Immer, wenn er von Halle nach sechs, manchmal acht Stunden Bahnfahrt nach Hause kam, ging ihm das so. Die zwei Wochen Abwesenheit waren einfach eine zu lange Zeit, um die Entwicklung des Kleinen ausreichend miterleben zu können. Und, es war immer wieder ein deprimierendes Gefühl, dass sein eigener Anteil an dessen Entwicklung kaum ins Gewicht fiel. Sollte er die nächsten fünf Jahre wirklich an der Uni studieren, würde sich daran auch nichts ändern. Wenn er dann nach diesen fünf Jahren endlich sein Diplom in der Hand halten würde, dann würde Björn schon in die Schule gehen.

Er drehte sich zu Jutta um, die ähnlich vernarrt ihren Sohn betrachtete.

„Ich glaube, er ist uns gut gelungen", sagte er stolz und nahm sie in den Arm. „Und er kann froh sein, dass er eine Mutter hat, die so gut für ihn sorgt", fügte er anerkennend hinzu.

„Na, ja, einen Vater hat er ja auch", protestierte Jutta lächelnd, „auch wenn der nicht so oft hier ist. Auf jeden Fall kann er dann später sagen: 'Mein Papa hat, als ich klein war, nie mit mir geschimpft, weil', fügte sie lächelnd hinzu, 'er kaum mal zu Hause war."

„Das klingt wie Lob und Tadel in einem Satz", wehrte sich Peter mit einem Blick auf das Baby. „Auch wenn ich da wäre, würde ich natürlich nie mit ihm schimpfen. Guck ihn dir doch an, wie er so unschuldig in seinem Bettchen liegt. Warum sollte ich denn jemals mit diesem wundervollen Kind schimpfen?"

„Na, warte mal ab, bis er älter wird", feixte Jutta. „Eltern, die ihre Kinder schon groß haben, behaupten ja, dass sich hinter diesem unschuldigen Lächeln im Laufe des Älterwerdens richtig eigensinnige Gedanken entwickeln können. Ich kann mir das im Moment zwar gar nicht vorstellen, aber die behaupten das jedenfalls."

„Ich vertraue ihm", antwortete Peter auf den Ton eingehend, „und ich wette, er wird weder dir noch mir jemals Anlass zum Schimpfen geben."

„Ich muss also ein Wunderkind großziehen", lächelte Jutta ironisch. „Da erwartest du aber eine ganze Menge von mir."

Dann nahm sie ihn am Arm und zog ihn vom Kinderbett weg.

„Komm erst mal was essen. Du wirst Hunger haben. Ich habe dir extra dein Lieblingsgericht, Kartoffelsalat mit Wiener Würstchen, vorbereitet."

„Und wenn ich erst mal auf was anderes Appetit hätte?" Peter blickte lockend auf das frisch gemachte Ehebett.

„Was meinst du denn damit?" fragte Jutta mit einem

unschuldigen Lächeln.

„Na ja, das Baby schläft fest, der Kartoffelsalat wird auch nicht kalt, da dachte ich, könnten wir doch vorher noch versuchen, herauszufinden, ob wir uns wirklich noch mögen."

„Wüstling", antwortete Jutta mit einem Kuss, während sie gleichzeitig schon dabei war, ihre Bluse aufzuknöpfen. Und als sie beide im Bett lagen, und Peter sie schon leidenschaftlich umarmte, fügte sie hinzu: „Und denk daran, dass wir das Baby nicht aufwecken dürfen. Und wenn wir zu laut sind, dann hört uns unten auch Frau Hübner."

Aber den letzten Satz hörte Peter schon nicht mehr und Jutta hatte ihn im nächsten Moment auch schon wieder vergessen.

„Der Kartoffelsalat ist aber wirklich wieder ganz lecker", schwärmte Peter später beim Abendbrot. „Aber, mal ehrlich, die Würstchen schmecken irgendwie ausgelaugt. Oder findest du nicht?"

„Eigentlich hatte ich ja gedacht, dass du nach der langen Fahrt einen Bärenhunger hättest und wir gleich nach deiner Ankunft essen würden", antwortete Jutta wenig schuldbewusst. „Darum hatte ich die Würstchen gleich bei deiner Ankunft schon in heißes Wasser geschmissen - und sie dann vergessen. Konnte ich denn ahnen, dass du auf was anderes Appetit hattest?"

Ihre Haare waren ein bisschen durcheinander gekommen, aber jetzt hatte sie sie wieder zu einem Pferdeschwanz gebunden. Mit ihrem noch leicht erhitzten Gesicht und den strahlenden Augen sah sie entzückend aus, fand Peter. Vergessen waren die Mühen des Studiums, jetzt war er endlich auch wieder ein Teil der Familie, wenn auch nur für kurze Zeit.

Am nächsten Tag hatten sie nach dem Frühstück noch einige Kleinigkeiten für sich und Frau Hübner im nahen HO-Geschäft eingekauft, Jutta hatte mittags einen Eintopf aus Kartoffeln und verschiedenen Gemüsesorten, ein weiteres Lieblingsgericht von Peter, vorbereitet, von dem er mit großem Appetit zweimal Nachschlag genommen hatte. Nachdem Jutta die Küche aufgeräumt hatte, hatten sie ihren Jungen warm eingepackt, in den Kinderwagen gelegt und gemeinsam einen langen Spaziergang durch die kalte Wintersonne gemacht. Peter war glücklich. Davon hatte er in Halle während der langen Abende über seinen Büchern immer geträumt: Er mit Jutta und ihrem Kind, eine richtige Familie, beisammen und zu Hause.

Nachdem Jutta unter intensiver Anteilnahme von Peter das Baby versorgt und ins Bett gebracht hatte, saßen sie nun beim Abendbrot: Frisches Brot, Wurst und Käse und dazu hatte Jutta etwas *Grünzeug* zubereitet, wie sie das nannte, Gurken, Möhren, roh oder gerieben, und mit Zitronensaft und Zucker abgeschmeckt, und ähnliches. Die Auswahl in der HO war nicht so reichlich, dass man sich etwas Bestimmtes hätte wünschen können. Es lief umgekehrt: Es wurde das gegessen, was die HO oder der Konsum gerade anbieten konnten.

„Du musst mir dann später auch mal bei Mathe helfen", sagte Jutta nebenbei. Peter willigt sofort ein. Er liebte Mathematik, und die ökonomischen Berechnungen, die Jutta im Rahmen ihres Lehrplanes erledigen musste, waren nicht so kompliziert, dass sie ihm Schwierigkeiten bereitet hätte. Jutta ließ sich bereitwillig die verschiedenen Methoden erklären, aber nach einer Weile lehnte sie sich ermüdet auf ihrem Stuhl zurück. Als Peter sie fragend ansah, sagte sie::

„Lass uns eine Pause machen, Peter. Ich kann gar nicht mehr richtig erfassen, was du mir da erzählst."

Sie machte eine kleine Pause und fügte dann in einem ergebenen Ton hinzu: „Weißt du, den ganzen Tag arbeiten, den Kleinen zur Krippe bringen, nachmittags wieder abholen, und dann noch zu später Stunde für das Fernstudium lernen, das ist einfach zu viel für einen Tag. Und das ist ja auch nicht die Ausnahme, sondern die Regel."

In ihren Augen sammelten sich plötzlich Tränen.

„Ich glaube, Peter, ich schaffe das nicht mehr länger", sagte sie leise, mit Mühe ein Schluchzen unterdrückend.

Ihr Blick war flehentlich auf Peter gerichtet, den dieses unerwartete Geständnis erschreckt hatte.

Jutta hatte sich einige Monate nach der Geburt des Jungen entschlossen, ein Fernstudium in Ökonomie aufzunehmen, für das sie ohne Schwierigkeiten eine Delegierung ihrer Dienststelle bekommen hatte. Eigentlich hatte sie mal Anglistik studieren wollen, aber die Zahl der Studienplätze für dieses Fach war sehr begrenzt. Außerdem war die Zulassung an einige gesellschaftlich-politische Bedingungen geknüpft, die sie mit ihrem aus dem Westen importierten Mann nicht erfüllen konnte. Von diesem Wunschfach war Ökonomie natürlich meilenweit entfernt, aber 'wenn ich nun schon nach dem Abitur in der staatlichen Verwaltung gelandet bin, dann passt auch Ökonomie', hatte sie mit Entschlossenheit gesagt. So war es dann gekommen. Die Formalien mit der Hochschule in Berlin waren unkompliziert gewesen, und so hatte sie kurze Zeit später zu Semesterbeginn ein Fernstudium 'Diplom-Volkswirt' aufgenommen. Das Studienmaterial in Form von Literaturlisten wurde ihr von der Hochschule zugeschickt, und alle zwei Wochen hatte sie eine ganztägige Konsultation in Dresden zu absolvieren, die von einem Dozenten der Hochschule geleitet wurde.

Peter war nicht zu Hause in Benzlau. Er sah deshalb auch nicht, wie sie sich abends, nachdem sie den Haushalt besorgt und ihr Kind ins Bett gebracht hatte, noch quälen musste, den Lernstoff zu bewältigen, wozu im ersten Semester, als ein wichtiger Schwerpunkt des Studiums, auch das Lesen der 'Klassiker' des Marxismus-Leninismus gehörten. Und Marx war schon in wachem Zustand eine schwere Lesekost. Zwar hatten sie bei seinen vierzehntägigen Besuchen zu Hause auch immer mal darüber gesprochen, aber in erster Linie war er glücklich gewesen, wenn sie für ihn Zeit hatte. Dazu noch das Baby.

Es war, als hätten ihm ihre Tränen schlagartig klargemacht, welche Last Jutta in den letzten Monaten zu tragen gehabt hatte. Erschrocken blickte er sie an. Ihre Augen schienen plötzlich nur noch einen müden Glanz zu haben, und er erkannte sogar auch die ersten Anzeichen von typischen Müdigkeitsringen unter den Augen. Fast schon kopflos stieß er seinen Stuhl zurück, ging hastig zu ihr hin und umarmte sie zärtlich.

„Meine kleine Jutta, das habe ich ja gar nicht gewusst", stammelte er hilflos. „Ich war immer so mit mir beschäftigt, mit dem Zeugnis, den Beurteilungen und dem zukünftigen Studienplatz. Ich habe immer nur gedacht, bei dir läuft alles nach Plan."

Jutta schluchzte nun heftiger. Sie wollte etwas sagen, brachte aber keinen vollständigen Satz heraus.

Als sei sie ein Baby, versuchte Peter sie durch leichtes Hin- und Herwiegen des Oberkörpers zu beruhigen, eine Geste der Hilflosigkeit, wie ihm schnell klar wurde

In seinem Kopf arbeitete es schon. Die impulsartige Hoffnung, dass ihr mit einigen, klug gemeinten, Ratschlägen zu helfen sein würde, hatte er sofort wieder verworfen. Wenn Jutta, die sich seit ihrer Partnerschaft eigentlich als eine starke Frau gezeigt hatte, weinte, dann war die Not wirklich groß.

„Nicht doch, Kleines", sprach er beruhigend auf sie ein, „du musst keine Angst haben. Wir finden bestimmt einen Ausweg."

Es dauerte lange Minuten, bis ihr Weinen nachließ. Und mit einigen letzten, stoßartigen Schluchzern versiegten die Tränen schließlich ganz. Fürsorglich reichte Ihr Peter ein Taschentuch, mit dem sie versuchte, ihr Gesicht, auf dem die Wimperntusche verlaufen und schwarze Spuren hinterlassen hatte, zu reinigen. Mit der sicheren Erfahrung einer Frau, dass man mit einem trockenen Tuch Wimperntusche nicht ohne Rückstand entfernen konnte, stand sie auf und ging ins Badezimmer, wo sie die Feinreinigung erledigte.

Es dauerte einige Zeit, ehe sie zu Peter zurückkehrte und

ihn sogleich Schutz suchend umarmte.

„Was soll denn jetzt werden?" fragte sie leise.

Peter hatte in ihrer Abwesenheit nachgedacht.

„Jutta, ich habe inzwischen mal überlegt. Ich sehe im Grunde genommen eigentlich nur zwei Möglichkeiten:

Erstens, du hörst mit dem Studium auf und kümmerst dich um Björn. Was ich aber", fügte er sogleich ohne Zögern hinzu, „um es deutlich zu sagen, nicht gut finden würde.

Die andere Variante wäre die, dass du versuchst, ins Direktstudium zu wechseln. Die entscheidende Frage wäre natürlich, ob die Hochschule das genehmigen würde. Ich habe da gar keine Ahnung, ob das überhaupt geht, und, wenn ja, unter welchen Bedingungen. Aber einen ernsthaften Versuch wäre das wert, vorausgesetzt, du willst das."

Jutta blickte ihn mit erschrockenen Augen an:

„Und Björn? Was wird aus dem, wenn du in Halle, oder später in Dresden bist und ich in Berlin. Was wird dann mit ihm? Soll er etwa elternlos in einem Heim aufwachsen?"

Ihr Gesicht verzerrte sich sofort leicht, und Peter befürchtete schon, dass sie gleich wieder zu weinen anfangen würde. Er fühlte sich unfähig, eine schnelle Antwort zu geben, die Jutta zufriedenstellen könnte. Er versuchte, Zeit zu gewinnen:

„Lass uns mal ganz systematisch und nüchtern alle Varianten durchspielen, ja?"

Jutta nickte eingeschüchtert..

„Also erstens, wie ich schon gesagt hatte: du könntest mit dem Studium aufhören. Ich hatte meine Meinung schon gesagt, wie siehst du das?"

Jutta nickte etwas verschüchtert: „Nein, ich möchte nicht aufhören:"

„Gut, dann können wir diese Variante endgültig gleich abhaken", bestimmte Peter entschlossen.

„Zweitens, du gehst nach Berlin. Wenn du einverstanden bist, dann könnten wir gleich morgen einen Antrag auf Übergang vom Fern- zum Direktstudium an die Hochschule schicken. Den Antrag könnten wir gemeinsam formulieren und mit Familienstand, Überlastung, bisherige Leistungen, usw., usw. begründen. Das kriegen wir schon hin."

„Aber da müssen wir unbedingt auch Björn mit angeben", warf Jutta energisch ein.

„Natürlich", beruhigte Peter sie, „der ist doch der eigentliche Grund."

Er wartete einen Moment, bis sich Jutta wieder beruhigt hatte, um dann vorsichtig nachzufragen:

„Aber wärst du bis dahin einverstanden?"

Wieder nickte Jutta, schränkte ihre Zustimmung aber gleich heftig ein:

„Ja, aber nur, wenn wir für Björn eine Lösung finden."

„Aber natürlich: Das hatten wir ja schon festgelegt", bestätigte Peter, dem es schien, als bekomme Jutta langsam Angst wegen der Konsequenzen ihres Eingeständnisses.

„Nun zu Björn."

Peter musste noch einmal tief durchatmen. Er wusste, dass die Frage, unter welchen Umständen ihr gemeinsamer Sohn in den nächsten Jahren aufwachsen würde, eigentlich die entscheidende war, für Jutta, aber auch für ihn. Wie könnte eine Lösung aussehen, die, da gab es bei ihm gar keine Zweifel, immer nur die zweitbeste Lösung sein konnte.

„Ich habe gehört", fuhr er fort, „dass es an den Hochschulen auch Tages- und Wochen-Krippen und entsprechende Kindergärten gibt. Ob das auch an deiner Hochschule so ist, weiß ich natürlich nicht. Das müssten wir aber irgendwie rauskriegen können. Am besten, wir schreiben unseren Bedarf gleich mit in dem Antrag."

Der Gedanke, Björn in die Hände fremder Leute geben zu müssen, bedrückte Peter. Sein Blick wanderte zu Jutta, deren Augen bereits wieder feucht wurden.

„Ich kann mir das alles gar nicht vorstellen. Es kommt einfach zu schnell", wimmerte sie leise. „Und dann soll ich Björn weggeben?"

Sie schlug die Hände schützend vors Gesicht, und Peter hörte, dass ihr Wimmern langsam in ein leises Weinen übergegangen war. Doch plötzlich nahm sie die Hände wieder herunter, und mit einer entschieden festen Stimme sagte sie:

„Nein, das kommt auf keinen Fall in Frage."

Auffordernd blickte sie Peter an, der etwas erschrocken zusammenzuckte.

„Wie sollte ich das denn meinen Eltern erklären?" setzte Jutta hinzu. „Die würden das niemals verstehen."

Ihre Eltern, natürlich hatte Jutta recht. Sie würden kein Verständnis dafür haben, wenn man ihnen ihren einzigen Enkelsohn nach Berlin entführen würde. Und dann vielleicht noch in eine Wochenkrippe, alleine, ohne Kontakt zu seinen Eltern und Großeltern. Nein, das würden sie niemals gutheißen. Aber wenn man ihnen die Situation erklären würde, ihnen sagen, dass ihre Tochter die Belastung trotz Hilfe auf Dauer nicht würde tragen können?

Er sah Jutta an. Ihre Gedanken schienen wieder bei ihrem Sohn zu sein, ihr Sohn in einem Kinderheim der Hochschule, fernab von seiner Mutter, vor Sehnsucht weinend und das Essen verweigernd. Er fühlte ihren Schmerz und wusste doch keinen Trost. Im Gegenteil wurde ihm plötzlich klar, dass sie gerade Gefahr liefen, ihre Familie, auf die sie beide so stolz waren, zu zerstören: Jutta in Berlin, Björn in irgendeinem Kinderheim, er selbst in Halle oder Dresden. Und Juttas Eltern würden ohne Enkelkind alleine in Benzlau zurückbleiben. Sein Magen verkrampfte sich. Das war nicht das, was er sich früher einmal romantisch ersehnt hatte. Er wollte eine Familie haben, eine Familie, die das Zentrum seines Lebens sein sollte, eine Familie, die ihm Kraft gab, die ihn wärmte, wenn er Wärme benötigte. Für einen Moment war er ratlos.

Jutta hatte ihn die ganze Zeit angstvoll angestarrt, hoffnungsvoll darauf wartend, dass ihm etwas einfiel, was ihr ihre Ängste nehmen oder zumindest verringern könnten. Nervös, unschlüssig und auch etwas hilflos schob er im Schrank einige Bücher hin und her, ganz, als sei das in dieser Situation wichtig. Aber natürlich achtete er nicht darauf, was er tat. Sein Blick blieb bei einem eingerahmten Photo hängen, das Juttas Eltern zeigte, die ihn anzublicken schienen. Und es schien ihm, als würden sie ihm einen Stoß versetzen und sagen: 'Warum macht ihr alles so kompliziert? Wir sind doch da. Sprecht mit uns!'

Abrupt drehte er sich zu Jutta um:

„Komm, wir fahren zu deinen Eltern und fragen sie."

Erschrocken sah ihn Jutta mit weit aufgerissenen Augen an:

„Ich verstehe nicht. Was denn fragen? Und jetzt sofort? Die schlafen doch längst."

In ihrem Gesicht spiegelten sich Unverständnis und die Angst wider, dass Peter etwas vorhatte, was sie nicht verstand.

„Entschuldige, Jutta, ich habe gerade dieses Photo von deinen Eltern gesehen, und da ist mir spontan eine Idee gekommen."

Er setzte sich auf einen Stuhl, fasste Jutta um die Hüfte und zog sie nah zu sich heran und nötigte sie mit sanftem Druck, sich auf seine Knie zu setzen.

„Hör zu", begann er langsam. „Könnten wir nicht ganz vorsichtig und behutsam bei deinen Eltern anfragen, ob sie sich vorstellen könnten, Björn für die nächsten Jahre bei sich aufzunehmen und für ihn zu sorgen? Sie lieben doch den Jungen. Meinst du nicht, dass sie zumindest darüber nachdenken würden, wenn wir ihnen die Gründe erklären würden, warum wir diesen Vorschlag machen?"

Jutta schaute ihn an, nicht mehr erschrocken, nicht mehr ängstlich, sondern nachdenklich. Sie sagte nichts, blickte vor sich auf den Boden, aber er sah, dass ihre Gedanken heftig beschäftigt waren; mit seinem Vorschlag, hoffte er.

Obwohl naheliegend, war Peters Vorschlag für sie überraschend gekommen, und sie versuchte nun, sich dessen Auswirkungen in der Praxis vorzustellen und in aller Eile, Vor- und Nachteile abzuwägen. Peter ließ ihr und auch sich selbst Zeit. Er hatte diesen Vorschlag ja selbst sehr impulsiv vorgebracht, ohne überhaupt schon an irgendwelche Konsequenzen zu denken.

Es dauerte lange, wahrscheinlich einige Minuten, bis Jutta schließlich zu einem Ergebnis gekommen schien. Sie hob den Blick und sah Peter fragend an.

„Was meinst *du*? Könnte das funktionieren?"

„Ich weiß es nicht, aber ich bin zumindest optimistisch, sehr optimistisch sogar", antwortete Peter. „Ich meine, es hängt ja nicht nur von uns ab. Da ist die Hochschule, und deine Dienststelle dürfen wir auch nicht vergessen. Ja, und eben deine Eltern."

Jutta nickte: „Ja, und was sollen wir denn nun tun?"

„Wir müssen sofort deine Eltern fragen"; antwortete Peter entschieden. „Wenn die sich die Betreuung von Björn nicht zutrauen oder nicht wollen, was man ja durchaus verstehen müsste, dann haben sich die anderen beiden Baustellen erst mal erledigt."

„Aber dann lieber morgen"; schlug Jutta zaghaft vor. „Guck auf die Uhr, die stehen beide früh auf und gehen deshalb immer früh ins Bett, und jetzt ist es nach Neun. Wenn wir uns jetzt noch auf den Weg machen würden, dann wäre es fast zehn bis wir bei ihnen sind. Das bedeutet, wir müssten sie dann auf jeden Fall aus dem Bett holen."

„Aber, Jutta, ich glaube trotzdem, dass wir nicht warten sollten. Ich halte diese Ungewissheit nicht bis morgen aus", wandte Peter ein. „Du kennst mich, ich würde in der Nacht keine Minute schlafen können und nur darüber nachdenken, was deine Eltern dazu sagen würden."

Er ging noch ein paar Schritte im Zimmer hin- und her und blieb dann stehen:

„Komm, lass es uns versuchen. Sie werden uns bestimmt nicht böse sein, weil wir so spät noch stören. Aber ich muss einfach wissen, wie sie darüber denken."

Jutta war hin- und hergerissen, widersprach aber nicht und ging schließlich mit ergebenem Gesicht zur Garderobe, und begann sich Schuhe und Mantel anzuziehen. Als Peter zu ihr kam, um sich ebenfalls seine Wintersachen anzuziehen, trat sie plötzlich zu ihm und umarmte ihn.

„Meinst du, dass das richtig ist, was wir vorhaben? Sind

wir nicht eigentlich Rabeneltern?" fragte sie leise und verschüchtert.

„Nein, sind wir nicht", antwortete Peter ganz entschieden. „Wir machen das doch nicht, um uns ein bequemeres Leben zu verschaffen. Wir wollen doch nur die Grundlagen für ein interessante Berufstätigkeit schaffen und, ja, natürlich auch für ein angenehmeres Leben. Und von all dem wird doch Björn auch profitieren. Ich meine, um es mal drastisch zu formulieren: Was hätte denn Björn davon, wenn einer von uns bei dem Projekt Studium auf der Strecke bleibt?"

Jutta blickte ihn zweifelnd von der Seite an, aber Peter sah jetzt diesen verlockenden Ausweg mit Juttas Eltern. Andererseits übermannten ihn für einen kurzen Augenblick auch wieder seine eigenen Bedenken. Es war ja eine Sache, seinen Enkelsohn zu lieben und zu verwöhnen, aber doch schon eine deutlich andere, sich die nächsten Jahre um ihn kümmern zu müssen, Tag und Nacht, Monate und Jahre. Dieses zu fordern wäre in der Tat eine Zumutung für seine Schwiegereltern, das war offensichtlich. Vielleicht hatte ja Jutta bei ihrer Frage nach den Rabeneltern die gleichen Gedanken gehabt. So ganz unberechtigt war ihr Einwand deshalb wohl doch nicht gewesen.

Inzwischen hatten sie sich fertig angezogen und die Wohnung verlassen. Jutta klingelte bei Frau Hübner, die sofort zusagte, wenn nötig, nach dem Kleinen zu sehen.

Wenn sie Glück hätten, und schnell eine Straßenbahn kommen würde, dann könnten sie in einer Viertel Stunde bei Juttas Eltern sein. Wenn nicht, dann mussten sie mindestens eine halbe Stunde bis ans anderen Ende der Stadt zu Fuß laufen, ein langer Weg in dieser Kälte. An der Haltestelle stelltten sie fest, dass die nächste Bahn in zehn Minuten fahren würde. Nach kurzem Zögern entschlossen sie sich, diese zehn Minuten bis zur Ankunft lieber zu warten, als den langen Weg durch Dunkelheit und Kälte zu hasten.

Als sie schließlich kurz vor zehn Uhr an der Wohnungstür von Björns Großeltern anlangten, schloss Jutta, die von je her von ihren Eltern einen Schlüssel für deren Wohnung hatte, vorsichtig auf. Wie erwartet, war es in der Wohnung dunkel.

„Was machen wir denn jetzt?" fragte Jutta ängstlich.

„Klopf einfach vorsichtig an der Schlafzimmertür an, aber so, dass sie nicht erschrecken, falls sie schon schlafen", antwortete Peter. Er fand, diese Aufgabe stand Jutta zu, denn schließlich war sie die Tochter der Aufzuweckenden.

So geschah es, und das Erschrecken ihrer Eltern war erwartungsgemäß groß.

„Was ist los? Ist mit dem Kleinen was passiert?"

Beide saßen bereits senkrecht in ihren Betten, noch ehe Jutta sie beruhigen konnte.

„Nein, nein, es ist nichts mit Björn."

Erleichterung bei ihren Eltern, aber auch ein gewisses Unverständnis.

„Ja, warum holt ihr uns denn um diese Zeit aus dem Bett, wenn nichts ist?" fragte schließlich ihr Vater etwas unwirsch.

„Na ja, wir müssen etwas Wichtiges mit euch besprechen", antwortete Jutta eingeschüchtert. „Aber wir gehen erst mal ins Wohnzimmer, damit ihr euch etwas überziehen könnt. Wir brauchen etwas länger."

Es dauerte nicht lange und die beiden erschienen in Bademänteln im Wohnzimmer, wo sich Jutta und Peter bereits auf die Couch gesetzt hatten.

Ihre Eltern setzten sich in die Sessel.

„Also, raus mit der Sprache. Was gibt es so Wichtiges, dass ihr uns aus dem Bett trommeln müsst?" fragte ihr Vater, und ihre Mutter blickte etwas streng in Richtung ihrer Tochter: „Oder bist du etwa schon wieder schwanger?"

Jutta zuckte heftig zusammen.

„Nein. Aber wie kommst du denn darauf? Und wieso denn *schon wieder*?""

„Na ja, könnte doch sein", antwortete ihre Mutter emotionslos, ohne durchblicken zu lassen, ob ihr ein 'Ja' nicht lieber gewesen wäre.

„Nein, Jutta ist nicht schwanger", mischte sich Peter jetzt ein, und lenkte damit vorsichtig die Diskussion auf ihr eigentliches Anliegen.

„Nein, es ist etwas ganz anderes, was aber auch mit Jutta zu tun hat."

Er holte noch einmal tief Luft, er fühlte, jetzt kam der entscheidende Augenblick.

„Jutta ist mit allem überlastet. Die Arbeit, der Haushalt, Björn versorgen, und dann noch das Fernstudium. Es ist einfach zu viel und es besteht wirklich die ernste Gefahr, dass sie auf Dauer einen gesundheitlichen Schaden davonträgt."

In den Gesichtern der Eltern spiegelte sich ihre Bestürzung und Angst wider.

„Aber warum hast du mir denn nicht eher was gesagt?" fragte Juttas Vater, der von je her eine besonders enge Beziehung zu seinem Mädchen hatte. „Ich hätte dir doch noch mehr helfen können."

„Nein, Papa, das ist es nicht. Du hast mir wirklich genug geholfen. Es ist vielmehr die Frage nach der Zeit. Ich habe einfach keine Freizeit mehr, in der ich vielleicht mal etwas lesen oder mir etwas nähen kann. Aber noch schlimmer ist, dass ich nachts kaum noch schlafen kann. Ich muss dann immer daran denken, was tagsüber im Büro und zu Hause alles liegen geblieben ist und was ich bis zur nächsten Konsultation noch fürs Studium machen muss. Ihr wisst doch, alleine der erste Band vom Kapital hat über 800 Seiten, über die ich am Semesterende geprüft werde. Die kann ich nur spät abends lesen, vor dem Schlafengehen. Ihr erinnert euch sicher, Marx liest man nicht einfach mal so nebenbei, während man für den Kleinen etwas zu essen bereitet."

Jutta kamen nach und nach die Tränen. Die Gedanken an die vielen Gelegenheiten, bei denen sie nahe daran gewesen war, alles hinzuwerfen, machten ihr erneut Angst. Verzweifelt versuchte sie, Stärke zu zeigen und vor ihren Eltern nicht zu schwach dazustehen, aber Peter merkte, dass sie diese Anstrengung nicht mehr lange durchhalten würde.

„Also, es ist spät, ich will unsere Frage, es ist vielleicht eher eine Bitte, in aller Kürze vortragen. Jutta und ich haben unsere familiäre Situation einmal ganz nüchtern von allen

Seiten beleuchtet, und sind zu folgendem Ergebnis gekommen:

Wir sind uns einig, dass wir die Möglichkeit, dass Jutta so weitermacht, wie bisher, ausschließen. Das geht auf keinen Fall.

Nach unserer Meinung gibt es nur zwei Möglichkeiten, das Problem zu lösen:

Erstens: Sie hört mit dem Studium auf. Und, um es gleich zu sagen: Das möchten wir beide nicht.

Zweitens: Sie bemüht sich, in Berlin an der Hochschule eine Zulassung zum Direktstudium zu bekommen. Ob das geht, wissen wir nicht. Wenn nicht, müssen wir neu überlegen. Wenn ja, dann würde sie nach Berlin gehen. Damit hätten wir aber auch ein neues Problem: Was machen wir mit Björn? Eventuell bekäme Jutta ja an der Hochschule einen Platz für eine Tages- oder Wochenkrippe für ihn, das soll es geben. Aber auch das wissen wir im Moment nicht."

„Wochenkrippe mache ich nicht mit", fuhr Jutta trotzig dazwischen.

„Nein, das geht wirklich überhaupt nicht", bekräftigte Juttas Mutter. „Stellt euch mal vor: *Der arme Junge*. Die ganze Woche bei fremden Leuten, ohne seine Eltern und ohne Oma und Opa, nein, das erlauben wir nicht. Und außerdem, was wird denn eigentlich aus uns? Dann haben wir ja gar nichts mehr von ihm."

„Ja, genau, das haben wir auch gedacht", bestätigte Peter, der die Gelegenheit verspürte, auf den springenden Punkt zu komme „und deshalb...."

„Nein, nein", unterbrach ihn sein Schwiegervater energisch. „Warte mal noch einen Moment." Er blickte in Richtung seiner Frau und sagte dann:

„Lasst uns mal einen Moment alleine."

Jutta und Peter blickten sich beklommen an und gingen in die Küche, wo sie unruhig hin- und herliefen.

„Was bedeutet denn das bloß?" fragte Jutta mit zitternder Stimme. „Wir haben doch noch gar nicht gesagt, was wir wollen?"

„Keine Ahnung", erwiderte Peter hilflos. „Vielleicht schlagen sie vor, dass du nur halbtags arbeiten sollst, damit du mehr Zeit für dich und das Studium hast."

„Und wovon sollen wir dann leben?" fragte Jutta irritiert.

„Vielleicht kriegst du dann von ihnen einen festen Zuschuss zum Haushaltsgeld", antwortete Peter, dem diese Gedankenspielerei lästig wurde. „Ich meine, es geht ihnen ja finanziell so gut, dass sie das könnten", fügte er lustlos hinzu.

Sie schwiegen beide, während sich in ihren Köpfen die wildesten Gedanken jagten. Dann endlich erschien Juttas Vater in der Tür.

„Kommt mal mit", sagte er, und zeigte, als sie im Wohnzimmer anlangten, etwas förmlich mit der Hand auf ihre Stühle. „Setzt euch wieder hin."

Jutta und Peter saßen steif auf ihren Stühlen, wagten keinen Ton zu sagen und beobachteten, wie Juttas Vater sich ächzend wieder hinter den Couchtisch zwängte und auf die Couch setzte. Dann blickte er zu seiner Frau hinüber, wartete, bis diese ihm aufmunternd zunickte.

„Also, die Mutter und ich haben eben beraten. Aber bevor wir euch einen Vorschlag machen, möchten wir gerne wissen, was mit dir wird, Peter? Wir reden immer nur über Jutta, aber was du dann machen wirst, wissen wir gar nicht."

Es klang bestimmt, und Peter beeilte sich mit seiner Antwort:

„Wir haben vor ein paar Tage Zeugnisse bekommen, meine Zensuren und die Beurteilung sind so gut, dass ich den Uni-Platz praktisch schon in der Tasche habe: Ab Herbstsemester Physik-Studium an der TU Dresden."

„Na, da habt ihr euch ja ein prima Familienleben ausgedacht: Du in Dresden, Jutta in Berlin und euer Stammhalter irgendwo", war sein Kommentar. „Aber egal. Nun zu unserem Vorschlag."

Er befeuchtete unruhig mit der Zunge seine Lippen und fuhr dann fort.

„Wenn das alles wirklich so dramatisch ist, wie ihr

soeben geschildert habt, dann denken wir, dass wir euch helfen können.

Ihr habt ja selbst gesagt, dass es so nicht weiter geht. Dass Jutta nach Berlin gehen muss, wenn sie ihr Studium fortsetzen will. Das verstehen wir, und mit dem Direktstudium wären wir auch einverstanden."

Er machte eine kleine Pause, holte noch einmal tief Luft und sprach dann weiter. Die folgenden Worte kamen dann fast stoßartig und fast schon unnormal laut:

„Womit wir aber auf keinen Fall einverstanden sind, ist, dass du, Jutta, den Jungen nach Berlin verschleppst, um ihn dort in eine Wochenkrippe zu geben. Das machen wir nicht mit, nicht war, Gretel?" Er blickte seine Frau an, die bestätigend nickte, und leicht schluchzend hinzufügte:

„Nein, das können wir uns gar nicht vorstellen, dass der Kleine so lange ohne uns ist. Ich glaube nicht, dass ihm das gefallen würde. Und uns auch nicht."

Jetzt nickte auch der Vater. Dann blickte er wieder auf seine Tochter und seinen Schwiegersohn. Seine Worte klangen fast trotzig:

„Und deshalb schlagen wir euch vor, dass der Junge solange, bis Jutta mit dem Studium fertig ist, hier bei uns bleibt."

Jetzt war es raus. Ängstliche Augen bei Juttas Eltern, wahrscheinlich in Erwartung einer Ablehnung, oder zumindest einer heiklen, vielleicht sogar hektischen Diskussion über das Für und Wider ihres Vorschlages. Aber nichts davon kam. Jutta war wortlos auf ihre Eltern zu gestürmt und umarmte beide stürmisch.

Peter hielt sich von solchen Gefühlswallungen fern, aber in seinem Inneren breitete sich eine große Ruhe aus. Geschafft, dachte er erleichtert, und ohne, dass wir sie bedrängen mussten. In diesem Moment war er seinen Schwiegereltern dankbar wie lange nicht.

Jutta löste sich von ihren Eltern und legte ihre Arme um Peter.

„Wir nehmen an", rief sie mit strahlenden Augen in

Richtung ihrer Eltern. „Und morgen Abend kommen wir wieder vorbei und überlegen uns schon mal gemeinsam, wie wir das alles bewerkstelligen können. Einverstanden?"

„Ja, ist gut. Nun haut ab, damit wir endlich wieder schlafen können", brummelte ihr Vater, wie das so seine Art war, wenn er gerührt war, es aber nicht zeigen wollte.

Auf dem Heimweg fing Jutta plötzlich an zu schluchzen:

„Ich habe so ein furchtbar schlechtes Gewissen, wenn ich an unseren Kleinen denke. Er träumt vielleicht gerade von etwas Schönem und weiß gar nicht, dass wir gerade beschlossen haben, ihn wegzugeben."

„Wir geben ihn doch nicht weg", rief Peter und legte seinen Arm während des Gehens um ihre Schulter. „Bei deinen Eltern ist er doch gut aufgehoben. Und außerdem mag er sie auch. Und nach Möglichkeit müssen wir ihn dann eben jede Woche besuchen, damit er uns nicht vergisst."

Zu Hause angekommen, rannte Jutta gleich ins Schlafzimmer und beugte sich über das Kinderbett.

„Guck ihn dir doch mal an. Hat er das verdient, dass wir ihn weggeben, wenn auch nur an seinen Opa und seine Oma?"

Sogleich wurden ihre Augen wieder feucht. Peter nahm sie in den Arm.

„Nicht doch, Jutta, das hilft doch nicht. Wenn wir nur immer daran denken, dass wir ihn nur bei unseren Besuchen bei deinen Eltern sehen, dann lähmen wir uns. Wir müssen auch etwas Zutrauen zu uns selbst haben, damit wir die nächsten Jahre als Familie überstehen. Irgendwann werden wir auch das Studium geschafft haben und wieder gemeinsam wie eine Familie leben können."

„Meinst du wirklich, dass wir das schaffen?"

Ihre Stimme klang schon wieder normal und Peter spürte, wie die Zuversicht in ihr wuchs.

**14.** Ich kann einfach nicht schlafen. Die Zeit bis zum Abendessen, die für die 'stranded passengers' vom Hotel auf acht Uhr festgelegt worden war, hätte für einen kurzen Schlaf allemal ausgereicht. Aber ich schlief schon unter normalen Umständen schlecht ein, wie sollte es jetzt der Fall sein? Ich hatte mich angezogen aufs Bett gelegt und ließ zu, dass meine Gedanken sich frei fühlen können.

Der Stadtbummel mit Wolfgang war interessant und angenehm gewesen, nicht zu vergessen, der gute Kaffee mit dem exzellenten Kuchen. Ich hatte Vieles, von dem ich schon zuvor gehört oder gelesen hatte, endlich mit meinen eigenen Augen gesehen, zumindest die prächtigen Fassaden. Und durch diesen Spaziergang mit Wolfgang war auch ein Samenkorn für eine touristische Fahrt mit Jutta gelegt worden. Jutta war neugierig auf die Welt und verreiste gerne. Es würde keiner großartigen Überredungskünste bedürfen, sie für eine Fahrt nach Brüssel zu interessieren.

Aber dann der 'Club M'. Natürlich steht mir in keiner Weise zu, ein moralisches Urteil über Wolfgang zu fällen. Wer bin ich, dass ich mir so etwas hätte anmaßen können? Und wer ist Wolfgang für mich? Doch nicht mehr als ein bekannter Fremder, der in ferner Vergangenheit mit mir einmal eine kleine Wegstrecke Leben gemeinsam beschritten hatte. Unsere Wege hatten sich an der ABF gelegentlich gekreuzt, ohne dass sich daraus ein 'miteinander' ergeben hätte. Mehr nicht. Ich hatte wenig von ihm gewusst. Die gelegentlichen gemeinsamen Schulungen oder Versammlungen hatten daran nichts geändert. Seit heute weiß ich etwas mehr, aber nicht genug, als dass es für ein umfassendes Menschenbild reichen könnte.

Seine Berichte hatten für mich einen mehr geschäftsmäßigen Anstrich. Etwas reichlich nüchtern hatte er erzählt, dass seine Beziehung mit Britta in die Brüche gegangen war, weil Sex kein dauerhafter Bestandteil ihrer Beziehung war bzw. wegen der Umstände nicht sein konnte. Dafür die Studentin in Ilmenau zum Ausgleich und gegenseitigen Zeitvertreib. Dann die, wahrscheinlich unzähligen, Frauen in Russland und Brüssel und sonst wo noch. Und alles nur, weil es die 'Geschäfte' erforderten? Und was waren das nun eigentlich für Geschäfte? Bisher hatte er immer nur von 'schweren Maschinen' oder ähnlichem gesprochen, ohne zu erklären, was sich dahinter verbarg. Und was waren das für Geschäftspartner, die es als selbstverständlich ansahen, dass Verhandlungen auch mal im Bordell endeten?

Oder ist er nur ein Aufschneider? Gehört das alles nur zu seinem Habitus? Ist es vielleicht wichtig für ihn, so sachlich und abgeklärt über seine Beziehungen zu Britta, zu der Studentin, und zu den anderen Frauen zu sprechen, als seien all diese Menschen nur Bestandteil seines Geschäftslebens?

Ich merke, dass ich in meinen Gedanken zu weit gehe. Aber die Welt, von der Wolfgang gesprochen hatte, ist mir einfach zu fremd. Dort, wo ich arbeite, wird nicht mit schweren Maschinen gehandelt. Da wird in einer kreativen Atmosphäre geforscht, die andere Ziele in den Vordergrund stellt, als Wolfgang das offenbar tut. Natürlich gibt es auch Verhandlungen mit der Industrie, aber dass deren Abschluss im Kreise leichter Frauen oder gar im Bordell gefeiert wurde, war mir noch nie zu Ohren gekommen. Jedenfalls hatte bei den Verhandlungen, an denen ich teilgenommen hatte, nie einer der Partner auch nur eine derartige Andeutung von sich gegeben .Vielleicht aber war ich auch nur zu naiv.

Immer wieder geht es um Geld, bei Wolfgangs Geschäften sicherlich noch mehr als bei unseren Verhandlungen. Aber auch Forschungsleistungen sind nicht billig zu haben. Gelegentlich geht es dabei sogar um eine Menge Geld, wenn die Projekte über mehrere Jahre gehen sollen. Aber darüber, dass man, jenseits von fachlichen Argumenten, auch andere Mittel hätte einsetzen können, um einen Auftrag zu bekommen, daran hatte ich nie nachgedacht.

Ich weiß, dass zum Sortiment der Mini-Bar auch ein kleines Fläschchen Jägermeister gehört. Wahrscheinlich würde ich morgen früh beim Aus-checken einen fürstlichen Preis dafür bezahlen müssen, aber der leckere, sehr süße Kuchen erfordert zwingend eine geschmackliche Kompensation.

Theoretisch weiß ich ja, dass Bestechung in den unterschiedlichsten Formen oft Bestandteil von Geschäftsverhandlungen sind. Die Medien sind ja voll davon. Mich beschäftigen solche Dinge im Grund genommen nicht. Mich hat eigentlich mehr die Kaltschnäuzigkeit beeindruckt, mit der Wolfgang über all das sprach. Ich denke an seine Frau, die ich nicht kenne. Wie mochte sie sein, dass sie klaglos hinnimmt, dass ihr Mann aus geschäftlichen Gründen mit anderen Frauen schläft? Ich sollte das Thema beim Abendessen meiden. Was geht es mich an, welche Absprachen Wolfgang mit seiner Frau gemacht hat.

Sei es, dass mein Interesse an Wolfgangs sexuellen Ausschweifungen und moralischen Auffassungen sich erschöpft hatte, oder dass dem Jägermeister die Herbeiführung einer gewissen Müdigkeit zu eigen war – ich schlief ein und wachte erst wieder auf, als ein Klopfen an der Zimmertür eine gewisse Lautstärke überschritten hatte. Es ist Wolfgang.

„Schlafmütze. Los, wir müssen runter, sonst ist das Buffet leer, wenn wir kommen."

Natürlich bestand diese Gefahr in keiner Weise. Bereits zu Mittag hatten wir beobachtet, dass die Kellner jeden Anschein von Ausverkauf einer Speise zu vermeiden trachteten. Auch jetzt ist genug da, und Wolfgang ist beruhigt, dass die Auswahl auch jetzt wieder seinen gehobenen Ansprüchen gerecht wird.

„Die Airline lässt sich den Streik wirklich etwas kosten", sagt er zufrieden während er ein lecker aussehendes Stück Lammkotelett auf seinen Teller legt.

„Ja, finde ich auch", bestätige ich, „aber wohl eher unter Zwang, als freiwillig."

„Ja, und? Es ist doch nicht unsere Schuld. Hauptsache das

Essen ist gut", erklärt Wolfgang sachlich.

Der Kellner folgt uns zum Tisch, um unsere Getränke-Bestellung aufzunehmen. Wir bestellen für uns beide Bier.

Wolfgang isst zielstrebig, ganz so, als habe er gleich nach dem Essen noch einen wichtigen Termin. Er schweigt, nutzt diese Zeit jedoch, um seinen Blick mehrfach im weitläufigen, für die 'stranded passengers' abgeteilten Teil des Restaurants umherschweifen zu lassen. Er ist bereits relativ gut gefüllt, ein Zeichen dafür, dass die Airline viele Passagiere hier untergebracht hatte. Ob sie das wirklich bezahlen muss, oder gibt es dafür eine Versicherung? Den Fluglotsen würde man die Rechnung sicher nicht präsentieren können. Sie hatten, aus Gründen, die ich nicht kenne, von ihrem Streikrecht Gebrauch gemacht.

„Ich habe gut und traumlos geschlafen", vermeldet Wolfgang ohne Anlass. „Und deshalb bin ich jetzt frisch und neugierig, von dir Neuigkeiten aus unserer ABF-Zeit zu hören."

„Wieso Neuigkeiten?" frage ich ironisch. „Du warst doch die ganzen zwei Jahre dabei. Noch dazu warst du ja sogar in der Partei, wie ich mich erinnere. Dadurch wusstest du doch ohnehin immer mehr als ich. Welche Art Neuigkeit aus dieser Zeit sollte ich dir also vermelden können?"

„Ja, ich meinte natürlich, dass wir gemeinsam interessante Ereignisse aus dem Orkus des Vergessens holen könnten", lenkt Wolfgang ein und fügt gleich hinzu: „Was ist denn zum Beispiel aus Richard Kleber, dem Weiberheld, geworden. Britta hatte mir ein paar Geschichten über ihn erzählt, die in gewisser Weise wirklich einmalig waren, wie ich mich erinnere. Übrigens hatte er natürlich auch versucht, Britta 'rumzukriegen. Aber das nur nebenbei."

„Ja, Richard Kleber, ich erinnere mich gut an ihn", antworte ich bereitwillig. „Er vertrat die These, damals übrigens aus aktuellem Anlass, dass man auch mit einer hässlichen Frau schlafen könne, da man ja über ihr Gesicht ein Handtuch legen könne."

Nie würde ich ihn vergessen, wie er am Morgen verspätet

erst in der ersten Pause zum Unterricht erschienen war, und Jochen Grevers ihn lästernd gefragt hatte, ob ihn seine Freundin endlich aus dem Bett geschubst hätte.

Wolfgang prustet los und kann nur mit Mühe einen Lachkrampf vermeiden. Von den benachbarten Tischen treffen uns erstaunte Blicke von Gästen, die, ihrer Kleidung nach, vermutlich auch Business-Passagiere sein könnten.

„Ja, ich erinnere mich, wie Britta mir empört davon erzählt hat", bestätigt er, nachdem er sich beruhigt hatte.

„Woher wusste Britta denn davon?" frage ich verblüfft. „Die Mädchen waren doch gar nicht anwesend. Wenn ja, dann hätte Richard das bestimmt nicht in dieser rüpelhafte Art und Weise von sich gegeben."

Er hebt abwehrend die Hände:

„Keine Ahnung, woher sie das hatte."

Für einen Moment senkt er den Kopf, als ob ihm etwas eingefallen sei, was er aber erst noch besser fixieren wolle. Dann hebt er den Kopf und sagt:

„Doch, jetzt hab ich's. Erinnerst du dich noch an diesen Vorfall mit dem Absingen der westdeutschen Nationalhymne, in die er auch verwickelt war?"

Nun bin ich vollkommen irritiert. Über die Sache mit der Box-EM und dem Singen der westdeutschen Nationalhymne durch Richard Kleber, die ich nie in meinem Leben vergessen werde, war mit der Fakultätsleitung ausdrücklich Stillschweigen vereinbart worden. Ich hatte mich, bis auf ein vertrauliches Gespräch mit Alex, daran gehalten. Und Richard hätte schon sehr dumm oder sehr besoffen gewesen sein müssen, wenn er darüber geredet hätte.

„Ja, ich erinnere mich sehr gut daran", antworte ich bedächtig. "Sie hat mich damals sehr beschäftigt. Aber, sag mal, ich wundere mich, dass du davon weißt. Es war doch eine absolut vertrauliche Geschichte, von der nur Richard, ich und Betge, Wanka und Kestner wissen sollten."

Wolfgang schweigt, besinnt sich einen Moment und sagt dann mit einem spöttischen Ton:

„Du vergisst denjenigen, der das damals gemeldet hatte."

Es war wie ein Schlag. Natürlich, darauf hätte ich auch selbst kommen können. Es musste ja wirklich diesen unbekannten Mitstudenten geben, der, aus welchen Gründen auch immer, irgendeinem Verbindungsmann diesen Vorfall gemeldet haben musste. Also gab es mindestens zwei weitere Mitwisser, den 'Denunzianten' und den ebenfalls unbekannten Empfänger der Meldung. Ich erinnere mich nun, dass ich damals auch mal kurz über diese beiden Unbekannten nachgedacht hatte, aber dem nicht weiter nachgegangen war. Wie auch? Ich hätte für so einen Versuch gar keine Möglichkeiten gehabt. Aber die Angelegenheit war ja für Richard damals gut ausgegangen. Und heute noch nachzuforschen, wer diese unbekannten Akteure gewesen waren, hätte bestenfalls noch historische Bedeutung, mehr auch nicht. Andererseits, alles was damals passiert ist, ist heute historisch, und einem plötzlichem Impuls folgend frage ich spontan::

„Bist du das gewesen?"

Wolfgang tut empört:

„Aber nein, wo denkst du hin?"

„Dann sag mir doch bitte, wieso du überhaupt von dieser Sache etwas weißt. Von Britta kannst du das ja wohl nicht haben. Die war ja nun wirklich überhaupt nicht beteiligt."

Jetzt, wo die Sache auf dem Tisch liegt, will ich auch alles wissen. Und, das fällt mir jetzt auch auf, Wolfgang hatte sie als erster erwähnt. Warum nur? Hatte er sich verquatscht, oder war das mit Bedacht geschehen? Wollte er etwa sich oder jemand anderen entlasten?

Wolfgang schweigt. In seinem Gesicht arbeitet es, ein sichtbares Zeichen dafür, dass in seinem Kopf schwere Gedanken gewälzt werden müssen. Eine gute Gelegenheit, ihm mit einem weiteren Cognac zu einer Entscheidung zu verhelfen. Und obwohl ich das Gefühl habe, dass mein Alkoholkonsum bald ein für mich vernünftiges Tages-Maß überschreiten würde, bestelle ich noch zwei von der gleichen Sorte.

„Komm, Wolfgang, lass uns erst noch einmal anstoßen

auf diesen wunderbaren Zufall, der es uns ermöglicht, über unsere Jugenderfolge und -sünden zu sprechen."

Er lässt sich nicht lange bitten, leert das Glas mit einem gekonnten Schwung und stellt es wieder auf den Tisch.

Ich begnüge mich damit, an meinem Glas zu nippen und abzuwarten.

Hatte er bisher mit sich um eine Entscheidung gerungen, so scheint diese nach dem Cognac nun gefallen zu sein.

„Weißt du, Peter, früher war ja vieles anders als heute", beginnt er umständlich. „Ich meine, heute gibt es einen enormen Druck, dass du im Geschäft erfolgreich sein musst, sonst gehst du früher oder später unter. Unter dem gleichen Druck haben wir aber auch schon früher in der DDR gestanden. Damals ging es natürlich nicht um Geschäfte und Geld, sondern um das Weiterkommen, die mögliche Karriere. Du weißt doch, es war immer so eine Art Geben und Nehmen: Du gibst der Gesellschaft etwas und die Gesellschaft gibt dir etwas anderes zurück, etwas, was dir später mal nützen konnte. Das kennst du doch bestimmt auch noch. Manchmal waren das Kleinigkeiten, wie die Teilnahme an der Schule der sozialistischen Arbeit, am FDJ- oder Parteilehrjahr. Das alles waren gewissermaßen Bringeschulden. Meistens haben wir die freiwillig geleistet, zum Beispiel, wenn wir eine gute Beurteilung brauchten, die uns den Weg zur Fach- oder Hochschule ebnen sollte. Stimmt doch, oder?"

Beifallheischend blickt er mich an. Sein Gesicht hat bereits diese charakteristische, glänzende Röte, die Menschen oft nach einem guten Essen und einigen hochprozentigen Getränken annehmen.

Ich nicke, denn bis jetzt hatte er ja nur etwas erzählt, was jeder wusste, und dessen Wahrheitsgehalt unstrittig war.

„Ich weiß nicht, wie du das empfunden hast", fährt er jetzt fort, „aber an der ABF war das doch genau so. Dich haben sie doch zum Beispiel auch in ihr System eingebunden, indem sie dich zum FDJ-Sekretär deiner Seminargruppe haben wählen lassen, damit du ihre Politik in der Seminargruppe durchsetzt. Dafür konntest du mit ihrem Wohlwollen bei der Delegierung zur Uni rechnen. War's nicht so?"

So hatte ich mich bis jetzt nicht gesehen, und ich war auch nicht bereit, mir ein solches Null-ach-fünfzehn-Etikett umhängen zu lassen.

„Wolfgang, nicht, dass ich nicht bereit wäre, über diese Dinge mit dir zu reden, aber meine Frage ist nicht, wie und warum du oder ich FDJ-Sekretär an der ABF geworden sind, sondern woher du weißt, was damals mit Richard und der Box-EM abgelaufen ist."

Mein Einwand gefällt ihm offenkundig nicht. Er protestiert heftig:

„Verstehst du das denn immer noch nicht? Du kannst das eine nicht vom andern trennen. Das hängt alles miteinander zusammen."

Er beruhigt sich schnell wieder.

„Also gut, fangen wir noch mal von vorne an: Zu Beginn nur noch eine Bemerkung zum FDJ-Sekretär, und dann können wir diese für dich wirklich unwichtige Sache wieder vergessen."

Er holte tief Luft:

„Vielleicht erinnerst du dich, dass es Genossen waren, die zu Beginn des Studiums von der Leitung als FDJ-Sekretäre eingesetzt worden waren. Ich war ein solcher Genosse, die in den zwei Jahren Studium als Vorbild für die anderen Studenten fungieren sollten. Wir hatten einen Tag vor Studienbeginn eine kurze Schulung bzw. Einweisung, damit wir wussten, wie sich die Leitung unser Wirken für die nächsten zwei Jahre so vorstellte. So weit so gut. Solche Dinge kannten wir schon aus der Schule und fanden das auch nicht merkwürdig. Es lief ja dann gut und unauffällig, mit Ausnahme vielleicht des Wechsels in der Funktion bei dir in der Gruppe. FDJ- und Parteileitung waren zufrieden mit uns.

Ungeachtet dessen hatte man aber noch eine kleine, interne Gruppe eingerichtet, das sogenannte 'Sicherheits-Kollektiv', von der nur wenige wussten. Der Grund dafür war, dass man sicher gehen wollte, dass nicht im Hintergrund antisozialistische Dinge ablaufen, ohne dass man davon rechtzeitig erfahren würde. Sie bestand aus je einem Mitglied der FDJ- und Parteileitung der Fakultät und einem Mitglied der Studentenschaft. Und natürlich gab es auch noch einen Fachmann aus dem Kreis der Sicherheitsorgane."

Sei es, dass die Anzahl der seit unserer Ankunft im Hotel konsumierten Cognacs bei ihm nun eine unerwartete Wirkung ankündigte, oder dass er etwas zum Aufmuntern benötigte, jedenfalls beordert er nun den Kellner an den Tisch und bestellt zwei doppelte Espresso, wie immer, ohne mich zu fragen. Aber ich bin sehr erfreut von seiner Abkehr vom Cognac, denn lange hätte ich mit ihm nicht mehr mithalten können. Während der Kellner wieder verschwunden ist, schweigt Wolfgang.

Sein Blick ist ziellos, er scheint über etwas nachzudenken.

Dann, nachdem der Kellner die beiden Espresso auf den Tisch gestellt hat, natürlich mit einem Mini-Täfelchen belgischer Schokolade dazu, nimmt Wolfgang einen vorsichtigen Schluck und verkündet dann unvermutet abrupt und ohne irgendwelche Emotionen zu zeigen:

„Der Vertreter der Studenten in diesem Sicherheits-Kollektiv war ich."

Ich sehe, wie er seine Augenlider zusammenkneift, und mich aus den Augenwinkeln heraus fixiert. Natürlich ist er gespannt auf meine Reaktion, das verstehe ich sofort. Ob sie aber eine Bedeutung für ihn haben würde, kann ich in diesem Augenblick nicht einmal erahnen. Für mich fügen sich die bekannten Einzelteile der Episode um die Box-EM nun fast schon zu einem vollständigen Bild zusammen. Damals, während meines Gesprächs mit Betge nach der Box-EM, hatte dieser schon davon gesprochen, dass *'ein Genosse der Sicherheit'* von ihm einen Bericht erwarte. Das wird dann wohl der Fachmann der Sicherheitsorgane gewesen sein, von dem Wolfgang gerade gesprochen hatte.

„Also hast *du* Richard damals angeschwärzt?"

„Quatsch. Ich habe doch gar nicht bei euch im Heim gewohnt. Nein, wir hatten im Baracken-Heim eine Vertrauensperson, die uns informiert hat."

„Und wer war das?"

„Ach, weißt du; Peter, das ist jetzt so lange her. Ich glaube, das musst du heute nicht mehr unbedingt wissen. Das war damals eben so. Und mal ehrlich, was würdest du heute mit solch einer Information anfangen? Den betreffenden Jugendfreund heute noch verdammen? Ich kann mir nicht vorstellen, dass dich das befriedigen würde. Und, im Übrigen, kannst du uns auch dankbar sein."

Wieder dieser Blick, dieses Warten auf eine Reaktion von mir.

„Wofür sollte ich dankbar sein?"

„Ich erzähle es dir gleich. Ich will mir nur noch ein Dessert holen, bevor die das Buffet abräumen. Soll ich dir etwas mitbringen?"

## 15. *Oppenheimer*

Alex ordnete seine Sachen auf dem großen Tisch, der in der Mitte ihres Zimmers stand, und den sie sich teilen mussten, wenn schriftliche Dinge zu erledigen waren. Dabei fiel sein Blick auf die Ausgabe des „Forums", die Peter ihm schon vor längerer Zeit zum Lesen gegeben hatte. Er blickte zu Peter, der am Fenster stand, und ein Meisen-Pärchen beobachtete, das vor dem Fenster auf einem Apfelbaum hin- und her hüpfte.

„Ich habe übrigens das Oppenheimer-Stück gelesen. Hast du Zeit?" fragte er.

„Na klar", antwortete Peter bereitwillig. „Schließlich habe ich dir den Text ja gegeben, damit wir gemeinsam drüber philosophieren können. Nur immer über den 'Faust' nachzudenken ist mir auf die Dauer etwas anstrengend."

Daraufhin Alex spontan: „Also, sag ja nichts gegen den Faust. Dagegen ist der Oppenheimer doch wirklich nur ein

Kinderbuch."

Fehler von mir, dachte Peter. Alex hatte sich in den letzten Wochen derartig für den Faust begeistert, dass jegliche Kritik daran bei ihm wie eine Majestätsbeleidigung ankam. Dabei hatte Peter gar nichts kritisieren wollen.

„Aber, Alex, nun sei man nicht gleich beleidigt. Der Faust steht doch so weit über dem Oppenheimer, dass jeder Vergleich sich von vornherein verbietet. Aber weißt du, wenn wir über Literatur reden, dann können wir das doch nicht immer nur in den schwindelerregenden philosophischen Höhen tun, in denen Goethe geschwebt hat, als er sich den Faust ausgedacht hat. Ja, natürlich, der Oppenheimer ist mit dem Faust *nicht* vergleichbar, das hat aber auch niemand gesagt. Allerdings hat das Oppenheimer-Stück für einen einfach gestrickten Menschen wie mich, doch einen Vorteil: Man versteht nämlich sofort, worum es geht. Beim Faust muss man sehr viel mehr nachdenken und versteht trotzdem manchmal nichts, oder doch nur wenig. Du erinnerst dich: *„Da sitz' ich nun, ich armer Tor, und bin so klug als wie zuvor,"* usw. Bei Kipphardt ist alles viel klarer, weil er dem Oppenheimer eine große, konkrete Last aufbürdet, deren Bewältigung direkt über das Schicksal unserer Welt, unserer Erde entscheiden kann. Das wiederum sehe ich beim Faust nicht so zugespitzt, oder?"

Alex brummelte noch kurz, war aber anscheinend mit dieser Abgrenzung zufrieden, denn er schwenkte gleich auf das Thema um.

„Sag mal noch, die große Titelzeile dieses Forum-Heftes heißt „Literatur der kleinen Pinscher". Weißt du, was das bedeuten soll? Pinscher ist doch irgendeine Hunderasse, wenn ich mich richtig erinnere. Literatur und Pinscher in einem Satz? Das passt dann doch nicht, das ist doch irgendwie ein Widerspruch."

„Ja, das sehe ich auch so", erwiderte Peter. „Eigentlich ist das wie ein Sakrileg. Aber, ehrlich gesagt, ganz genau weiß ich auch nicht, wie die Zuordnung entstanden ist. Mir ist aber so, als habe Strauß oder Ehrhard, oder einer dieser hohen

Politiker im Westen mit 'Pinscher' die kritischen Schriftsteller im Westen beschimpft. Damit waren wohl Hochhuth, Böll und Grass gemeint, und offenbar auch noch einige andere, wie zum Beispiel eben Heiner Kipphardt. Aber die genauen Zusammenhänge kenne ich wirklich nicht.

Andererseits", fuhr Peter grinsend fort, „können wir uns über die quasi offizielle Beschimpfung aber auch freuen. Schließlich hat sie dazu geführt, dass wir jetzt ein dramatisches Werk vor uns liegen haben, das wir sonst wahrscheinlich wohl kaum so schnell zum Lesen bekommen hätten, nämlich „In der Sache J. Robert Oppenheimer", eben ein Stück von einem dieser Pinscher mit Namen Heiner Kipphardt. Ist das nicht schön? Ich schließe daraus: Die Beschimpfung von Schriftstellern durch Politiker im Westen hat einen direkten, positiven Effekt für die intellektuelle Bildung der Bürger in der DDR. Es handelt sich ganz klar um eine Art Entwicklungshilfe, unbeabsichtigt, könnte man sagen."

Alex schüttelte sichtlich beeindruckt den Kopf.

„Also dafür, dass du nicht genau weißt, wie das alles zusammenhängt, hast du aber doch eine ganze Menge Worte gefunden. Solche komplizierten Gedanken hätte ich mir alleine bestimmt nicht gemacht, das heißt, nicht machen können, bei meinem niedrigen IQ. Aber jetzt mal ehrlich: Du meinst wirklich, dass dieses Theaterstück über einen maßgeblichen Konstrukteur der amerikanischen Atombombe wirklich nur deshalb so schnell bei uns im 'Forum' gedruckt wurde, weil ein hoher Westpolitiker diesen Kipphardt so rüde beschimpft hat?"

„Ja, das glaube ich. Oder sagen wir so: Zumindest war das bestimmt ein wichtiger Anlass, das Stück sehr schnell bei uns abzudrucken. Denn sieh mal: Im Grunde genommen geht es doch in diesem Stück um die Frage der Loyalität eines Wissenschaftlers zu seinem Land, oder, genauer gesagt, zu seiner Regierung. Also direkt um die Frage, welches Recht ein Staat oder eine Regierung hat, bedingungslose Loyalität von seinen Wissenschaftlern zu verlangen. Und dieses auch dann, wenn diese auf Grund ihrer Fachkenntnisse erkennen, dass die Anwendung ihrer Erfindung diese unsere Welt im Ernstfall sogar auslöschen könnte. Bemerkenswert ist doch, dass solche Fragen bei uns aus philosophischer Sicht bisher gar nicht diskutiert wurden. Also, um ein Beispiel zu nennen. Als der Atomspion Klaus Fuchs in England begnadigt wurde und in die DDR kam, hat man ihn doch im Grunde genommen nur wegen seiner politischen Haltung gelobt, weniger dafür, dass er Konstruktionsgeheimnisse der Amerikaner an die Sowjetunion verraten und dadurch praktisch einen Gleichstand bei der Entwicklung der Bombe erzeugt hatte.

Könnte es nicht vielleicht auch so gewesen sein, frage ich mich, dass er nicht auch aus der humanistischen Erkenntnis heraus, die Wasserstoffbombe könnte die Welt ins Verderben stürzen, generelle Bedenken gehabt haben könnte, sich weiterhin am Bau einer Wasserstoffbombe zu beteiligen? Ich meine, ich weiß es natürlich nicht, aber *davon* ist bei uns in der Presse doch nie die Rede gewesen, jedenfalls nicht, soweit ich das weiß. Vielleicht hätte auch er es lieber gesehen, wenn weder die USA noch die Sowjetunion eine solche Bombe gebaut hätten. Es wurde ja immer nur über den politischen Aspekt seines Handelns geredet, seine kommunistische Überzeugung, seine Sympathie für die Sowjetunion, und nie über den Gegenstand seiner Forschung. Und dabei wurde wie selbstverständlich so getan, als sei die hundertprozentige Loyalität eines Wissenschaftlers für seine Regierung, oder, wie ihm zugeschrieben, zur Idee des Kommunismus, gar keine Frage."

„Ja, da ist was dran", bestätigte Alex, um im gleichen Atemzug einzuwenden: „Aber zum Glück hat so etwas doch für uns gar keine Bedeutung. Was könnten das schon für Dinge sein, die wir in der DDR entwickeln sollten, und die dann für die Welt eine Bedrohung darstellen könnten?"

„Ich glaube, man kann das nicht ganz so wörtlich nehmen. Aber lass mal die Bombe weg und überlege mal folgenden Fall: Was würdest du zum Beispiel tun, wenn du als Chemiker eines Tages von der DDR-Regierung aufgefordert würdest, dich zum Wohle unserer Republik und des Sozialismus generell an der Entwicklung von Giftgas für militärische Zwecke zu beteiligen? Analog wie es Haber, zum Beispiel, im ersten Weltkrieg getan hat. Würdest du das tun oder ablehnen?"

Alex nahm sich Zeit zum Überlegen und nickte dann nachdenklich:

„Ja, jetzt verstehe ich, was du meinst. Ich fand das ja gut, wie Oppenheimer am Schluss des Stückes begründet, dass er nicht weiter an den Bombenprojekten mitarbeiten will und sagt:

(Alex schlägt den Text auf, um den genauen Wortlaut zu finden).

> *„Wir haben die besten Jahre unseres Lebens damit verbracht, immer perfektere Zerstörungsmittel zu finden, wir haben die Arbeit der Militärs getan, und ich habe in den Eingeweiden das Gefühl, dass dies falsch war......*
> *Wir haben die Arbeit des Teufels getan, und wir kehren jetzt nun zu unseren wirklichen Aufgaben zurück."*[15]

Er atmete tief durch und blickte Peter nachdenklich an.

„Das finde ich wirklich eine tolle Aussage."

Sie schwiegen beide einige längere Sekunden, bis Alex aus seinen Gedankengängen zurückkehrte und sagte:

„Aber auf deine Frage habe ich trotzdem keine Antwort. Ich habe die allgemeingültige Bedeutung dieser Geschichte nicht gleich gesehen. Oppenheimers Entscheidung, ja sein ganzes Verhalten, war für mich auf jeden Fall bewunderungswürdig. Vielleicht sollte man sogar seine Haltung als Vorbild für alle Wissenschaftler darstellen und fordern, dass nur an solchen Projekten geforscht werden sollte, die dem Wohle der Menschheit dienen. Mir ist natürlich klar, dass das leider eine Illusion ist."

Er senkte seinen Blick auf die Tischplatte und überlegte einen Moment. Dann richtete er seinen Blick wieder auf Peter und fragte ernst:

„Peter, in diesem ganzen Zusammenhang bewegt mich auch noch eine andere Frage: Oppenheimer hat doch so lange an der Bombe mitgearbeitet, bis die USA sie bei sich in der Wüste von Nevada getestet hatten. Und erst dann, als die Amerikaner sie über Japan eingesetzt hatten, erst danach ist er ausgestiegen."

Alex hatte sich jetzt wohl an einer bestimmten Frage festgebissen, deren Beantwortung ihm sehr wichtig erschien.

„*Warum* ist er ausgestiegen? Ich meine jetzt, warum *in Wirklichkeit*, nicht offiziell? Weil er die Folgen der Abwürfe auf Hiroshima und Nagasaki gesehen hatte, die vielen Toten, die Verstrahlungen der Überlebenden und der Natur? Oder vielleicht doch 'nur' deshalb, weil er sich gesagt hat, dass der Krieg jetzt zu Ende sei, der Feind in Japan und Deutschland besiegt und damit die Notwendigkeit für die Entwicklung von noch furchtbareren Bomben, wie der Wasserstoffbombe, für immer nicht mehr gegeben ist?"

„Du meinst, dass moralische Skrupel in Bezug auf Forschungsprojekte solange nicht gerechtfertigt seien, wie das Land in Gefahr ist?" fragte Peter ihn.

Alex sah ihn mit verzweifeltem Gesichtsausdruck an.

„Ehrlich gesagt, Peter, ich weiß es nicht. Ich fürchte, es gibt keine einfache Antwort auf deine Frage. Ich jedenfalls habe keine. Und du?"

Ich? dachte Peter. Er hatte die Diskussion zu diesem Theaterstück ja gerade deshalb angestoßen, weil er sich aus der Diskussion mit Alex eine Antwort auf diese Frage erhofft hatte.

„Weißt du, Alex, mein Vater hat eigentlich relativ oft vom Krieg erzählt. Er war in Russland, als einfacher Soldat hat er ein Maschinengewehr bedient. Eines Tages habe ich ihn mal gefragt, ob er keine Skrupel gehabt habe, abzudrücken. Er hat mit 'Nein' geantwortet und das so begründet: Mit einem Maschinengewehr schießt man auf Objekte, die relativ weit entfernt sind. Da sieht man zwar, dass da weit entfernt Menschen sind, in Uniformen, auch, dass sie sich bewegen, aber sonst erkennt man nichts. Es ist alles anonym, fast wie ein Übungsschießen auf bewegte Ziele. Und dann gilt, so mein Vater, wer nicht selbst abdrückt, dessen Überlebenschancen sinken rapide."

Peter hielt einen Moment inne, dann redete er weiter:

„Was meinst du, Alex, sollte ich meinen Vater deshalb verurteilen? Stünde mir ein solches Urteil überhaupt zu? Aber jetzt, wo wir über den Oppenheimer sprechen, fällt mir plötzlich auf, dass mein Vater wahrscheinlich unbewusst auf etwas Wichtiges hingewiesen hat, etwas, was ich damals bei unserer Unterhaltung gar nicht beachtet habe. Er sagte, dass man die 'Feinde', die man töten oder verletzen wird, nicht mehr als Menschen, als mögliche Nachbarn, potenzielle Freunde, als gleichartige Spezies wahrnimmt, sondern nur noch als Ziele zum Töten. Wenn du das mal auf moderne Waffen überträgst, dann stellt sich die Situation für mich so dar: Bei den Atombomben sehen weder die Konstrukteure noch die Piloten, die die Bombe abwerfen müssen, ihre Feinde. Sie wissen zwar von ihrer Existenz, aber es gibt keinen Gegenüber, dem sie in die Augen schauen und Rechenschaft für ihr Tun ablegen müssten. Für sie sind es nicht einmal mehr Personen, keine menschliche Wesen mit Fähigkeiten, mit Wünschen, mit Familien, sondern nur noch abstrakte Zahlen, an deren Höhe sich die Effektivität ihres Einsatzes, ihrer Zerstörung, ablesen lässt. Und die Aufgabe für Wissenschaftler und Techniker besteht heute, wie immer, nur darin, durch die Entwicklung immer effektiverer Waffen diese Zahlen zu erhöhen."

In diesem Moment war er selbst erschüttert über diese verstörende Erkenntnis. Alex ging es offenbar ähnlich, denn er war aufgestanden und lief im Zimmer hin- und her. Dann blieb er abrupt stehen und sah Peter bedrückt an.

„Peter, das scheint mir wirklich eine sehr logische Schlussfolgerung zu sein. Dennoch führt sie doch wieder nur zur gleichen Frage zurück, wie am Anfang; die da lautete:

Was ist im entscheidenden Moment wichtiger: Die Erkenntnisse über mögliche Folgen meiner Erfindung oder die unbedingte Loyalität zu meinem Land, oder wem auch immer?"

Er sah Peter auffordernd, fast sogar etwas aggressiv an, als sei dieser ihm jetzt eine Antwort schuldig.

Der zuckte die Schultern und sagte etwas müde:

„Ich weiß es doch auch nicht, Alex. Das war ja eigentlich auch ein Grund, warum ich mit dir darüber sprechen wollte. Ich meine, wenn man jetzt den Oppenheimer nimmt: Der hat bei der Atombombe alle Skrupel zurückgestellt, wie übrigens viele andere berühmte Physiker und Chemiker auch. Später dann, bei der Wasserstoffbombe hat er aber für sich die Notbremse gezogen, anders als beispielsweise Teller, der wohl überhaupt keine Skrupel gekannt haben soll. Das Verhalten von Oppenheimer bringt mich aber jetzt doch noch einmal zu einem anderen Aspekt, nämlich zu der Frage: Sollte man wenigstens dann seine Skrupel zurückstellen dürfen, wenn das eigene Land in Gefahr ist, also gewissermaßen als ein Akt der Selbstverteidigung?"

Alex widersprach sofort mit erregter Stimme:

„Nein, Peter, auf gar keinen Fall, denn das wäre doch nur ein Scheinausweg und hilft gar nicht. Denk mal an die Amerikaner. Die sind im letzten Krieg sowohl von Deutschland als auch von Japan angegriffen worden. Folglich haben sie sich zu Recht verteidigt. Dass sie als Mittel ihrer Verteidigung dann ausgerechnet auch noch Atombomben auf Hiroshima und Nagasaki abgeworfen haben, ist meines Erachtens überhaupt nicht zu rechtfertigen, würde aber nach deiner angenommenen Logik akzeptabel sein.

Du weißt doch, wie das heute ist: Kein Land, das heute Krieg führt, wird zugeben, dass es sich als Aggressor betätigt hat. Alle diese Länder verteidigen sich eigentlich nur selbst. Entweder, weil sie von einem anderen Land wirklich angegriffen wurden, oder weil man zu dem Schluss gekommen ist, dass ein solcher Angriff kurz bevor steht.

Also, Angriff bedeutet in deren Logik auch hier nur Verteidigung. Denk nur an die Kriege in Korea oder im Nahen Osten."

„Ja, du hast wieder einmal recht, Alex, das sehe ich auch so. Aber was machen wir nun mit unserer scharfsinnigen Analyse und unserer Einsicht, dass alles nicht so einfach ist, wie es manchmal aussieht?"

Alex war schon wieder in die reale Welt zurückgekehrt. Er konnte schon wieder grinsen:

„Ja, was machen wir mit unserer Schlauheit? Wir sehen erst mal zu, dass wir ein ordentliches Abitur schaffen. Danach studieren wir einige lange Jahre. Und wenn wir dann noch genug Hirnschmalz zur Verfügung haben, dann kommen wir vielleicht eines Tages auch zu diesem Thema zurück. Einverstanden?"

Natürlich war Peter einverstanden. Er hatte nicht nur das Gefühl, dass ihre Diskussion sich irgendwie festgefressen hatte, sondern, viel schlimmer, dass sie beide bei der Lösung dieser Fragen wahrscheinlich auch nach dem Studium nicht schlauer sein würden. Wie man das alles auch betrachtete, man landete zwangsweise in einer Sackgasse und musste wohl andere Kriterien als Humanität heranziehen, um zu einer Antwort zu kommen.

Einige Tage später, Alex und Peter kamen vom Unterricht zurück ins Studentenheim, saß in ihrem Zimmer ein junger Mann.

„Hallo", grüßte er freundlich, ohne jedoch vom Tisch aufzustehen. „Kommt ihr gerade aus der Schule?"

Misstrauisch betrachtete Alex den Fremden einen Moment, um ihn dann barsch anzufahren:

„Kann ich mal fragen, was du in unserer Abwesenheit in unserem Zimmer machst? Und im Übrigen ist das keine Schule, sondern eine Fakultät."

Er musste ziemlich verärgert sein, denn diese Art von Zurechtweisung war eigentlich nicht sein Ding.

Der Mann blieb ruhig, ja er grinste sogar mit einem

kleinen Triumph in seiner Stimme:

„Ich verstehe ja, dass ihr überrascht seid, aber dieses Zimmer ist mir heute von der Leitung zugewiesen worden, genauer gesagt, natürlich nur ein Bett, ein Stuhl und ein kleines Stückchen Tischplatte."

„Aber das hättest du doch gleich sagen können. Wie sollten wir das denn wissen können?" nahm Alex sich zurück, nun schon wieder etwas versöhnt. „Dann erzähl mal. Willst du wirklich so kurz vor Semester-Schluss noch mit dem Studium anfangen? Das erscheint mir ganz schön mutig."

Inzwischen war der Mann aufgestanden. Er war relativ groß, Peter schätzte ihn auf fast 1,90. Sein Gesicht war jugendlich offen, seine blauen Augen blickten freundlich unter kurzgeschnittenen, dunkelblonden Haaren hervor, sein Körper schien durchtrainiert zu sein. Er gab ihnen die Hand.

„Ich bin Erich Wernsdorf und komme aus Berlin."

Auch die beiden nannten ihre Namen, und Alex begann gleich damit, ihm die wichtigsten Informationen aus der Nase zu ziehen.

„Also, nun mal raus mit der Sprache: Warum hast du nicht wie wir alle zu Beginn des Studienjahres, letzten Herbst, angefangen? Warum erst jetzt?"

Erich war sichtbar irritiert. Er hatte ja auch nicht wissen können, dass Alex keine langen Einleitungen brauchte, um zum Kern einer Frage vorzustoßen.

„Jetzt würde ich gerne erst einmal wissen, welches Bett ich nehmen kann und wie hier die Abläufe sind. Danach erzähle ich euch von mir."

Die Bitte war verständlich, und Alex, der sich längst wieder beruhigt hatte, übernahm die Einweisung. Er zeigte auf die zwei leeren Betten:

„Erstens: Die beiden gehören dir. Wenn du magst, kannst du abwechselnd im unteren oder oberen schlafen.

Zweitens: Bei uns wird nicht geschnarcht oder nachts nicht unmäßig gefurzt und die Raumluft aromatisiert. Also, wenn du das vorhast, such dir besser gleich ein anderes

Zimmer.

Drittens: Im Zimmer wird Ordnung gehalten, das heißt, keiner verlässt morgens das Zimmer, ohne seine Sachen weggeräumt und die Betten gemacht zu haben."

„Das kenne ich von der Armee", warf Erich ein.

„So, von der Armee?" wunderte sich Alex. „Na, umso besser. Dann sind wir uns da ja schon mal einig.

Ansonsten: Frühstück, Mittagessen, Abendessen, Kneipenbesuch und dergleichen: Halt dich an uns, dann hast du keine Schwierigkeiten. Einen Stundenplan hat man dir sicher mitgegeben. Wir zeigen dir dann vor Ort auch, wo die Zimmer und die Fachkabinette sind. Und was die Dozenten angeht, da sagen wir dir rechtzeitig Bescheid, wenn du in Gefahr bist."

Alex liebte Reden, die geeignet waren, seine Mitmenschen einzuschüchtern und zu verunsichern. Wie Peter vermutete, musste Alex Erichs erstes Auftreten als anmaßend empfunden haben. Und bestimmt würde er ihn dieses noch eine Zeit lang in Form von kleinen, zweideutigen Nebensätzen spüren lassen. Nicht, dass er das böse meinen würde. Aber aus Erichs Reaktion darauf würde er sich eine Meinung über dessen Charakter machen. Natürlich witzelten und lästerten die Studenten unter sich ständig übereinander, wo immer sich eine Möglichkeit dazu bot. Wer das nicht konnte, oder, schlimmer noch, ertragen konnte, weil er die erforderliche Art von Humor nicht hatte, der hatte schlechte Karten, zumindest bei seinen Mitbewohnern.

Von ihrem neuen Mitbewohner wussten sie noch nicht, zu welcher Kategorie er gehörte. Und Alex wollte das wohl möglichst bald herausfinden.

„Du sagtest, dass du bei der Armee warst. Wieso haben sie dich denn da jetzt rausgeschmissen? Es ist doch jetzt gar keine normale Entlassungszeit."

„Ich war einige Monate beim Wachregiment in Berlin", antwortete Erich bereitwillig. „Und bei einer Übung habe ich mir einen dauerhaften Schaden am Kniegelenk zugezogen. Damit war ich für die Aufgaben des Wachregiments nicht mehr zu gebrauchen."

„Wachregiment?" fragte Alex verwundert nach. „Das ist doch Dzierzynski, also die Stasi-Truppe."

Erich reagierte etwas pikiert:

„Ich war Mitglied der Ehrenkompanie, die Unter den Linden in Berlin das Mahnmal bewacht, mehr nicht."

„Ach so, und die gehören nicht zur Stasi, oder wie?" fragte Peter. Er hatte keine Ahnung, wer für die Ehrenkompanie verantwortlich war, geschweige denn, wer Dzierzynsky war. Den Wachwechsel hatte er sich schon mal anlässlich eines Berlin-Besuches angesehen, aber sich keine Gedanken gemacht, wem die Soldaten unterstellt sein könnten. Der Regierung eben, was war daran schon wichtig? Aber Alex wusste sicherlich mehr darüber. Im Gegensatz zu Peter war er ja DDR-Einheimischer.

„Ja, schon", lenkte Erich ein. „Aber da gibt es doch einige Unterschiede, über die ich aber nicht sprechen darf. Ich habe jedenfalls in der Ehrenkompanie gedient."

Alex sah ihn etwas nachdenklich an. Peter hatte keine Ahnung, was in seinem Kopf vorging. Aber dass er intensiv über etwas nachdachte, was mit Erichs Dienst im Wachregiment zu tun haben musste, war stark zu vermuten. Vielleicht würde er ihm das später einmal erklären. Für den Moment war das Thema jedenfalls erledigt. Erich hatte in der Ehrenkompanie gedient, hatte eine langwierige Knieverletzung, war dadurch für den Dienst untauglich und an die ABF abgeschoben worden. Für Peter war alles klar, und logisch. Allerdings fragte er sich, wie das mit dem Unterricht gehen sollte, da Erich doch eine Menge Stoff fehlte. Wahrscheinlich würden sie das bald von Wanka gesagt bekommen. Vielleicht hatte die Leitung ja auch die Verpflichtung übernommen, Erich besonders zu fördern, damit er schnell den aktuellen Lernstand erreichte. Oder bestimmte Mitstudenten würden als 'Paten' eingesetzt werden, um ihn an den Stoff 'heranzuführen'. Alles war denkbar, aber ohne nähere Informationen war jede weitere Spekulation natürlich sinnlos.

In den nächsten Tage bestätigte sich diese Vermutung. Erich gab sich in den Unterrichtsstunden eifrig und lernbegierig. Aber nahm man alleine sein Wissen als Maßstab, dann war es etwas sehr dürftig. Natürlich konnte das auch damit zu tun haben, dass seine normale Schulzeit einige Zeit zurücklag, und er bei der Armee andere Dingen lernen musste, als Literatur oder Deutsch. Bei einigen anderen Studenten hatte es ja am Anfang auch hier und da Schwierigkeiten gegeben.

Wie auch immer, war es gleich in der ersten Stunde dazu gekommen, dass man Peter und Alex, als Erichs Mitbewohner, dazu verpflichtete, ihn im Rahmen eines 'sozialistischen Patenschaftsvertrages' an den aktuellen Stoff 'heranzuführen'. Eine Ehre war das für die beiden nicht unbedingt. Einmal kostete es viel Zeit, zum anderen bestand ja die reale Gefahr, dass Erich es nicht schaffen und irgendwann scheitern würde. Dann würden auch Peter und Alex mit ihrer pädagogischen Patenschaft vor aller Augen gescheitert sein, eine Konstellation, die Peter nicht gefiel.

Schon an den nächsten Tagen gab es die ersten Anzeichen, dass ein Scheitern nicht ausgeschlossen sein würde. Ob Erich klug oder dumm war, konnten man eigentlich nicht richtig erkennen. Nach ersten, positiven Eindrücken wurde nämlich ziemlich schnell klar, dass er das zu absolvierende Lernpensum relativ unbeteiligt betrachtete, mehr aus der Ferne, ganz so, als müsse er einen bestimmten Abstand einhalten. Auf eine befremdliche Art gab er sich lässig. Auf Peters Drängen, sich den Stoff anzusehen, antwortete er, dass er sich erst einmal an die ihm noch ungewohnte 'Studieratmosphäre' gewöhnen müsse.

Dazu gehörte auch, dass er nach einiger Zeit begann, seinen Mitstudenten positive und negative Haltungen zuzuweisen.

„Dieses System haben ich bei der Armee gelernt", erklärte er während einer Nachhilfestunde auf Peters Frage. „Unser Hauptmann hat immer gesagt: 'Genossen, wenn ihr ein Problem habt, dann orientiert euch an den positiven

Genossen und nicht an denen, die eine negative oder schwankende Haltung einnehmen."

Peter und Alex starrten ihn verblüfft an. Konnte es sein, dass man bei der Armee einen solchen Umgangston pflegte? Peter als Nicht-Gedienter konnte das natürlich sowieso nicht wissen, aber Alex war alarmiert.

„Was meinst du denn damit? Positiv, negativ, damit kann ich gar nichts anfangen", fragte er.

„Ich brauche das als eine Art Richtschnur", gab Erich zurück. „Weißt du, bei der Armee habe ich mich immer am Mittelfeld orientiert, das heißt dort, wo man am wenigsten auffällt. Das ist doch klar: Es ist doch nicht gut, wenn man immer negativ in Erscheinung tritt, das versteht jeder. Aber es ist auch nicht gut, wenn man immer nur mit positiven Äußerungen, politisch meine ich, glänzen will, und jeder weiß, dass das gar nicht meine Meinung ist. Das fällt genau so auf, wie ständig etwas zu kritisieren. Also, so meine ich das."

Dabei schaute er Peter und Alex wie ein unschuldiges Kind an.

Bei Alex und Peter hatten sich die Warnleuchten eingeschaltet, denn was Erich gerade propagiert hatte, hatte nichts mit dem gemein, was ihrer selbst gewählten Lebensphilosophie entsprach.

„Dann pass man auf, dass du nicht ins untere Feld abrutschst, bevor du dein Mittelfeld gefunden hast", knurrte Alex reflexhaft.

„Wieso?" fragte Erich erstaunt.

„Na, du solltest lieber sehen, dass du den Stoff aufholst, und ins fachliche Mittelfeld aufsteigst, als uns Ratschläge zu geben, wie man am besten durchs Leben kommt."

„Ach, das wird schon noch", antwortete Erich gar nicht beleidigt. „Ich werde das schon schaffen. Im Moment sind das nur Anfangsschwierigkeiten. Außerdem weiß die Fakultätsleitung ja, dass ich ein Sonderfall bin. Ich habe doch eine Delegierung meines Kommandeurs mitgebracht, in dem steht, dass die Fakultät mich mit allen Mitteln unterstützen solle. Ich soll doch nach dem Abitur zum Studium an die Militärakademie nach Dresden."

„Aber dafür musst du doch auch ein gutes Abitur vorweisen können. Ich kann mir nicht vorstellen, dass die Militärakademie Leute nimmt, die ihr Abitur gerade mal mit Ach und Krach geschafft haben. Also, komm, wir befassen uns gemeinsam mal ein bisschen mit Physik oder Mathematik. Du kannst wählen", bot Peter ihm an.

Erich widersetzte sich nicht direkt, aber der Widerwillen war ihm anzumerken. Peter war sich nicht sicher, ob er ein guter Lehrer war, aber Erich zu 'unterrichten' machte ihm Spaß, auch wenn dessen Leidenschaft für diese Fächer nur schwer zu entfachen war.

Erich war ein merkwürdiger Mensch. Einerseits war er freundlich, fast schon herzlich, und hatte sich von Anfang an bereitwillig in die Routine des Zimmers gewöhnt. Vielleicht war das eine Folge seiner Armeezeit. Auch sein Lerneifer hatte sich nach einiger Zeit etwas gebessert. An seiner Philosophie des Mittelfeldes hatte er jedoch offensichtlich festgehalten. Da er sehr kommunikativ war, und ungehemmt auch Mitstudenten aus der anderen Seminargruppe in Gespräche verwickelte, schien sich sein Bild vom Mittelfeld immer weiter zu verfestigen.

Im Unterricht war er lebhaft, insbesondere in den Gesellschaftswissenschaften. Wie er erzählte, hatten sie beim Wachregiment jede Woche auch Schulungen zur aktuellen politischen Lage gehabt. Diese Erfahrung konnte man ihm anmerken, wenngleich er sie nicht vor sich hertrug. Er orientierte sich offensichtlich wirklich lieber am Mittelfeld.

Nach einiger Zeit waren Alex und Peter mit den Ergebnissen ihres Nachhilfeunterrichts einigermaßen zufrieden und auch vorsichtig zuversichtlich, dass sie Erich gemeinsam in das nächste Semester hieven würden.

Dann, eines Tages, kurz vor Semesterende, war sein Bett leer. Das Laken war abgezogen, die Decke lag ohne Bettbezug sorgfältig gefaltet am Fußende. Von Erich keine Spur. Niemand in der Baracke wusste, wo er abgeblieben war.

Am nächsten Vormittag gingen Peter und Alex in der Pause zur Fakultätsleitung und fragten nach. Die Antwort war, dass Erich Wernsdorf sich ordnungsgemäß abgemeldet habe. Weitere Fragen wurden oder konnten nicht beantwortet werden.

So plötzlich, wie er ohne Ankündigung angekommen war, so plötzlich war er nun auch wieder verschwunden, ohne Danksagung, ohne Abschied. Peter und Alex sahen ihn nie wieder.

**16.** Während Wolfgang sich auf den Weg zum Buffet macht, schweifen meine Gedanken noch einmal zu dem unbekannten Informanten, der Richard denunziert hatte. Ich muss Wolfgang recht geben. Was wäre anders, wenn ich seinen Namen wüsste? Nach mehr als dreißig, fast vierzig Jahren sollte ich noch ein Urteil fällen über eine moralische Verfehlung eines Mitstudenten? Kann man überhaupt von Verfehlung sprechen? Wolfgang hatte die Mechanismen ja zutreffend beschrieben. Wie sollte ich urteilen können, wenn ich die damaligen Begleitumstände nicht kenne, nicht weiß, ob und wie der Betreffende unter Druck gesetzt, oder gar erpresst worden war? Wie sollte ich gegen irgendjemanden einen Groll hegen, war ich selbst damals weder gezwungen noch erpresst worden, etwas Unmoralisches zu tun? Auch kann ich mich wohl kaum als 'Opfer' bezeichnen, da mir persönlich eigentlich nie irgendetwas passiert war. 'Glück gehabt', würde Wolfgang wahrscheinlich sagen und vielleicht hinzufügen, dass das ein Grund sei, ihm dankbar zu sein. Ein Grund mehr, bei diesem Thema nicht locker zu lassen. Ich würde nun doch gerne wissen wollen, was damals mit Richard und der Box-EM im Hintergrund abgelaufen war. Denn schließlich war ich ja einer der Beteiligten.

Wolfgang bringt Schokoladenpudding mit einer Schicht Sahne obenauf.

„Woher wusstest du, dass ich das gerne esse", frage ich erstaunt, und Wolfgang erwidert launig: „Das wundert dich wirklich? Ich weiß alles über dich."

Ich grinse amüsiert:

„Das ist ja mehr, als ich selbst über mich weiß. Also, dann mal los: Erzähl mir was Überraschendes über Peter Köster, was ich möglicherweise bisher gar nicht wusste."

Er sah mich abschätzend an:

„Ich glaube, das willst du nicht wirklich wissen."

„Na gut, da magst du recht haben. Aber immerhin weißt du etwas von mir, wofür ich dir nämlich heute noch dankbar sein sollte. Du hast es vorhin eingefordert. Also, wofür sollte ich dir also dankbar sein?"

Wolfgang wischt sich mit der Serviette den Mund ab, faltet sie sorgfältig wieder zusammen und legt sie vor sich auf den Tisch. Es scheint für ihn so eine Geste der Besinnung zu sein. Andererseits will er vielleicht nur die Spannung erhöhen, die er durch das mehrfache Hinauszögern seiner Neuigkeiten aus der Vergangenheit erzeugt hatte.

„Also, wenn du nun schon keine Ruhe gibst. Die Angelegenheit Box-EM lief so ab, dass wir von unserem Informanten eine Meldung erhalten hatten, dass ein Mitstudent anlässlich der Siegerehrung eines westdeutschen Boxers die westdeutsche Nationalhymne ganz oder teilweise, ich weiß das heute nicht mehr genau, mitgesungen habe. Er konnte den Übeltäter aber nicht benennen, da der Klubraum nur vom Licht des Fernsehers beleuchtet gewesen war.

Du sagst mir, wenn ich etwas Falsches erinnere.

Unser Sicherheitsmann im Kollektiv witterte sofort eine Verschwörung, oder zumindest eine antisozialistische Provokation. Jedenfalls war für ihn sofort klar, was zu tun sei: Wir müssten schnellstens erkunden, wer derjenige war, der gesungen hatte. Aber die entscheidende Frage war, wie sollte das geschehen? Eine Befragung aller im Fernsehraum anwesenden Studenten verbot sich. Das hätte nur dazu geführt, dass der Vorfall in der ganzen Fakultät bekannt geworden wäre, was Unruhe erzeugt hätte. Erinnerst du dich?"

„Nein, denn ich war ja schließlich nicht dabei, als die Einschätzung getroffen wurde", antworte ich etwas ungehalten.

„Ja, klar", lenkt Wolfgang ein. „Aber du warst doch anwesend, als gesungen wurde. Und das wussten wir", fährt er fast triumphierend fort. „Unser Informant hatte uns berichtet, dass du ganz in der Nähe des Sängers gestanden hättest, und folglich wissen musstest, wer er war."

„Ja, das stimmt", bestätige ich. „Euer Informant hat in der Sache gut gearbeitet. Noch besser wäre es für ihn und für euch natürlich gewesen, wenn er den Sänger gleich hätte identifizieren können. So hat das bestimmt Punktabzug für ihn gegeben, oder?"

„Ach wo denn, so etwas gab es doch bei uns nicht", wehrt Wolfgang ab. Mir fällt auf, dass er 'uns' gesagt hatte. „Nein, das war nicht schlimm. Wir hatten ja dich."

Seine Augen blitzen vor Freude. „Ja, guck nicht so überrascht. Wir waren sicher, dass du uns den Namen nennen würdest, zur Not mit etwas Druck."

„Ach, ihr wolltet mich unter Druck setzen? Das ist ja interessant. Ja, und dann?"

Ich kenne die Geschichte natürlich, aber nur insoweit ich selbst in sie eingebunden gewesen war, also ab dem Zeitpunkt als ich bei Betge antreten musste. Dass davor im Hintergrund dieses 'Sicherheits-Kollektiv' beraten und die Weichen gestellt hatte, davon habe ich nicht die geringste Ahnung gehabt. Bis eben habe ich ja nicht einmal gewusst, dass es ein solches Kollektiv gegeben hatte.

Einmal in Erzählerlaune lässt sich Wolfgang nun nicht mehr lange bitten. Offensichtlich hat er Gefallen daran gefunden, mich ahnungslosen, naiven, ehemaligen Kommilitonen über Hintergründe aufzuklären, die mir damals auf Grund meiner Bedeutungslosigkeit nicht zugänglich waren.

„Der Genosse von der Sicherheit hat dann Betge informiert und ihm den dringenden Rat gegeben, dich ins

Direktorenzimmer zu zitieren. Mit anwesend sein sollten Wanka, als dein und Richards Klassenlehrer, und der Genosse Kestner als Parteisekretär und Mitglied des Sicherheits-Kollektivs. Ich bin heute nicht mehr sicher, glaube aber, dass selbst Betge nicht wusste, dass Kestner Mitglied des Sicherheits-Kollektivs war. Dass ein solches existierte, wusste er aber.

Alles weitere weißt du ja selbst. Als Kestner uns dann auf der anschließenden Sitzung des Kollektivs erzählte, dass du dich geweigert hättest, den Namen des Sängers zu nennen, waren wir einigermaßen baff. Damit hatten wir wirklich nicht gerechnet, insbesondere, weil Betge ja instruiert worden war, dir im Falle einer Weigerung die Konsequenzen mit Nachdruck anzudeuten."

Wolfgang hält einen Moment inne. Seine Erinnerung schien lebendig geworden sein, denn sein Gesicht hellt sich plötzlich zu einem Lächeln auf:

„Ich fand deinen Mut damals bewundernswert, ebenso, wie mich deine Naivität erschreckt hat. Wenn ich heute allerdings daran zurückdenke, dann muss ich erneut meinen Hut vor dir ziehen. Dass du dich nicht einfach geweigert hast, den Namen zu nennen, sondern angeboten hast, den Sänger zu überzeugen, sich selbst zu offenbaren, war wirklich eine geniale, taktische Leistung. Dazu noch deine Forderung, dass die drei Dozenten garantieren sollten, dass ihm dann nichts passiere. Ein äußerst pfiffiger Trick, die Luft aus der Angelegenheit zu nehmen."

Ein stoßhaftes, unterdrücktes Lachen entspringt seinem Mund:

„Ich erinnere mich noch genau an den Moment, als Kestner danach im Kollektiv Bericht erstattete, und dabei gestand, dass er von deinem Verhalten, insbesondere aber von deinem Vorschlag, völlig überrascht war. Zusätzlich erschüttert hat ihn, dass Betge und Wanka sehr schnell darauf eingegangen waren und dir auch die Zusage gemacht hatten, Richard nicht zu belangen. Das war eigentlich nicht so, wie unser Genosse von der Sicherheit sich das gedacht hatte.

Zum Glück für alle, hat ja dann alles auch geklappt."

Er blickt mich nachdenklich an.

„Weißt du eigentlich, was du damals für ein Glück gehabt hast? Hätte sich Richard nicht gemeldet, wärst du in einer ganz beschissenen Situation gewesen. Unser Sicherheitsmann hatte sich da schon einiges für dich ausgedacht."

„Da habe ich ja wirklich Glück gehabt. Zugegeben, ich war wirklich heilfroh, als Richard von Betge zurückkam. Es ist ihm ja wirklich auch nichts passiert. Und er hat ja dann später auch planmäßig sein Abi gemacht."

„Na ja, Moment mal", protestiert Wolfgang. „Immerhin hat er von Betge eine scharfe Verwarnung bekommen."

„Na gut, davon habe ich nichts gewusst. Die hatte aber später wohl kaum noch eine Bedeutung", wende ich ein. Seine Schilderung der damaligen Vorgänge hatte nicht viel Neues für mich gebracht, wenn man von der Existenz des Sicherheits-Kollektivs mal absieht.

„Aber vermutlich weißt du gar nicht, dass es noch eine Fortsetzung der Geschichte gibt?" meldet sich Wolfgang noch einmal zu Wort

„Was für eine Fortsetzung denn?" frage ich nun verwundert zurück.

Wolfgang grinst. Es ist wieder dieses typische Grinsen von Jemandem, der stolz darauf ist, etwas zu wissen, was sein Gesprächspartner nicht weiß.

„Ich erzähle es dir gleich. Aber vorher brauche ich noch einen Cognac, um meine Erinnerung aufzufrischen. Trinkst du mit?"

Ich kann ihm das wohl kaum abschlagen, gerade jetzt, wo er so gut beim Erzählen ist. Aber schon wieder Cognac? Ich habe eigentlich gehofft, dass der Espresso nun endlich eine alkoholfreie Stunde eingeläutet haben würde.

Während Wolfgang zunächst ein kleines Probe-Schlückchen nimmt, um es gleich darauf mit einem schnellen Schwung hinter zu kippen, ein Vorgang, den ich in den letzten Stunden schon häufiger bei ihm hatte beobachten können, nippe ich nur an meinem Glas.

„Dir würde wirklich etwas Köstliches entgehen, wenn du den Cognac stehenlassen würdest", belehrt er mich ohne Vorwurf. Dann konzentriert er sich einen Moment und fährt mit seinem Bericht fort.

„Du glaubst doch nicht im Ernst, Peter, dass unser Sicherheitsmann es dabei beließ, dass Richard sich freiwillig bei Betge gemeldet und seine Abmahnung abgeholt hat. Das Problem für ihn war danach tatsächlich nicht mehr Richard. Nein, sein Problem, ja man kann sagen, seine Aufgabe warst jetzt du."

„Ich?"....Ich starre ihn etwas fassungslos an. „Wieso denn ich? Was hat er mir denn vorgeworfen? Ich habe doch nur vermittelt?"

Wolfgang schüttelt vorwurfsvoll den Kopf.

„Mein lieber Peter, ich habe den Eindruck, dass du immer noch so naiv bist, wie damals. Jemand, dessen Beruf es ist, misstrauisch zu sein, der gibt sich doch nicht damit zufrieden, dass du im Einvernehmen mit den Dozenten und Richard die Angelegenheit 'Singen der westdeutschen Nationalhymne' so geräuschlos geklärt hast. Der ganze Ablauf der Angelegenheit war ihm suspekt. Schon deine Weigerung, Richards Namen zu nennen hat ihn überrascht und misstrauisch gemacht. Und deine Forderung nach freiem Geleit für Richard, wenn er sich stellen würde, fand er unerhört. Das alles passte einfach nicht in sein Denkschema. Er hatte gedacht, du spuckst den Namen des Übeltäters bereitwillig aus, und wenn nicht, dann wird Druck ausgeübt. Verstehst du? Ein solcher Mensch denkt eben anders. Ihm fällt bei solchen Gelegenheiten auch noch ein, dass du dich kurz vorher geweigert hattest, in die Partei einzutreten, aus Gründen, die er nicht verstehen konnte. Und er denkt weiterhin auch daran, dass Peter Köster ja erst vier Jahre zuvor in die DDR übergesiedelt ist. Und er stellt sich auch die Frage, ob die Gründe für diesen Schritt wirklich nur in der Schönheit des Mädchens Jutta zu sehen sind oder, ob er nicht vielleicht außerdem noch einen langfristigen Auftrag haben könnte, nämlich den, langsam die sozialistische Ordnung in der DDR zu unterwandern. Du wirst gleich fragen: Was für einen Auftrag denn?"

Wolfgang sieht mich herausfordernd an, und ich tue ihm den Gefallen.

„Es ist nicht wichtig, ob du davon weißt. Wichtig ist nur, dass dieser Mann damals meinte, dass es ja sein könnte, dass du einen Auftrag haben könntest. Verstehst du? Über die Art dieser Aufträge musst du dir keine Gedanken machen. Da hatten die einerseits ihre Erfahrungen, andererseits aber auch genug Phantasie."

„Hat der das wirklich gedacht?"

Ich bin etwas konsterniert, auch wenn die Sache heute nur noch historischen Wert hat.

„Sagen wir mal so, er wollte ausschließen, dass es so sein könnte. Er wollte die absolute Sicherheit, dass du sauber bist."

Er lehnt sich auf seinem Stuhl zurück und blickt mich in der sichtbaren Erwartung an, dass mich diese Eröffnung erschüttern würde. Aber das hatte sie nicht. Ich hatte nach meiner Übersiedlung immer damit gerechnet, dass man mich in irgendeiner Weise überwachen würde. Und Juttas Vater, auch Genosse, hatte mir das von Zeit zu Zeit auch bestätigt. 'Die haben mal wieder angerufen', sagte er dann so nebenbei, 'und ich habe ihnen gesagt, dass sie endlich Ruhe geben sollen'. Das letzte Mal hatten sie sich vor etwa zwei Jahren bei ihm gemeldet. Ich hatte danach gedacht, dass ich damit endlich als normaler DDR-Bürger akzeptiert worden wäre.

„Ja, ich wusste immer von diesem intensiven Bedürfnis der Leute von der Stasi zu wissen, ob ich sauber bin", sage ich gelassen und erzähle ihm, was ich damals von meinem Schwiegervater erzählt bekommen hatte.

„Na, gut", antwortet Wolfgang etwas enttäuscht. „Dann wird dich sicherlich auch nicht mehr interessieren, was dieser Mann vom Sicherheits-Kollektiv angestellt hat, um über dich noch mehr Informationen zu bekommen."

Natürlich interessieren mich Dinge, die mit mir zu tun

haben.

„Erzähl' schon", fordere ich ihn deshalb auf.

„Du erinnerst dich vielleicht an die Zeit, als zwei unserer Kommilitonen, die mit dir auf einem Zimmer waren, aufgegeben hatten. Ihre beiden Betten waren mehrere Wochen nicht neu belegt worden. Unser Mann hat diese günstige Gelegenheit genutzt, dir und deinem Mitbewohner eine besondere Vertrauensperson zuzuweisen."

Ich erinnere mich sofort an diese Person: Erich Wernsdorf aus Berlin.

„Dieser Genosse, an dessen Namen ich mich nicht mehr erinnere, war Angehöriger des Wachregiments „Feliks Dzierzynski", das damals der Stasi unterstand, und in Berlin stationiert war."

„Ja, das weiß ich noch. Er hat das auch so erzählt, als er bei uns ankam", bekräftige ich.

„Na klar, er sollte euch ja auch alles genau erzählen", wehrt Wolfgang meinen Einwand eifrig ab. „Du und dein Zimmerkollege sollten ihm ja auch vertrauen. Und dafür musste er eine glaubhafte Geschichte erzählen. Und wir waren überzeugt: Etwas Glaubhafteres als die Wahrheit gibt es nicht, sagen wir, als die Teilwahrheit. Denn dieser Genosse war *wirklich* wegen eines Unfalls im Dienst nicht mehr wehrtauglich. Und er hatte *wirklich* den Wunsch geäußert, sich weiterzubilden. Man hat ihn also nach Halle delegiert, wo er *wirklich* sein Abitur machen wollte. Also für uns der ideale Kandidat. Unser Sicherheitsmann hat dann etwa so kombiniert: Der Neuzugang ist oder war Angehöriger der Stasi und als solcher daran gewöhnt, Befehle zu befolgen. Damit ist er quasi prädestiniert dafür, festzustellen, ob der Jugendfreund Peter Köster eine reine Weste hat. Er wurde dann zu dir ins Zimmer kommandiert und hat in der Folge auch regelmäßig Bericht erstattet. Zum Unmut unseres Sicherheits-Chefs konnte er jedoch nichts substantiell Negatives über dich berichten. Nur ein paar Nebensächlichkeiten hat er immer wieder erwähnt, z.B., dass ihr immer Westsender hören würdet, meistens zwar Musik, aber auch das wäre ja zu rügen gewesen. Ich glaube wirklich, unserem Mann wäre es lieber gewesen, er hätte dich zu Irgendetwas überführen können. Er hat deinen Fall dann noch mal in einer Beratung thematisiert, in der Kestner und ich anwesend waren. Wir haben aber beide bestätigt, dass du ein guter Student und zuverlässiger Jugendfreund bist, der niemals gegen die sozialistische Ordnung in der DDR etwas unternehmen würde. Das schien ihn wohl überzeugt zu haben, denn mit dieser Einschätzung wurdest du dann aus der besonderen Fürsorge des Sicherheits-Kollektivs entlassen."

Wolfgang lächelt triumphierend: „Siehst du, es ist immer gut, wenn man dann Fürsprecher hat, wenn man sie braucht. Auch lang zurückliegende Geschichten können so noch begeistern, oder nicht?"

Hier bewahrheitet sich eine alte Weisheit aufs Neue: Eine Gefahr, die man hinter sich gebracht hat, wird kleiner und unbedeutender, je länger sie zurück liegt. So auch hier. Es war interessant zu erfahren, dass ich in einer kurzen Phase meines Lebens Spielball von Sicherheitsfanatikern gewesen war. Aber es erschüttert mich heute nicht mehr.

„Ich habe davon natürlich nichts gewusst. Andererseits hatten Alex und ich doch schon geahnt, dass mit Erich irgendwas nicht stimmte. Einerseits erschien uns die Geschichte seiner Tätigkeit als Wachsoldat unter den Linden glaubhaft, da hast du recht. Andererseits waren seine Erzählungen im Detail manchmal reichlich konfus, ja, zum Teil sogar widersprüchlich. Dazu war auffällig, dass er sich immer wieder mal über bestimmte Tätigkeiten und Meinungen anderer Kommilitonen bei uns erkundigte, meistens wie zufällig, oder im Nebensatz. Nun war es ja so, dass wir alle wussten, dass das Wachregiment dem Ministerium für Staatssicherheit unterstand. Wenn also ein ehemaliger Angehöriger dieses Ministeriums herumläuft und betont unauffällig Informationen sammelt, dann konnte man sich doch einiges denken. Wir haben uns dann einfach ein bisschen vorgesehen, wenn wir mal was zu meckern hatten. Dass er aber direkt auf mich angesetzt war, wusste ich natürlich nicht. Ich hätte mich nie für so wichtig gehalten, dass man mir eine solche Aufmerksamkeit erweisen würde. Aber weißt du, Alex und ich sind auch mit ihm nie so recht warm geworden. Er war ja dann auch von einem Tag zum anderen plötzlich verschwunden, so dass sich das Problem für uns erledigt hatte."

„Ja, ich erinnere mich. Eines Tages kam er zu mir und erzählte, dass ihm der Lernstoff zu schwer und zu umfangreich sei, und er sich mit dem Gedanken trage, die ABF wieder zu verlassen. Und eines Tages war er dann ja auch urplötzlich wirklich weg. Wo er abgeblieben ist, habe ich nicht in Erinnerung. Vielleicht hat es uns damals auch nicht mehr interessiert, da er ja seinen Auftrag für uns abgeschlossen hatte."

Er scheint mit seiner Erinnerung zufrieden zu sein, denn sein Gesicht hat einen fast verklärten Ausdruck, so, als wenn ihm wieder in den Sinn gekommen sei, dass es damals doch eigentlich eine schöne Zeit für ihn gewesen war.

„Sag mal, Wolfgang, Ich finde es prima, dass du mir das alles so ausführlich erzählt hast. Ich habe oft an diese und andere Geschichten gedacht, die wir in Halle damals erlebt haben. Und ich muss gestehen, dass ich nie vollständig begriffen habe, wer da alles am Hebel mitgedreht hat, damit es so lief, wie es gelaufen ist. Deinem Erzählen nach, hast du ja damals auch kräftig mitgewirkt.

Aber mal ganz ehrlich: Hattest du eigentlich damals nie Bedenken oder Hemmungen, an solchen Aktionen, wie beispielsweise der mit Richard Kleber, mitzumachen? Ich meine, die Sachen mit Richard und Erich werden ja sicherlich nicht die einzigen gewesen sein, mit der ihr euch in diesem Sicherheits-Kollektiv beschäftigt habt?"

Wolfgang zeigt sich angesichts dieser direkten Frage nicht erschrocken und auch nicht peinlich berührt. Er sieht mich mit einem nüchternen, sachlichen Gesichtsausdruck an, den ich ihm nach den vielen Cognacs schon gar nicht mehr zugetraut hätte.

„Mein lieber Peter", beginnt er langsam, wobei sein

Gesicht einen belehrenden Ausdruck annimmt. „Wir kennen uns ja schon sehr lange, fast vierzig Jahre, wenn ich so überlege. Aber trotzdem kennen wir uns nicht gut genug, als dass ich dir jetzt eine Beichte vortragen würde. Das wäre nicht meine Art und würde auch meiner Überzeugung widersprechen. Aber ich will dir wenigstens mit ein paar kurzen Bemerkungen meine persönliche Sicht auf die damalige Zeit darlegen:

Erstens: Ich hatte mich bei der ABF beworben, weil ich, wie du ja auch, mein Abitur nachholen wollte. Nicht mehr und nicht weniger.

Zweitens: Bei der Anmeldung wurde ich von Partei- und FDJ-Leitung dazu bestimmt, als FDJ-Sekretär meiner zukünftigen Seminargruppe zu fungieren. Als Genosse konnte ich mich dem nicht widersetzen.

Drittens. Als man für das Sicherheits-Kollektiv einen Vertreter der Studenten gesucht hat, war ich wieder dran. Warum damals die Wahl auf mich fiel, wusste ich damals nicht und weiß ich bis heute nicht. Wieder konnte ich mich nicht widersetzen. Man hatte mir erklärt, dass die FDJ-Sekretäre der anderen Seminargruppen, wie zum Beispiel Reinhard aus deiner Gruppe, für diese verantwortungsvolle Funktion im Sicherheits-Kollektiv nicht geeignet seien. Die Kriterien für diese Einschätzung hat man nicht erwähnt. Aber, wie sich dann ja auch gezeigt hat, hat sich diese Einschätzung im Falle von Reinhard als richtig erwiesen. Er ist ja dann auch nach dem ersten Semester durch dich ersetzt worden. Das war damals übrigens ein Vorschlag von Frenzel, dem man erstaunlicherweise gefolgt ist, obwohl du ja nicht in der Partei warst.

Du fragst mich, ob ich Hemmungen oder Bedenken gehabt hätte. Die Antwort lautet ganz klar: Nein, Bedenken hatte ich nicht. FDJ-Sekretär zu sein, das weißt du selbst, war nichts. Im Westen hießen diese Schüler Klassensprecher. An der ABF war man eigentlich nicht mehr als der Laufjunge der FDJ-Leitung, oder, wie bei mir, auch noch der Parteileitung. Wenn das anrüchig gewesen wäre, müsstest du dir ja heute auch Vorwürfe machen.

Beim Sicherheits-Kollektiv kann man das vielleicht wirklich etwas anders sehen. Es wusste ja eigentlich niemand, dass es uns überhaupt gab; und das sollte ja auch so sein. Und dann mussten wir ja auch kontinuierlich Erkundigungen einholen, um zu wissen, wie die Stimmung in den einzelnen Gruppen ist, aber auch, wie das Auftreten und die Haltung von einzelnen Jugendfreunden zu bewerten war. Wie zum Beispiel bei dir, als wir jemanden auf dich ansetzen mussten."

Er sieht, dass ich heftig die Stirne runzele und wehrt einen erwarteten Einwand sofort ab:

„Ja, ich verstehe, was du sagen willst. Aber sieh es mal anders: Wenn man so eine Funktion übernommen hat, dann will man die ja auch zur Zufriedenheit seiner Vorgesetzten erfüllen. Damit meine ich unseren Hauptberuflichen. Du wächst da so rein. Du erkennst nach einiger Zeit eine mögliche Gefahr für die sozialistische Gesellschaft, oder glaubst sie zu erkennen, und weißt ziemlich schnell, was dagegen zu tun ist. Der erste Schritt war in der Regel immer, zusätzliche Informationen zu sammeln."

„Aber hast du denn nicht auch mal moralische Bedenken gehabt, zum Beispiel in meinem und Richards Fall?"

Ich bin unangenehm berührt. Wolfgangs Erzählung ist für mich zunächst einmal nicht mehr als ein technischer Bericht gewesen. Das war ja irgendwie auch interessant. Aber was mich daran stört, war so eine neutrale Zwangsläufigkeit, mit der er bestimmte Aktivitäten, wie das Sammeln von Informationen über Mitstudenten, begründete. So nach dem Motto: 'das ergab sich so', 'das war notwendig' oder 'du wächst da so rein' in dieses Ausspionieren. Na klar, wenn man einmal da *reingewachsen* ist, dann gewöhnt man sich daran, und findet es mit der Zeit normal. Aber dass dabei jegliches moralische Korrektiv dann auch verschwindet, man sich nicht unterwegs mal fragt, ob man unter diesen Bedingungen seinen Mitstudenten noch unbefangen in die Augen schauen konnte, das entsetzt mich zu einem gewissen

Grade. Natürlich, das alles ist lange her, und dass wir nun darüber sprechen, ist reiner Zufall und ändert sowieso nichts mehr.

Wolfgang hatte mich beobachtet und meinem Gesicht dabei vielleicht entnommen, dass ich seine Erläuterungen eher kritisch betrachte.

„Peter, nochmal zu den möglichen moralischen Bedenken, nach denen du gefragt hast. Weißt du, ich war achtzehn, kurz vor Abschluss meiner Ausbildung zum Rundfunk- und Fernsehmechaniker, als ich in die Partei eingetreten bin. Und zwar freiwillig, und aus der vollen Überzeugung, dass der Staat DDR, *mein* Staat, wie wir damals sagten, gestärkt und geschützt werden müsste. Und bis zu meiner Aufnahme in die ABF hatte sich nichts in meinem Leben ereignet, was mich von dieser Meinung abgebracht hätte. Warum sollte ich also Bedenken oder Hemmungen gehabt haben, als Mitglied des Sicherheits-Kollektivs genau dafür tätig zu sein?"

Er lehnt sich auf seinem Stuhl zurück, streckt sich etwas, um dann fortzufahren:

„Aus heutiger Sicht mag man Ereignisse aus der damaligen Zeit anders bewerten, wahrscheinlich machen die meisten das auch. Aber ich halte das für ungerecht. Ich war damals überzeugt, das Richtige zu tun. Und Schaden haben wir dadurch niemandem zugefügt. Oder kannst du auch nur ein einziges Beispiel nennen? Im Gegenteil, du selbst bist doch das beste Beispiel, dass wir zwar alles immer etwas genauer wissen wollten, wir aber dieses Wissen niemals zu Lasten eines Studenten der ABF ausgenutzt haben. Was denkst du, was dir hätte passieren können, wenn wir nicht so sauber und anständig gearbeitet hätten? Außerdem, einen Nutzen haben wir davon auch nicht gehabt."

„Na ja", wende ich ein. „Immerhin hast du zum Abschluss die Artur-Becker-Medaille verliehen bekommen. Ich weiß, du bist fachlich wirklich ein guter Student gewesen. Aber ich erinnere mich gut daran, dass unter den Studenten niemand so richtig verstanden hat, dass man nur für gute Studien-Leistungen eine so hohe Auszeichnung der FDJ bekommen konnte. Jetzt verstehe ich das."

Ich konnte mir diese Bemerkung einfach nicht verkneifen. Aber er tut so, als habe er sie nicht gehört. Jedenfalls geht er nicht darauf ein. Ich habe auch den Eindruck, dass ihn dieses Thema offenbar ermüdet, und erwarte, dass er zur Regeneration unbedingt einen neuen Cognac für sich reklamieren würde. Aber diese Vermutung erweist sich als Irrtum. Auf dem Buffet-Tisch hatte man einige Teller mit kleinen Leckereien, so in Art von spanischen Tapas, aufgebaut. Das lockt ihn an. Er steht auf, sieht mich fragend an, und ich nicke bejahend.:

„Ich komme mit. Ich muss immer erst in Augenschein nehmen, was ich essen werde."

Das Hotel hatte sich dem Wohlsein seiner 'gestrandeten' Passagiere offensichtlich sehr verpflichtet gefühlt. Während Wolfgang mit großer Sicherheit und offensichtlichem Sachverstand ein Häppchen nach dem anderen auf seinem kleinen Teller ansammelt, bevor er wieder unserem Tisch zustrebt, muss ich genauer hingucken. Ich kenne mich mit Tapas nicht aus, also wähle ich nur einige wenige Stückchen nach Aussehen, was etwas länger dauerte. Als ich zum Tisch zurückkomme, stellt der Kellner gerade zwei Bier und zwei Cognac auf unseren Tisch.

„Ich habe gedacht, nach der schwerwiegenden Diskussion brauchen wir eine kleine Erfrischung", sagt Wolfgang lakonisch und schmeißt sich mit dem gleichen Schwung, den er üblicherweise in ähnlicher Art auch für den Cognac bevorzugt, eine Tapa in den Mund.

„Herrlich", sagt er genüsslich kauend, „beim nächsten Fluglotsenstreik lasse ich mich mit Freude wieder in dieses Hotel einweisen."

„Ja, wenn man das einrichten kann, ist das sicher eine gute Wahl", antworte ich. Auch mir schmecken die kleinen Teilchen, und da ich zunächst etwas vorsichtig gewesen war, gönne ich mir jetzt noch einen kleinen Nachschlag.

Wolfgang und ich genießen dieses kleine, vorgezogene

Nachtmahl und da zwischen den kleinen Häppchen kaum Zeit zum Reden ist, herrscht für kurze Zeit ein ungewohntes Schweigen zwischen uns. Mich beschäftigt immer noch die Frage, wie es mit Wolfgang nach der Wende weitergegangen war. Als Gutachter oder Einkäufer von Waffen für die NVA hatte er ja nicht mehr weiterarbeiten können. Ich beginne mir in Gedanken schon einige Fragen auszudenken, als er mir zuvorkommt:

„Du hast mir, Peter, die vielen Schwierigkeiten angedeutet, die du bzw. euer Institut nach der Wende hattet. Erzähl mal, wie die Geschichte nun ausgegangen ist. Ich meine, dass ich dich hier in Brüssel anlässlich deines Rückflugs von Japan treffe, lässt eigentlich nur den Schluss zu, dass du den Absprung geschafft hast und nach der Wende auch einigermaßen weich gelandet bist. Aber das interessiert mich etwas genauer, denn ich habe ja nie etwas mit ziviler Forschung zu tun gehabt."

„Den Absprung wovon?" frage ich irritiert.

„Na, ich hatte dich so verstanden, dass dein Institut in den Nachbeben der Wende geschlossen wurde", rechtfertigt Wolfgang seine Frage. „Für mich klang das so ähnlich, als sei es deinem Institut auch so gegangen, wie vielen volkseigenen Betrieben, die durch das segensreiche Wirken der Treuhand schließlich geschlossen worden sind. Oder habe ich das falsch verstanden?"

„Nein, zum Glück war es nicht so", widerspreche ich. „In gewisser Weise hast du zwar recht, denn es hätte wirklich so sein können. Viele außeruniversitäre Forschungseinrichtungen sind wirklich geschlossen worden, insofern stimmt deine Analogie zu den VEB. Aber es sind auch eine Reihe Institute neu gegründet worden, oder schon existierende West-Institute sind um eine neue Ost-Zweigstelle aufgestockt worden. Je nachdem, welche Expertise für welche Forschungsrichtung man uns im Osten zugebilligt hatte. Im Einzelnen war das alles zu kompliziert, als dass ich das jetzt erklären könnte. Das kann man inzwischen sicher auch irgendwo genauer nachlesen. Für mich und meine Kollegen war letztlich nur wichtig, dass wir nicht arbeitslos wurden und weiter forschen konnten. Und das ist gelungen. Abgesehen von Änderungen der Institutsbezeichnungen, und Umzug in ein anderes Gebäude, hatte sich für mich am Ende nicht viel geändert, wenn man mal von den Sorgen um die Finanzierung von Projekten einmal absieht, um die ich mich kümmern musste. Das waren wir ja nicht gewohnt, denn zu DDR-Zeiten war die Forschung ja finanziell durch den Staat abgesichert. Ja, vielleicht kann man sagen, dass meine Entwicklung nicht gerade typisch für die damalige Zeit war, aber sie war auch kein Einzelfall."

Die Gedanken an die schwere Zeit nach der Wende, führten regelmäßig dazu, dass ich eine gewisse Erleichterung, ja sogar Befriedigung verspüre. So blicke ich ihn lächelnd an und sage abschließend:

„Ja, so war das. Es hätte schief gehen können, aber wahrscheinlich hatte ich einen Schutzengel."

„Aber etwas muss ich doch noch erzählen, einfach, weil es in gewisser Weise kurios ist. Die jüngeren Leute können das gar nicht verstehen, weil sie mit Einzelheiten aus dieser Zeit nicht vertraut sind.

Etwa ein Jahr vor der Wende durfte ich eine Einladung zu einer wissenschaftlichen Konferenz nach England nicht annehmen. Der Grund war, du ahnst es sicher, dass ich als West-Import kein Reisekader werden konnte, also keine Dienstreisen in westliche Länder machen konnte.

Dann, noch bevor die DDR sich offiziell abgemeldet hatte, von einem Tag auf den anderen, hätte ich plötzlich jede Konferenz besuchen können, egal, wo sie stattfand. Allerdings, der Mangel an finanziellen Reisemitteln hatte Bestand, was sich jedoch relativ schnell zum Guten änderte. Für Konferenzreisen gab es für einige Jahre ein besonderes, finanzielles Reisebudget für Wissenschaftler aus dem Osten. Jetzt hat sich natürlich alles normalisiert, manchmal kann man eine Reise finanzieren, manchmal eben nicht. Ein solch positiver Fall hat aktuell dazu geführt, dass ich in Tokio an einer Konferenz teilnehmen konnte. Und auf dem Rückflug widerfuhr mir dann die große Freude, nach mehr als dreißig Jahren Unsichtbarkeit dir zufällig über den Weg zu laufen. Wenn ich daran denke, kann ich es fast immer noch nicht glauben."

Wolfgang grinst.

„Ja, das stimmt, das geht mir auch so. Es ist eigentlich unglaubhaft. Aber wenn du das zu Hause deiner Frau erzählst, vergiss nicht zu erwähnen, dass das nur so geschehen ist, weil ich so ein fotografisches Gedächtnis für Gesichter habe."

Sein Grinsen ging in ein unterdrücktes Lachen über, das in ein lautes Husten mündete. Nachdem er sich wieder beruhigt hatte, konnte er wieder normal sprechen und kam auch gleich auf meinen Bericht zurück.

„Was du da erzählst hört sich aus heutiger Sicht ja wirklich kurios, aber auch interessant, an. Aber wahrscheinlich wohl erst im Rückblick, denn ich kann mir vorstellen, dass ihr damals oft mit den Umständen gehadert habt. Jedenfalls kenne ich das von mir auch, wenn ich an die vielen Brüche in meinem Leben denke. Aber so ist das wohl häufig, dass der Rückblick auf schwierige Situationen, die man in der Vergangenheit gemeistert hat, in den Menschen neben Erleichterung auch Stolz hervorrufen."

Für einen Augenblick hält er inne, um dann eine persönliche Frage anzuschließen:

„Peter, das wollte ich noch fragen: Wie geht es eigentlich deiner Familie? Dass du noch mit deiner Jutta von damals zusammen bist, hast du ja schon erwähnt."

„Ja, genau so ist es. Immer noch die gleiche Frau; mein Sohn, eben der, der während meiner Zeit in Halle geboren worden ist, ist heute auch Physiker in der Forschung und Vater zweier Kinder. Meine Frau hat eine gute Stelle im öffentlichen Dienst. Alles in allem gibt es leider keinen Grund zum Klagen, und wenn doch, dann wäre das auf hohem Niveau."

Über das eigene Leben nachzudenken, ist eine Sache,

darüber zu sprechen und dabei noch eine Wertung abzugeben, eine andere. Jedenfalls für mich. Beschreibt man den bisherigen Lauf seines Lebens als befriedigend, vielleicht sogar erfolgreich, dann kann man leicht als jemand angesehen werden, der sich als etwas Besonderes herausstellen möchte. Dieses insbesondere dann, wenn es ein Teil seiner Mitmenschen deutlich schwerer hatte. So war es in Zeiten der Wende, manche rutschten fast nahtlos mit Gewinn in eine neue Rolle, andere mussten Missachtung erleiden, die in krassen Fällen vielleicht sogar in Verachtung mündete. Dabei war es eigentlich ja so, dass es oft reiner Zufall war, ob man zu den Gewinnern oder den Verlierern gehört hatte. Die Weichen wurden ja oft nicht durch die Betroffenen selbst gestellt, sondern durch Akteure, deren Amtssitz damals noch weit westlich von Berlin lag.

Was Wolfgang angeht, brauche ich solche Gedanken aber wohl nicht anzustellen. Zumindest jetzt scheint es ihm sehr gut zugehen. Dafür spricht, dass er in der Business-Klasse unterwegs ist. Auch sein energisches Auftreten am Ticket-Schalter deutet auf ein schon länger antrainiertes Selbstbewusstsein hin. Dazu seine lockere Generosität, mit der er einen teuren Cognac nach dem anderen spendiert hat. Er wird meinen problemlosen und glatten Werdegang nach der Wende nicht als Angeberei, sondern eher als selbstverständlich aufgefasst haben. Oder auch die Tatsache, dass weder Jutta noch ich auch nur einen einzigen Tag arbeitslos gewesen sind, mögen bei ihm diesen Eindruck noch verstärkt haben. Wieder mal Glück gehabt, würden andere sagen. Ja, das stimmt, Glück hatte man *auch* haben müssen, aber nicht nur. Selbstbewusstsein und Phantasie waren oft unerlässlich und sind manchmal auch entscheidend gewesen.

Trotz der vorgerückten Stunde und meiner beginnenden Müdigkeit will ich Wolfgang aber unbedingt noch nach seinen mysteriösen 'großen Geräten' fragen, mit denen er sich befasst, und durch die er sich ganz offensichtlich einen nicht zu verachtenden Lebensstandard leisten kann. Warum hatte er nicht gleich gesagt, worum es sich handelt?

„Wolfgang, ich weiß, es ist schon spät, und eigentlich möchte ich mich bald hinlegen. Aber ich bin, ehrlich gesagt, auch neugierig, wie es *dir* nach der Wende ergangen ist. Wie bist du von der NVA los gekommen, das heißt, wie hast du den Absprung in ein ziviles Leben geschafft? Du hast im Laufe des Tages mal von 'großen Geräten' gesprochen, mit denen du dein täglich Brot verdienst. Wenn ich mal dein Elektrotechnik-Studium in Ilmenau als Grundlage für eine Spekulation nehme, dann tippe ich jetzt einfach mal auf große Generatoren für Kraftwerke, oder ähnliches."

Ich lächele ihn fragend an: „Und? Wie gut habe ich kombiniert?"

Wolfgangs Gesicht verzieht sich bei meiner Frage zu einem breiten, undefinierten Grinsen. Es kann leicht sein, dass er sich im Inneren über meine Neugier lustig macht, dass er auf mich heruntersieht und sich sagt: Sieh an, der kleine Peter will nun doch noch wissen, wieso ich ihm die teuren Cognacs spendieren kann'. Aber, mir ist egal, was er über mich denken möchte. Ich bin neugierig und will es jetzt einfach wissen. Im Übrigen höre ich gerne zu, wenn Menschen aus ihrem Leben erzählen. Und bei Wolfgang handelt es sich ja auch nicht um einen x-belieben Menschen, sondern jemanden, mit dem ich vor ziemlich langer Zeit Abitur gemacht, und ihn danach für mehrere Dekaden aus den Augen verloren hatte. Es könnte eine interessante Geschichte sein, weniger in der Art: 'Vom Tellerwäscher zum Millionär', als 'Vom NVA-Waffeninspekteur zum......'. Ja, wohin oder zu was? Das war die Frage, die mich nun, am Ausklang dieses sehr interessanten, aber auch anstrengenden Tages immer noch wach hält.

Wolfgang musste mit dieser Frage gerechnet haben. Schließlich hatte er den ganzen langen Tag die Antwort 'auf später' oder 'nach dem Abendessen' verschoben, und dadurch bei mir den Eindruck von etwas Bedeutendem erweckt. Vielleicht hatte er das sogar beabsichtigt. Jedenfalls hatte ihn meine jetzige Frage weder aus der Fassung gebracht, noch zeigte er sich in irgendeiner Weise unangenehm berührt. Vermutlich klingt seine Antwort deshalb auch jetzt harmlos und locker:

„Bei den großen Geräten handelt es sich um Waffen, manchmal um 'sehr große', je nach Bedarf."

Es ist normalerweise nicht meine Art, meine Gefühle nach außen zu tragen, jemandem unmittelbar und ungeschützt zu zeigen, wie es in meinem Inneren gerade aussieht. Und obwohl ich sehe, dass Wolfgang mich aufmerksam, fast schon lauernd, beobachtet, versagen diese Vorbehalte in diesem Moment völlig. Seine Antwort ist ein wirklicher Schock, und hätte mich fast aus der Fassung gebracht. Wolfgang ein Waffenhändler!

Schon dieses Wort, in dem sich bei mir von je her alles Elend, alle Übel dieser Welt konzentriert, schockiert mich. Es war für mich schon immer ein Synonym für dunkle Geschäfte, für Bestechung und Tod, und ist bei mir auf immer mit moralischer Schande verbunden.

Enttäuscht blicke ich auf Wolfgang, der wohl ahnt, dass ich den Schock, den ich beim Verdauen seiner Enthüllung erlitten hatte, nicht so schnell überwinden würde. Er scheint mir Zeit geben zu wollen, denn er steht wortlos auf und geht zu dem jungen Mann an der Rezeption, spricht ihn an, wobei er auf seine Uhr deutet, und, als dieser bestätigend nickt, kehrt er an den Tisch zurück. Er setzte sich auf seinen Stuhl und sieht mich mit einem erstaunlich unpersönlichen Blick an.

„Erschrocken? Entsetzt?"

Aber mir fehlen noch die richtigen Worte. Noch immer habe ich mich nicht gefangen. Mir ist, als seien meine Gedanken ins Taumeln geraten. Ich brauche noch etwas Zeit, um sie wieder einzufangen, um endlich wieder einen klaren Gedanken formulieren zu können. Und als ich nach Minuten endlich so weit bin, wundere ich mich plötzlich.

Auf einmal kann ich mir nicht mehr recht erklären, warum mich seine Offenbarung so sehr aus dem Gleichgewicht gebracht hat. War er nicht bei der NVA als

Teil einer Gruppe abkommandiert gewesen, die in oder außerhalb Moskaus mit der Begutachtung und Beschaffung von Waffen für die Armee befasst gewesen war? War es da nicht geradezu naheliegend, dass er da weitermacht, wo er, durch die Wende bedingt, zwangsweise hatte aufhören müssen, nämlich mit der Beschaffung von Waffen? Als Angehöriger der NVA war er abkommandiert worden, verpflichtet worden, Waffen für die NVA zu beschaffen. Nun aber, nach der Wende,gab es einen solchen Befehl nicht, sondern es war seine eigene, freie Entscheidung gewesen, diese Tätigkeit unter den neuen Bedingungen auf eigene Rechnung fortzuführen. Und für diese Geschäfte trug er offensichtlich entscheidende Verantwortung. Schließlich hatte er schon am Morgen auf dem Flughafen eine wichtige Beratung absagen müssen, was für seine Bedeutung spricht.

Der Kellner bringt nun auf meinen Wunsch zwei süffige Leffe-Bier. Wolfgang protestiert nicht sondern sagt anerkennend: „Gute Wahl. Du willst ja bald ins Bett, da verschafft der da Bier sicher einen guten Schlaf. Also, dann zum Ausklang unseres Wiedersehens."

Er hebt sein Glas, prostet mir zu und sagt lächelnd:

„Aber zum Schluss nehmen wir dann doch noch einen Cognac."

Dann aber wird sein Gesicht ernst. Er stützt sich mit beiden Armen auf den Tisch, wobei seine Finger leicht fahrig auf der Tischplatte hin- und herfahren. Entweder ist es eine Gewohnheit von ihm, die mir bis jetzt noch nicht aufgefallen war, oder er ist jetzt doch etwas gespannt darauf, wie ich die Fortsetzung seines Berichtes aufnehmen würde. Dann hebt er den Kopf, räuspert sich noch einmal und beginnt:

„Ich hatte dir bereits erzählt, dass ich zu der Zeit, als die Demonstrationen in Leipzig und Berlin stattfanden, in Moskau war. Dort hatte ich, zusammen mit den Genossen meiner Gruppe, wieder mal Ersatzteile für Panzer, für Geschütze, für unsere Jets, Munition und viele Kleinigkeiten zu besorgen: Was man eben so braucht, wenn man eine Armee zu versorgen hat.

Als die Unruhen in der DDR begannen, kamen wir mit unseren Verhandlungen gerade in Sicht der Zielgeraden. Wir hatten in der Botschaft in Moskau ein Büro, von wo aus wir die Verbindung zu unserer Dienststelle in Strausberg hielten. Zunächst hatte es wegen der Ereignisse in der Heimat keine Veränderungen unseres Auftrages gegeben, zumindest hatte man uns dergleichen nicht mitgeteilt. Aber dann, kurz vor Weihnachten, gab es Verzögerungen. Unsere sowjetischen Freunde hatten gelegentlich schon ziemlich zweideutige Bemerkungen gemacht, meistens zu Gorbatschow, aber auch zum Warschauer Pakt und der Situation in den sozialistischen Ländern, Bemerkungen, die wir aber damals noch nicht richtig einordnen konnten. Gelästert wird ja immer, aber diese Art war für uns doch ungewöhnlich. Vom Ministerium, bzw. der Verwaltung Beschaffung, hatten wir immer noch keine Informationen bekommen. Vielleicht wusste unser Vorgesetzter damals schon mehr, wir jedenfalls noch nicht. Dann, ich glaube, es war kurz vor oder nach Jahresende, wurden wir von unserer obersten Dienststelle aufgefordert, die Verhandlungen vorübergehend auf Eis zu legen und auf neue Anweisungen zu warten. Die Freunde waren von ihren Kommandostellen ebenfalls informiert worden, so dass wir uns einig waren. In der Folgezeit machten wir dann etwas Büroarbeit, und warteten auf neue Befehle von unserer Dienststelle."

„Sag mal, Wolfgang, wie war das denn für euch? Ich meine, ihr wusstet, dass zu Hause irgendwas im Busch war, aber euch sagte keiner was. Ich vermute mal, dass die meisten von euch Familien in der DDR hattet? Ihr musstet doch eigentlich auch Angst haben, oder zumindest unruhig sein, denn, genau wie wir auch, konnte doch niemand wissen, wie das alles ausgehen würde. Wir hatten doch auch Angst, dass Truppen der NVA oder des MfS eingesetzt werden könnten. Und wie das dann ausgegangen wäre, mag ich mir gar nicht vorstellen. Denk nur an Rumänien.

Also, noch mal gefragt: Hattet ihr wirklich keinerlei Informationen über die Situation und die rasante

Entwicklung in der DDR?"

„Doch, natürlich, aus DDR-Zeitungen. Das Neue Deutschland und andere Zeitungen gab es natürlich in der Botschaft. Aber, du hast schon recht, es war für uns schon irgendwie grotesk. Plötzlich erkannten wir das uns seit Jahrzehnten vertraute ND nicht mehr wieder. Wir stellten fest, dass sich Sprache der Artikel innerhalb weniger Tage verändert hatte, ebenso die Inhalte, die plötzlich, sagen wir mal, irgendwie ungeschminkter, ja offener waren. Kein sinnloses Geschwafel mehr über den Klassenfeind und die Imperialisten, sondern einfach, fast schon neutrale Informationen über die Geschehnisse in der DDR und den anderen sozialistischen Ländern. Das war für uns, die wir auf eine bestimmte Weise doch relativ abgeschirmt waren, mehr als ungewöhnlich, zumal wir ja keine externen Gesprächspartner hatten.

Aber, um es kurz zu machen: Nach und nach schwante uns, dass wir unseren ursprünglichen Beschaffungs-Auftrag wohl nicht mehr würden ausführen können. Und so kam es dann auch: Wir wurden nach Hause beordert. Für kurze Zeit waren wir dann noch weiter Angehörige der NVA. Unsere Verwaltung wurde dann aber relativ frühzeitig, wie einige andere Einheiten auch, aufgelöst. Kein Bedarf mehr an sowjetischen Waffen und natürlich auch kein Geld mehr für unseren Sold."

Ich versuche mir die Situation vorzustellen, und mir wird sofort klar, dass die persönlichen Probleme der Menschen nach der Wende extrem unterschiedlich gewesen sein mussten. Hatte ich es als sehr belastend empfunden, immer wieder damit rechnen zu müssen, dass unserer Institut aufgelöst würde, so hatte uns die Hoffnung auf Lösung doch immer wieder gestärkt. Aber Wolfgang? Woraus sollte für ihn noch eine Hoffnung genährt werden? Es war doch alles klar: Die NVA wird aufgelöst, ein Kampf um ihre weitere Existenz wäre grotesk gewesen. Aber darum war es wohl auch nie gegangen. Die Frage war wohl eher die gewesen, was man mit den hunderttausenden Soldaten und deren Angehörigen, einer davon Wolfgang, machen könnte.

„Warst du dann arbeitslos oder hast du dir gleich irgendetwas anderes gesucht?" frage ich gespannt.

„Nein, nicht gleich", antwortet Wolfgang. „Eigentlich hatte ich Glück, denn für einige Zeit hatte mich die Bundeswehr als Zivilangestellter engagiert. Weißt Du, es war ja so, dass wir in der NVA in Bezug auf Waffen sowohl von der Qualität als auch der Quantität eigentlich gut ausgerüstet waren. Das ganze Arsenal musste nun nach der Auflösung der NVA erfasst, sortiert und an bestimmten Standorten zusammengeführt werden. Und mich hat man, wie auch einige andere ehemalige Genossen, als Fachleute für sowjetische Militärtechnik geholt, um dabei behilflich zu sein. Verstehst du? Wir sollten die verschiedenen Waffentypen nach ihren jeweiligen Eigenschaften spezifizieren. Eine Kanone erkennt man zwar sofort als Kanone, das ist klar. Aber wie die elektronischen Steuerungseinheiten strukturiert sind, wie die Schießeigenschaften sind, usw., das alles war ja dem Westen im Detail vorher nicht bekannt. Wir wussten das natürlich, denn wir hatten die Geräte ja schließlich mal beschafft. Also, das ganze verschaffte uns für eine geraume Zeit Beschäftigung. Aber irgendwann hatte das dann natürlich auch mal ein Ende, und wir wurden entlassen."

Ich hatte im Fernsehen mal eine Dokumentation über die Auflösung der NVA gesehen. Fast schon unwirklich hatten auf mich Szenen gewirkt, in denen Soldaten sich vor der Kamera ihrer NVA-Uniform entledigten, um dann als neu eingekleideten Soldaten der Bundeswehr weiter Dienst leisten zu können. Ein groteskes Bild, aber vielleicht hatten diese Männer das nicht so empfunden, sondern waren froh gewesen, dass es für sie irgendwie weiterging.

Abgesehen von Wehrdienstleistenden hatte ich zu jener Zeit niemanden gekannt, dessen Beruf es war, in einer der beiden deutschen Armeen zu dienen. Insofern hatten mich diese Dinge eigentlich nicht weiter berührt. Ich hatte diese Ereignisse, wie andere auch, zur Kenntnis genommen und mich wieder meinen eigenen Problemen zugewendet.

Wolfgang war, nach dem, was er soeben erzählt hatte, ohne Zweifel eine Art Sonderfall gewesen. Aber was hieß das schon? Hätte er vielleicht doch übernommen werden können, wegen guter oder einzigartiger Expertise für sowjetische Waffen, und es dann abgelehnt? Eine spannende Überlegung, aber doch wohl unwahrscheinlich. Vielleicht, weil er für sich was besseres gefunden hatte?

„Komm, lass uns ein paar Minuten vor die Tür gehen und vielleicht auch ein Paar Schritte ums Hotel machen", schlägt Wolfgang vor. „Wenn ich den ganzen Abend nur esse und trinke, dann kann ich nicht schlafen."

Mir ist das sehr recht. Ich stehe auf und gehe langsam zur Tür, während Wolfgang dem Kellner Bescheid gibt, dass wir in Kürze an den Tisch zurückkehren würden. Ich bin immer mehr darauf gespannt zu hören, wie es in seinem Leben weitergegangen war. Aber zunächst würde uns beiden die frische Luft gut tun. Und danach würde ich natürlich nicht locker lassen, nehme ich mir vor, und ihn zwingen, seine Geschichte zu Ende zu erzählen.

Vor dem Hotel sind wir nicht alleine. Die Temperatur ist immer noch durch die Tageshitze bestimmt, aber die Wärme fühlt sich jetzt weich und milde an. Die Luft wird durch einen leichten, fast unmerklichen Wind bewegt, der der Haut den Schweiß von der Oberfläche nimmt und sie dadurch etwas kühlt.

„Wir hätten uns unseren Tisch gleich auf den Rasen stellen lassen sollen", sage ich, „das wäre ideal gewesen."

„Du hast recht, aber dafür ist es jetzt zu spät", antwortet Wolfgang. „Los, wir umrunden einmal den Block", befielt er in einem fast militärischen Ton und wird schneller. Wahrscheinlich trägt er diesen Ton und das Schritttempo seit seiner Armee-Zeit noch in sich. Egal, ich kann gut mithalten und mich, gleichauf mit ihm, an seinem Schweigen beteiligen. Es ist schon ungewöhnlich, dass er gar nichts sagt und fast wie ein olympischer Geher vorwärts strebt.

„Warst du zur Zeit deiner Entlassung aus der Bundeswehr

schon verheiratet?" frage ich ihn, nur um das Schweigen auszufüllen und ihn dadurch vielleicht zu einem zivileren Tempo zu animieren. Und es klappt. Abrupt verringert er sein Tempo, ohne jedoch stehenzubleiben, und blickt mich erstaunt an.

„Wie kommst du denn jetzt darauf?" Er schüttelt verwundert den Kopf. „Ich erkenne überhaupt keinen Zusammenhang zu unserem Thema. Aber gut, wenn es für dich wichtig ist: Ja, ich war zu der Zeit bereits verheiratet, und Karin und ich hatten auch schon eine Tochter."

„Entschuldige, Wolfgang, die Frage fiel mir ein, als ich versuchte, mir deine Situation in der Nach-Bundeswehr-Zeit vorzustellen. Mich interessiert eigentlich die Frage, ob du dich damals auch für den Unterhalt einer Familie kümmern musstest, oder damals noch unbeweibt warst? Also, jetzt weiß ich es, du hattest schon eine Familie. Ich denke mir, dass es für dich vermutlich leichter gewesen wäre, wenn du in dieser schwierigen Zeit alleine gewesen wärst. Abgesehen davon ist es natürlich wunderbar, wenn man eine Familie hat, die einem in schwierigen Zeiten eine Stütze sein kann, oder?"

Wolfgang ist mir für diese Betrachtung ganz offensichtlich dankbar, denn sein Gang ist sichtlich ruhiger geworden, und immer häufiger bleibt er, wie jetzt, stehen, um mich direkt anzusprechen:

„Du hast völlig recht. Es war wirklich eine Scheißsituation. Zwar bekam ich dann auch Arbeitslosengeld, und Karin hat ja auch etwas verdient. Aber was ich dringend brauchte, war eine Perspektive, eine stabile Existenz für mich und meine Familie, was ich schließlich dann ja auch geschafft habe."

„Und Karin? Arbeitet sie noch?"

„Nein, schon lange nicht mehr. Früher, ich meine zu der Zeit, als alles noch in der Schwebe war, da hat sie im Büro gearbeitet. Damals war das für uns ein Stabilitätspfeiler, heute lohnt sich das für uns nicht mehr. Es geht uns gut. Was soll sie da noch für zwei- oder dreitausend Euro arbeiten gehen. Das brauchen wir doch nicht."

„Und ist sie damit zufrieden, dass sie nur noch zu Hause ist?"

„Warum sollte sie nicht zufrieden sein? Sie hat genug Geld, das sie *nach Gusto* ausgeben kann, wir haben ein Haus, worum sie sich kümmern kann, wir haben zwei Töchter, die Arbeit machen. Also, sag mir, was sollte sie beklagen?"

Er sagt das alles mit einer satten Zufriedenheit, die mich auf eine gewisse Art beeindruckt. Die Frage, ob seine Frau auch berufliche Interessen haben könnte, verkneife ich mir. Sie war offensichtlich nie von Bedeutung, zumindest für ihn.

Inzwischen sind wir wieder am Eingang angelangt, und der Kellner geleitet uns devot an unseren Tisch, den er selbstverständlich frei gehalten hatte, wie er beflissen betont. Allerdings ist das Restaurant um diese Zeit auch nur noch mäßig besetzt. Einige der 'gestrandeten Passagiere' hatten inzwischen wohl ihre Zimmer aufgesucht.

„Auch wenn du protestieren würdest, einen wirklich allerletzten Cognac kannst du mir nicht abschlagen. Morgen zum Frühstück wäre es für einen letzten noch zu früh."

Zu widersprechen hatte wirklich keinen Zweck. Der Kellner hatte Wolfgangs Zeichen schon erwartet, so dass die Gläser schneller auf dem Tisch standen, als ich hätte protestieren können.

Wolfgang hebt sein Glas und blickt mich mit gerührtem Blick an.

„Peter, ich kann dir nicht sagen, wie sehr es mich gefreut hat, dass wir uns getroffen haben. Es war ein wunderbarer Tag und je länger er dauert, und je häufiger du fragst, desto öfter erinnere ich mich an Dinge aus unserer Vergangenheit, die sonst bestimmt für immer der Vergessenheit anheim gefallen wären. Prost."

Er hebt das Glas an seinen Mund, und ex, natürlich. Als wenn es Wodka wäre.

Bevor ich mich zu einer ähnlichen Tageswertung aufraffen kann, redet er schon weiter:

„Ich bin dir noch die Fortsetzung meiner Geschichte

schuldig. Du kannst ruhig auch noch hören, wie ich zum Handel mit Waffen kam.

Du kannst dir sicher vorstellen, dass ich in Moskau einige Freunde hatte, die auch in den neunziger Jahren, eigentlich bis heute, immer noch in der russischen Rüstungsindustrie gut vernetzt sind. Einer dieser Freunde meldete sich eines Tages bei mir. Wir haben uns an gemeinsame Zeiten erinnert, dabei gemeinsam gegessen und, zunächst etwas, dann noch etwas mehr getrunken, und dabei festgestellt, dass wir noch gut im Training waren."

In Erinnerung an diesen Tag schmunzelt Wolfgang vergnüglich.

„Er erzählte mir dann natürlich auch von sich, von seiner Familie, von unseren alten Genossen, ihren Arbeitgebern, den Rüstungsfirmen, denen es, nach seinen Worten, ziemlich mies ging. Und schließlich, wir waren zu dem Zeitpunkt beide noch einigermaßen nüchtern, kam er dann auch mit dem eigentlichen Grund seines Besuches heraus."

Er setzt sich gerade hin, verschränkt seine Arme und schweigt. Ich bin irritiert, denn mir scheint, als wolle er damit andeuten, dass seine Erzählung nun zu Ende sei. Ich blicke ihn gespannt an, lasse ihm etwas Zeit, und frage dann:

„Und? Wie ging es weiter?"

Wolfgang kneift seine Augen etwas zusammen, sieht mich mit einem nüchtern wirkenden Gesichtsausdruck abwägend an und antwortet dann:

„Peter, ich muss dich an dieser Stelle um Verständnis bitten: In unserer Branche spricht man nicht so ohne weiteres offen über Dinge, die sehr vertraulich zu behandeln sind.".

Die Antwort verblüfft mich. Ich kann nicht glauben, dass er eine Geschichte zu erzählen beginnt, in der Gewissheit, dass er mir den Schluss, vielleicht sogar die Pointe, verweigern wird. Ich sehe zu ihm herüber. Er sitzt etwas müde und zusammen gerutscht auf seinem Stuhl und blickt mich in einer Weise an, als sehe er durch mich hindurch. Möglicherweise sortiert er seine Gedanken, und nimmt für diesen Moment gar nicht wahr, dass ich noch etwas von ihm erwarte. Ich beobachte ihn, erkenne bei ihm keine Regung und überlege, wie es nun weiter gehen könnte. Nach einer Weile kommt jedoch wieder Leben in ihn. Er legt seine Arme wieder auf den Tisch und schiebt seinen Oberkörper nach.

„Weißt du eigentlich, Peter, dass ich dich im Internet gegoogelt habe, und auch bei *facebook* nachgesehen habe, ob du dort Spuren hinterlassen hast?"

Er registriert mein Erstaunen, und über sein Gesicht breitet sich ein befriedigtes Lächeln aus.

„*Mich* hast du gegoogelt? Warum?"

Als er nicht gleich antwortet frage ich, nun ebenfalls lächelnd, nach:

„Und? Hast du endlich doch noch was Interessantes über mich heraus herausgefunden? Nacktfotos, oder ähnliches?"

„Nein, nein, natürlich keine Nacktfotos", wehrt er beschwichtigend ab, um dann grinsend hinzuzufügen: „Für wen sollte dein unathletischer Körper schon interessant sein? Nein, ich habe nur einige wissenschaftlichen Publikationen über irgendwelche spektroskopische Untersuchungen an Katalysatoren gefunden. Für Fachleute sicherlich interessant, aber nicht für mich. Nein, ich wollte eigentlich nur wissen, ob du auch publizistisch tätig bist."

„Also, Wolfgang, jetzt mal ehrlich. Auf was für ein Nebengleis willst du mich hier führen? Erst erzählst du mir von deiner Arbeit bei der Bundeswehr und über den Besuch eins alten Genossen, und nun interessiert dich plötzlich, ob ich mich auch publizistisch betätige. Was bezweckst du damit?"

Ich bin knurrig, um nicht zu sagen empört. So würden wir nicht zum Ende der Geschichte kommen können. Vielleicht will er das aber auch gar nicht, vielleicht ist das alles nur so eine Art Hinhaltetaktik. Aber warum? Und neben diesen Fragen nervt mich zusätzlich, dass Wolfgangs Grinsen während meiner Wutrede immer breiter geworden ist. Ich stehe auf und knurre mürrisch:

„Ich geh mal pinkeln."

Ich muss einfach wieder zu mir kommen, meine Erregung

etwas runterfahren. Mittlerweile bin ich richtig sauer, weil er immer wieder auf Nebenschauplätze ausgewichen ist. Er hatte meinen Namen gegoogelt, okay, kann er ja machen. Aber warum erzählt er mir jetzt davon? Ich habe mit den sozialen Medien nichts am Hut. Klar, dass er nichts anderes über mich gefunden hatte, als einige meiner wissenschaftlichen Publikationen. Und auch die hatte nicht ich dort eingestellt, sondern vermutlich der Verlag. Was hatte ihm das Googeln also für wichtige Erkenntnisse über mich gebracht? Wichtiger wäre aber noch die Frage, was er eigentlich erwartet hatte.

Als ich an den Tisch zurückkehrte, stehen wieder zwei Cognac bereit.

„Wolfgang, bitte nicht. Der Cognac ist wirklich ein Gedicht, aber ich vertrage einfach nichts mehr. Niemals in meinem Leben habe ich an einem Tag soviel Alkohol, und noch dazu so guten, getrunken. Ich danke dir schon jetzt für diesen unvergleichlichen Genuss. Aber wenn ich jetzt nicht aufhöre, komme ich morgen früh nicht aus dem Bett und verpasse noch den Flieger."

In Wolfgangs Gesicht ist eine Befriedigung abzulesen, wahrscheinlich darüber, dass er mich mit seinem guten Cognac endgültig besiegt hat. Soll er, denke ich. Wenn das sein Ziel war, dann Gratulation. Doch dann setzt er überraschend seinen Bericht doch fort:

„Peter, du musst wegen meiner Googelei nicht sauer sein. Es war schon interessant zu lesen, womit du dich beschäftigt hast. Für mich las sich das so, als verstündest du was davon. Aber, ehrlich gesagt, war es nicht mein Ziel, deine wissenschaftliche Expertise zu überprüfen, was ich sowieso nicht gekonnt hätte. Nein, der Hintergrund ist ein ganz anderer gewesen. Ich weiß natürlich, dass man als Waffenhändler einerseits kein besonders hohes Ansehen in der Gesellschaft genießt, andererseits aber auch gewissen Gefahren ausgesetzt ist, die ich dir sicher nicht näher illustrieren muss. Aus diesen Gründen wäre es nicht gerade gut, wenn bekannt würde, dass ich als Waffenhändler unterwegs bin. Das ist auch der Grund, warum du im Internet nichts über mich finden wirst. Und das soll auch so bleiben. Wenn ich dir also jetzt etwas über meine Tätigkeit erzählen soll, dann muss ich einfach sicher sein, dass du nicht so einer bist, der in den sogenannten sozialen Medien gleich am nächsten Tag darüber berichtest. Ich bitte dich also wirklich, dabei zu bleiben, und von dem, was du von mir erfährst, nichts weiterzutragen. Versprochen?"

Ich nicke, und er fährt fort:

„Also, ich war beim Besuch meines ehemaligen Genossen Grischa aus Moskau. Seine Schilderung über die wirtschaftliche Situation von einigen russischen Rüstungsbetrieben nach Auflösung der Sowjetunion war für mich wirklich beeindruckend. Schließlich hatten wir ja mit denen bis 1989 zu tun, und ich kannte sie deshalb recht gut. Ein erheblicher Teil der Bestellungen von Rüstungsgütern aus den ehemals sozialistischen Ländern, so Grischa, waren weggebrochen, und selbst in Russland herrschte eine große Unsicherheit, wie es mit den Rüstungsbetrieben weitergehen sollte. Du wirst davon sicher schon in den Medien gelesen haben.

Ich hatte schon vor seinem Besuch immer mal wieder an meine ehemaligen Genossen von damals gedacht. Du kennst das sicher. Man erinnert sich an viele Begebenheiten, an die vielen Flaschen Wodka, die auf der Strecke geblieben waren, an gemeinsame Ausflüge in die Taiga, an Angelausflüge und, das will ich auch gerne zugeben, auch an einige hübsche, nicht sehr prüde Frauen, die gelegentlich dabei waren. Und neben diesen Erinnerungen denkt man auch: Was mag wohl aus ihnen geworden sein."

In der Erinnerung daran tritt ein verträumtes Lächeln auf sein Gesicht.

„Ja, und dann, nach Auffrischung alter Erinnerungen, nach den Berichten über die Gegenwart, und der Vernichtung einer Flasche Wodka machte er mir schließlich ein lukratives, sauberes Angebot zur Zusammenarbeit. Seine Philosophie ging so: Ich, Wolfgang Grabert, in russischen

Rüstungskreisen noch immer anerkannter, vertrauenswürdiger und verlässlicher Fachmann für Militärgerät, wäre als deutscher Vertrauensmann doch bestens geeignet, den Handel mit russischer Militärtechnik zu einigen Entwicklungsländern neu aufzubauen und zu betreuen. Als Privatmann, versteht sich, und nicht im Auftrag des russischen Staates. Warum als Privatmann? Nun, es gibt eine Reihe wichtiger, internationaler Verträge und Abkommen zur Abrüstung oder Restriktionen für die Lieferung bestimmter Waffensysteme, die Russland unterschrieben hat. Wenn jetzt die Öffentlichkeit davon erführe, dass trotzdem Waffen geliefert würden, dann wäre das für das Ansehen des russischen Staates in der Welt nicht gerade vorteilhaft, wie du verstehst. Dem kann man entgehen, indem man einen Teil der Lieferungen privatisiert. Du bist entsetzt?

Glaub ja nicht, mein Lieber, dass die westlichen Länder das nicht genau so machen. Inzwischen kenne ich mich da einigermaßen aus. Ich sage dir, du würdest dich wundern, wenn du wüsstest, was auf dem Gebiet alles abläuft. Läuft mal etwas schief und eine Lieferung von verbotenen Militärgütern wird publik, dann benötigt man selbstverständlich auch einen Übeltäter, und das darf auf keinen Fall der staatliche Produzent sein, sondern dafür benötigt man dann einen privaten Bösewicht, eben einen privaten Waffenhändler, so einen wie mich.

Übrigens, diese doppelte Rolle, die Lieferung von kritischen Waffensystemen inoffiziell zu organisieren und im Ernstfall auch als böser Waffenhändler dastehen zu müssen, wird wirklich gut bezahlt", schiebt er eilig nach, als er sieht, dass sich mein Gesicht empört verzogen hatte.

Dann blickt er mich, meine Reaktion gelassen erwartend, an. Keine Erleichterung, dass er sich ein schwieriges Problem nun endlich von der Seele reden konnte, kein Versuch eines Bedauerns über sein Handeln, nichts. Seine Augen klar, sein Gesichtsausdruck selbstbewusst und leicht ironisch.

„Mehr brauche ich wohl nicht mehr dazu zu sagen. Ich habe das Angebot angenommen und habe meine Entscheidung nie bereut. Mein Job ist interessant, ich komme viel herum, verdiene eine Menge Geld und meiner Familie geht es gut."

Ich sitze auf meinem bequemen Stuhl und sehe durch ihn hindurch. So scheint es mir jedenfalls. Seine Gesichtszüge, die ich noch vor Sekunden scharf und gefühllos vor mir gesehen hatte, sind jetzt unscharf, fast etwas verschwommen. Ich muss mich erst besinnen und will ihn dabei nicht ansehen müssen. Wegzusehen wäre für mich einem Rückzug gleichgekommen. Meine Gedanken eilen Dekaden zurück nach Halle. Ich sehe uns beide auf dem Heimweg von der Biermann-Verdammung im Tschernischewsky-Haus der Uni, heftig diskutierend über die idiotische Veranstaltung, wie wir beide fanden. Aber auch darüber waren wir uns damals einig gewesen, dass nur eine weltweite, radikale Abrüstung geeignet sein würde, den Weltfrieden auf Dauer zu bewahren. Später ahnte ich, heute weiß ich, dass diese Ideale reichlich naiv waren, naiv, wie so viele, schöne Vorschläge zur Rettung der Welt. Sie alle scheitern an den Menschen, an denen, die schon viel haben und trotzdem noch immer mehr möchten. Die Milliardäre, die endlich wirklich reich werden möchten und die Staatenlenker, die ihre Ländern vergrößern und reicher machen wollen, und das Fußvolk von beiden, das meint, dass man dann ebenfalls reich werden kann, wenn man mit den Großen mitmarschiert.

Und Wolfgang? Dass er mit Waffen handelt, hatte er ja vor einer Weile bereits erklärt. Er ist weder Milliardär, noch fühlt er sich an eine Regierung gebunden, er bewegt sich offensichtlich zwischen allen, auf der Suche nach höchstem Gewinn. Deswegen ist er natürlich noch nicht zu verdammen, denn das machen viele so, alle, wenn sie die Mittel dazu hätten und die Wege kennen würden. Aber was mich erschüttert, ist wieder seine Nüchternheit, ja die Kälte, mit der er alles erzählt hat, der Mangel an Empathie für die

Betroffenen seines Handelns. Hatte er niemals Gewissensbisse gehabt? Ich muss es herauskriegen, denn mein Bild von ihm würde maßgeblich von seinen Antworten abhängen.

„Wolfgang, ich habe eine ganze Reihe von Fragen, möchte aber mit einer Antwort beginnen. Du hast vorhin gefragt, ob ich erschrocken sei über deine Enthüllungen, oder gar entsetzt. Ja, wie hätte ich damit rechnen können, dass du mir derartig schwerwiegende und ethisch fragwürdige Dinge anvertraust? Ja, ich will da auch nicht herumreden: Im ersten Moment war ich nur erschrocken und nun, nach kurzem Nachdenken, muss ich deutlich sagen: Ja, ich bin immer noch sehr entsetzt. Ich bin entsetzt, über das, was du tust aber auch darüber, dass du einen solchen Weg beschritten hast."

„Das kannst du so nicht sagen", protestiert Wolfgang heftig. „Ich habe dir alles erklärt, sehr ausführlich sogar. Das war mir wegen unserer gemeinsamen Vergangenheit wichtig. Ansonsten hätte ich dir das schon heute Nachmittag in wenigen Sätzen sagen können, und wir könnten uns jetzt mit schönen Frauen beschäftigen."

„Na gut", lenke ich versöhnlich ein, „aber trotzdem bleiben doch Fragen offen. Nehmen wir beispielsweise die Schilderung deiner Erlebnisse nach der Wende in der Bundeswehr. Das fand ich hochinteressant, wirklich. Ich hatte einmal im Fernsehen etwas darüber gesehen, aber wenn man diese historischen Ereignisse an einem persönlichen Schicksal festmachen kann, dann ist das doch noch etwas ganz anderes. Ich habe auch verstanden, dass du damals, nach deiner Entlassung aus der Bundeswehr, in einer sehr beschissenen Situation gewesen sein musst. Aber was ich nicht verstehe ist, *warum* du dich auf diesen Handel mit deinem russischen Genossen eingelassen hast. Ich meine, die wirtschaftliche Lage ist doch nur das eine. Du hättest doch auch in deinen Beruf zurückgehen können, oder? Du hattest doch in Ilmenau eine gute technisch-wissenschaftliche Ausbildung genossen und als Diplom-Ingenieur hättest du doch wahrscheinlich auch einen guten Job gefunden.

Das ist die eine Sache. Die andere ist die der Moral. Um verständlich zu machen, was ich meine, möchte ich noch einmal zurückgehen und an unsere gemeinsame Zeit an der ABF erinnern.

Was hat man uns damals immer und immer wieder versucht, einzutrichtern? Denk nur an die vielen, ermüdenden Stunden in Marxismus-Leninismus bei Kestner und Frenzel. Sie waren im Einzelnen oft realitätsfremd und dogmatisch, zugegeben, aber eine der Schlussfolgerung der Lehre, dass nämlich der Kampf für Frieden, für die Freundschaft zu anderen Völkern und die Solidarität mit ihnen die Prämisse unseres Handelns sein sollte, das schien mir nicht falsch zu sein. Ich will heute auf keinen Fall abstreiten, dass vieles davon Propaganda war, und wir das auch oft so betrachtet haben. Aber die Grundidee, so kann ich mich deutlich erinnern, nämlich durch die Anerkennung der Vielfalt unter den Völkern den Frieden bewahren zu helfen, dazu haben wir uns doch auch innerlich bekannt, oder etwa nicht? Du kannst einwenden, dass wir nur mit wenigen Völkern Kontakt haben konnten, oder, dass sich ja unsere Regierungen selbst nicht daran gehalten haben, in einigen Ländern Afrikas und Asiens, zum Beispiel. Einverstanden. Aber was bedeutet das jetzt für mich als einzelne Person? Ich denke, wenn *ich* für *mich* akzeptiere, dass die Ziele richtig sind, dann kann ich mein Handeln nicht davon abhängig machen, wie die Regierung handelt. Denn, unabhängig von Entscheidungen einer Regierung, kann doch meine persönliche Haltung eine moralische sein und auch bleiben. Es ist für mich sehr moralisch, für den Frieden in der Welt zu sein, oder, auch dafür zu 'kämpfen', was immer man darunter verstehen will.

Und wenn das so ist, dann ist aber alles, was dem entgegen steht, für mich unmoralisch, entsetzlich, fürchterlich.

So empfinde ich das jedenfalls. Ich sehe, Wolfgang, dass du mit deinen Geschäften von diesen, möglicherweise naiven, 'Idealen' will ich mal sagen, von diesem allgemeinen

Selbstverständnis aus unserer ABF-Zeit erheblich abgerückt bist. Und meine Frage ist nicht die nach den Umständen deiner Entscheidung, so interessant die sein mögen. Nein, ich möchte wissen, wie es sein konnte, dass du alle diese Dinge von damals, die doch nur bei oberflächlicher Betrachtung Propaganda waren, so vergessen konntest? Du weißt doch, was mit den Waffen geschieht, mit denen du handelst. Sie dienen weder der Völkerverständigung noch dem Frieden. Sie überziehen ganze Länder und Landstriche mit Angst, Hunger und Elend. Das, was du tust, dient doch nicht dem Frieden auf dieser Welt, sondern befördert den Krieg. Und gerade das wollten wir doch gerade dadurch verhindern, dass man keine Waffen mehr produziert und dadurch künftige Kriege 'aushungert', um es mal so zu sagen. Auch wenn Pazifismus in der DDR keine akzeptierte Haltung war, so haben wir als Studenten doch immer auch mit dieser Haltung als einen von mehreren, annehmbaren Wegen zur Vermeidung von Kriegen sympathisiert.

Noch etwas möchte ich ausdrücklich sagen, Wolfgang. Ich will mich jetzt wirklich nicht moralisch über dich erheben. Aber trotzdem die ganz direkte Frage: Hast du dir selbst eigentlich jemals Gedanken darüber gemacht, was deine Waffen unter den Menschen anrichten? Ich meine, Waffen sind doch nun wirklich etwas anderes als, sagen wir, Kraftwerksturbinen oder Transformatoren oder ähnliche Geräte. Du hättest doch dein Geld auch damit verdienen können, oder?"

Ich blicke ihn fragend an. In seinem Gesicht arbeitet es. Seine Antwort kommt schnell, und fällt etwas ungehalten, fast schon mürrisch, aus:

„Also, Peter, deine Anschuldigung, ich würde unmoralisch handeln, weise ich ganz entschieden zurück. Ich werde dir das auch gleich noch begründen.

Die Frage nach einer möglichen Tätigkeit in meinem ursprünglichen Beruf ist verständlich. Aber sie zeugt nicht nur von einer ganzen Portion Realitätsferne deinerseits, sondern wirklich auch von Naivität. Ich kann es mir nicht verkneifen zu sagen, dass dieses eine deiner Eigenschaften war, die ich schon damals, an der ABF, oft an dir bewundert habe."

Mit dieser letzten Bemerkung hatte sich seine Laune sichtbar gebessert, denn ein ironisches Grinsen zieht sich über sein Gesicht. Mich berührt sie allerdings nicht im Geringsten. Wenn jemand, in diesem Falle Wolfgang, Freude daraus schöpfen kann, über mich zu lästern, bitte, dann soll er das tun. Im Übrigen, in jungen Jahren naiv zu sein, gehört zu den Privilegien der Jugend und ist beileibe keine neue Erkenntnis.

„Peter, nun zu deinem Vorwurf.

Ich weiß, dass das, was ich jetzt sagen will, für dich wahrscheinlich alles Plattitüden sind, die du x-mal gehört hast. Aber trotzdem will ich sie los werden, denn die Moral hat doch auch verschiedene Gesichter.

Du führst unsere Erziehung zur Völkerverständigung, zum Frieden, zur Solidarität ins Spiel, die wir an der ABF genossen haben. Ja, manchmal denke ich auch daran zurück, und manchmal bedaure ich dann auch, dass sich davon nicht viel erhalten hat, wenngleich ich heute feststellen muss, dass damals viele Sprüche, als Lehre deklariert, oft nur dazu dienten, den politischen Feind im Westen an den Pranger zu stellen. Natürlich wurde auch damals, und zwar unter dem Mantra der Unterstützung von Befreiungsbewegungen, immer mit Waffen gehandelt. Es gab dabei so eine merkwürdige Schizophrenie, die in der Ansicht mündete, dass man den Waffengebrauch unterschiedlich bewerten könne: Waffen, die in einem imperialistischen Angriffskrieg angewendet werden, sind, natürlich per se bestialisch, werden sie aber in einem Befreiungskrieg verwendet, dann sind sie gut. Bis heute hat sich an dieser Auffassung nichts geändert. Meine Waffen sind gut, da sie der Verteidigung meines Landes, meiner Güter und meiner Gesellschaftsform dienen. Anders die Waffen des Gegners. Sie sind grausam, bösartig, da sie dem Angriff auf mein Land und meiner Familie dienen. So die allgemeine Sichtweise.

Ich finde, das alles entspricht einer tollen Logik, die, in Bezug auf Waffen dann grotesk wird, wenn sich Länder oder Gruppen mit Waffen der gleichen Hersteller bekriegen. Um ein aktuelles Beispiel zu bemühen: Deutsche Soldaten kämpfen in Mali mit deutschen Waffen gegen Rebellen, die auch mit deutschen Waffen ausgestattet sind."

Wolfgang macht eine Pause, um einen Schluck aus seinem Bierglas zu nehmen, das er sich in der Zwischenzeit noch hatte bringen lassen.

Auch in den abenteuerlichsten Rechtfertigungen liegt häufig ein Fünkchen Wahrheit. Für einen Pazifisten ist schon die Produktion von Waffen ein Verbrechen, für die Hersteller natürlich nicht. Sie schließen die Augen und tun so, als stellten sie Produkte her, mit deren Verwendung sie dann nichts mehr zu tun hätten. Wolfgang hatte natürlich recht, wenn er im übertragenen Sinn darauf verweist, dass es den Rüstungskonzernen im Ernstfall egal sei, ob sie, sagen wir, Spielzeug-Panzer für Kinder herstellen oder echte Panzer für Kriege. Hauptsache, der Umsatz stimmt, eine Begründung findet sich immer.

„Ich weiß, Wolfgang", sage ich, um ihm Gelegenheit zu geben, einen zweiten Schluck zu nehmen, „vielleicht bin ich für dich heute Abend eine Zumutung. Aber es würde keinen Sinn machen, wenn ich dir gegenüber aus reiner Höflichkeit nicht meine Meinung sagen würde. Das musst du aushalten und, so wie ich dich den heutigen, langen Tag erlebt habe, wirst du unter meinen Argumenten sicherlich nicht zusammenbrechen."

Wolfgang lacht, ziemlich laut sogar. Meine ganze Argumentation muss ihn amüsiert haben, entweder, weil er sie gut gefunden hat, das wäre die gute Interpretation, oder, weil er sie schon zu oft gehört hatte.

Ich warte, bis er sich gefasst hat. Sein Gesichtsausdruck hat sich wieder entspannt, aber dennoch rutscht er sichtbar unruhig auf seinem Stuhl hin- und her. Ich bin auf eine scharfe Erwiderung gefasst. Aber meine Vermutungen werden nicht bestätigt. Er beginnt mit ruhiger Stimme, fast so, als spreche er mit einem Kind oder Jugendlichen:

„Wenn du so argumentierst, Peter, dann kann ich dir nur recht geben: Wenn du an unsere fast schon pazifistische Überzeugung erinnerst, der wir uns in Halle verpflichtet gefühlt haben, dann hast du recht. Und irgendwie sind wir doch heute immer noch Pazifisten. Wir wollen doch keinen Krieg.

Andererseits musst du aber auch zugeben, dass es fast schon schizophren ist, wenn Leute, die vorgeben, gegen Kriege zu sein, und es möglicherweise auch wirklich sind, keine Skrupel haben, sich an der Produktion von Waffen zu beteiligen. Du kannst doch hinschauen, wo du willst, egal, ob am Bau eines Leopard-2-Panzers in Deutschland oder eines T-90-Panzers in Russland, oder an der Produktion von Raketen in den USA, für die Ingenieure und die Arbeiter ist im entscheidenden Moment wichtig, dass sie damit den Lebensunterhalt für sich und ihre Familien verdienen können. Es ist dann nicht mehr wichtig, ob sie Spielzeug-Panzer oder richtige Panzer herstellen. Verstehst du, was ich meine? Sie sind aus ehrlichem Herzen *gegen* den Krieg, aber wenn es um ihre Familie und ihr Einkommen geht, schließen sie die Augen, und beteiligen sich trotzdem an der Herstellung von Waffen, die natürlich für die Kriegsführung gedacht sind. Ist das nicht irre? Mir fällt dazu immer wieder Brecht ein, Dreigroschenoper: 'Erst kommt das Fressen und dann die Moral'."

Er sieht mich fragend an und ich, ja, ich nicke. Bis hier her hat er recht, leider.

„Ich vermute, du wirst nun auch wissen wollen, was genau mein Job in diesem irren Spiel ist, nicht wahr?"

Es war eine rein rhetorische Frage, die keiner Antwort von mir bedarf. Schließlich hat er diese Informationen lange genug für sich behalten und soll jetzt auch ruhig weiter erzählen. Schlimmer wird es ja wohl nicht mehr kommen. Und tatsächlich gibt er die Antwort gleich selbst.

„Die Antwort ist im Grunde genommen wenig spektakulär, denn ich mache genau das, was man sich gemeinhin unter einem bösen Waffenhändler vorstellt: Ich recherchiere, was für Waffen auf dem 'freien' Markt verfügbar sind, zum Beispiel bei meinen alten Genossen in Russland, und schaue, wo dafür Bedarf vorliegt. Oder umgekehrt: Ich werde von bestimmten Gruppen oder manchmal auch Regierungen von kleineren Staaten kontaktiert und gefragt, ob ich nicht bestimmte Waffentypen, bestimmtes 'Gerät', wie das so schön heißt, beschaffen kann. Ich kann dir versichern, dass es *immer* einen Bedarf an bestimmten Waffensystemen gibt, egal, was für Beschlüsse die UNO gerade gefasst hat. Schließlich gibt es viele Gebiete auf der Welt, in denen es politisch sehr unruhig ist. Dort sind dann meine Kunden. Und wenn alles perfekt verhandelt ist, dann sorge ich eigentlich nur noch dafür, dass die Waffen vom Produzenten zu denen kommen, die Bedarf angemeldet haben und bezahlt haben. Mehr nicht."

Man kann ihm seine Befriedigung auf dem Gesicht ablesen. Ich weiß nicht, woran er in diesem Moment denkt, vielleicht an sein letztes Geschäft, das genau so abgelaufen war, oder eines, was gerade in Planung ist. Auf jeden Fall scheinen es für ihn positive Gedanken zu sein, denn sie nehmen ihn gedanklich eine ganze Weile gefangen. Ich will ihn nicht unterbrechen, denn ich bin sicher, dass er sich nicht nehmen lassen wird, mir zu beweisen, dass man auch als Waffenhändler ein guter Mensch sein kann. Und es dauert auch nicht lange, da kehrt er mit seinen Gedanken zurück an diesen Tisch, zu mir, zu unserem Problem, um mir eine Frage zu stellen:

„Was meinst du jetzt, bin *ich* Schuld daran, wenn mit diesen Waffen Kriege geführt werden? Mit der gleichen Berechtigung könnte ich doch auch sagen, dass es die Produzenten, die Ingenieure und Facharbeiter sind. Wenn die sich weigern würden, Kriegsgerät zu entwerfen und herzustellen, dann gäbe es meinen Job nicht und in der Welt herrschte Frieden. So ist doch die Argumentation der Pazifisten, oder sehe ich das falsch? Nein, ich denke meine Schuld ist nicht größer, als die der anderen Glieder in dieser

Kette, von denen wir die Politiker ja noch nicht einmal genannt haben. Eines musst du in diesem Zusammenhang ja auch mal sehen: Wenn ich nicht dafür sorge, dass die Waffen von A nach B kommen, dann macht es eben jemand anderes. Und für das, was der Käufer dann mit den Waffen anstellt, bin ich wahrlich nicht verantwortlich."

Er strafft seinen Körper leicht und lehnt sich in seinen Stuhl zurück. Ich sehe, dass er mit sich zufrieden ist. Sein Gesichtsausdruck ist völlig entspannt. Die Haut ist mit einem dünnen Schleier von Schweiß bedeckt. Es ist warm, aber vielleicht rührt dieser Schleier auch vom Alkohol her, den es jetzt wieder nach außen drängt. Seine Augen sind leicht gerötet. Es scheint, als habe er seine Standfestigkeit gegenüber dem Cognac etwas überschätzt.

Aber er ist nicht betrunken, und deshalb will ich mich noch nicht geschlagen geben.

„Also, Wolfgang, jetzt enttäuschst du mich aber doch. Was ist das für ein abgedroschenes Argument: Wenn ich es nicht tue, dann machen es andere. Damit kann ich doch alles entschuldigen. Diese Art von Rechtfertigung sollte doch eigentlich unter deinem Niveau sein. Für sich genommen ist der Satz natürlich nicht völlig falsch, vielleicht trifft er viel öfter die Wahrheit, als uns lieb ist. Aber er rechtfertigt kein unrechtes Handeln. Dich zwingt doch niemand, mit Waffen zu handeln. Es ist doch vielmehr deine freie Entscheidung, zu der du natürlich, das will ich betonen, unzweifelhaft ein Recht hast. Aber wenn du dieses Recht freiwillig ausübst, dann trägst du auch die Verantwortung für die Folgen deines freiwilligen Tuns. Wer denn sonst? Und ob im Falle einer Verweigerung jemand anderes dieses Recht von dir übernehmen würde, ist doch völlig unerheblich.

Um noch ein Beispiel zu bringen, an dem auch gleich die allergrößte moralische Keule hängt: Wenn im letzten Krieg ein normaler Soldat gegen seinen Willen zu einem Erschießungskommando abkommandiert wurde, denn hatte er, wie überliefert, zwei Möglichkeiten, nämlich, dem Befehl zu folgen oder ihn zu verweigern. Die Folge war klar: Im ersten Fall machte er sich moralisch schuldig, im zweiten Fall wurde er selbst wegen Befehlsverweigerung erschossen.

Im ersten Fall hätte der Soldat natürlich auch argumentieren können, dass, wenn er nicht schießen würde, es ein anderer tun würde. Man weiß, er hätte recht gehabt, seine Entscheidung würde am Resultat nichts ändern.

Was hat das jetzt mit dir zu tun? Nichts, und doch alles.

Dein Handeln und das des Soldaten sind natürlich in keiner Weise vergleichbar. Aber rein mechanisch gesehen, wenn man die Inhalte eliminiert, doch. Beide, der Soldat und du, tut ihr Böses und rechtfertigt es mit dem Argument: Wenn nicht ich, dann würde es ein anderer tun, also kann es auch ich tun. Dem Soldaten würde ich verzeihen, wenn mir so eine Geste überhaupt zustehen würde. Bei dir habe ich, ehrlich gesagt, Schwierigkeiten, denn nochmal betont, dein Handeln ist nicht Folge eines Befehls. Du könntest, ohne Gefahr für Leib und Leben, den Waffenhandel aufgeben oder verweigern, in der Erwartung oder zumindest Hoffnung, dass andere das auch tun würden und der Frieden eine größere Chance bekäme."

Ich hatte ihn die ganze Zeit fixiert und beobachtet. Mein Eindruck ist, dass ich ihn langweile. Vielleicht hatte ihn schon jemand anderes, ein echter Freund vielleicht, mit diesen Fragen konfrontiert, und er hatte seine Entscheidung schon damals getroffen. Ob ich das nun so oder ganz anders betrachte und werte, interessiert ihn möglicherweise heute nicht mehr. Er hatte sich damals, nach dem Gespräch mit seinem Moskauer Genossen für seinen Weg entschieden und sich so eingerichtet.

„Wolfgang, ich muss mich bei dir entschuldigen, dass ich dich zu so später Stunde noch mit so langen, vielleicht auch verworren klingenden Analysen ermüde. Ich erinnere mich, dass wir im Anschluss an unsere Belehrungen im FDJ-Studienjahr an der ABF immer so schön diskutiert haben. Ich kann mich erinnern, dass du immer sehr streitbar warst, wenn es um wichtige Dinge ging. Und du konntest auch Gegenargumente akzeptieren oder zumindest wegstecken. In der Hoffnung, dass diese Eigenschaften bei dir erhalten geblieben sind, habe ich jetzt vielleicht etwas scharf und absolut argumentiert.

Und damit wir nicht im Bösen auseinandergehen, bestelle ich nun doch noch einen wirklich letzten Cognac, zur Versöhnung, gewissermaßen."

Wolfgang hatte mir aufmerksam zugehört. Zum Schluss meiner Rede hatte sich sein Gesicht aufgehellt. Ein bisschen Schmeichelei hat doch seinen Wert, denke ich bei mir, werde aber schnell eines besseren belehrt.

„Peter, du bist mir ja ein ganz Gerissener: Erst haust du mich mit Pauken und Trompeten in die moralische Pfanne und dann meinst du, du könntest das wieder ausbügeln, indem du mir Honig ums Maul schmierst. Meinst du, ich merke das nicht?"

Er lachte mir ins Gesicht, ironisch und gemischt mit ein bisschen Hohn, wie ich empfinde, aber nicht böse.

„Habe ich dir nicht heute schon mehrfach gesagt, Peter, dass du immer noch ein wenig naiv bist? Ich mag das, wenn Menschen naiv sind, denn ich selbst kann mir in meinem Geschäft Naivität nicht leisten. Und das ist auch ein Grund, warum du mir damals schon, und heute immer noch, ziemlich sympathisch bist. Weißt du, ich habe da meine eigenen Erfahrungen: Naive Menschen sind oft auch aufrichtig. Wusstest du das nicht?

Abgesehen davon, dass mich unser überraschendes Wiedersehen überrascht hat, ist es mir eine große Freude gewesen, wieder einmal mit einem ehrlichen, naiven, aufrichtigen Menschen sprechen zu können. In meinem Geschäft sind die sehr selten, und die wenigen, die es gibt, trifft man meistens nicht."

Jetzt strahlt er fast.

„Also, Peter, nimm das ruhig als Lob. Und dass du mir so richtig deine Meinung gesagt hast, ist schon ok. Manchmal denke ich ja auch wie du, aber weißt du, irgendwann sind die Gleise gelegt, ist der Zug abgefahren, und fährt, und fährt, und ein Aussteigen ist nicht mehr möglich."

Der Kellner bringt die beiden Cognacs, stellt sie vor uns auf den Tisch. Dann beugt er sich zu Wolfgang hinunter, zeigt auf seine Uhr und flüstert ihm etwas ins Ohr. Wolfgang nickt und zeigt ihm als Signal seine fünf gespreizten Finger.

„Müssen wir Schluss machen?" frage ich Wolfgang.

„In fünf Minuten", antwortet Wolfgang. Von seiner jovialen Aufgekratztheit ist jetzt nichts mehr zu spüren. Eher gebärdete er sich jetzt etwas unruhig. „Ich habe noch eine kurze Beratung mit einer geschäftlichen Bekannten von früher."

„Um diese Zeit noch?" frage ich ironisch, „machst du deine Geschäftsabschlüsse immer kurz vor Mitternacht in Hotels?"

Aber er winkt nur ab und hebt sein Glas.

„Peter, ich weiß nicht, ob wir morgen früh noch Gelegenheit haben werden, uns angemessen zu verabschieden. Deshalb möchte ich dir jetzt sagen, auch wenn ich mich wiederhole, dass ich finde, dass wir zusammen einen wunderbaren Tag hatten. Insbesondere fand ich es schön, dass wir so viele Erinnerungen an unsere Zeit an der ABF aufgefrischt haben, Dinge, die ich eigentlich schon völlig vergessen hatte, sehe ich jetzt in voller Schönheit vor mir. Ich sehe 'Herzelein' wieder vor mir, nein, ich höre ihre Stimme sogar, in der sich dieser charakteristische ostpreußisch-baltische Dialekt erhalten hatte. Ich sehe Dr. Malchow, Chemie, wie er am ersten Tag in den Klassenraum kam, sich mit „Dr. Malchow, bitte ohne w" vorstellte und den Feldwebel Frenzel, dessen „Judenschule"-Aussage in der Partei, insbesondere aber im Sicherheits-Kollektiv, zu heftigen Diskussionen geführt hatte. Unser Sicherheits-Chef hatte damals für 'Entlassung' wegen parteischädigenden Verhaltens plädiert, aber glücklicherweise wurde er überstimmt. Viele Gesichter von Kommilitonen sehe ich wieder vor mir, und ich muss gestehen, dass ich etwas wehmütig bin."

Er hält inne. Erstaunlicherweise ist seine Hand mit dem vollen Glas noch immer erhoben. Während er sprach waren seine Augen feucht geworden, und ich befürchte, dass im nächsten Moment die ersten Tränen geflossen wären, was mir peinlich gewesen wäre. Damit das nicht passiert, nutze ich die Gelegenheit, um meinerseits etwas hinzuzufügen.

„Wolfgang, damit ich es nicht vergesse, möchte ich mit einem ganz besonderen Eindruck von diesem Tage beginnen. Noch nie in meinem Leben bin ich an einem einzigen Tage mit einer so gewaltigen Menge an erstklassigem Cognac abgefüllt worden, wie hier in Brüssel. Ich hätte nie gedacht, dass ich eine solche Menge an Alkohol vertrage, noch immer keine Kopfschmerzen habe und alleine und aufrecht stehen kann, wobei ich hoffe, dass diese Aussage auch in fünf Minuten noch gültig ist. Dafür danke ich dir. Mehr noch aber dafür, dass du mir offen und freimütig so viele Dinge aus unserer ABF-Zeit erzählt hast, von denen ich bis heute nichts wusste.

Du hast mal gesagt, dass trotz dieser Ereignisse, die sich in eurem Sicherheits-Kollektiv und sonst wo im Hintergrund abspielten, niemand zu Schaden gekommen ist. Soweit ich mich erinnern kann, ist das korrekt. Und dass es keine dramatischen, politischen Vorfälle gegeben hat, hat es mir heute leicht gemacht, mich so unbefangen und interessant mit dir unterhalten zu können. Alles andere, was du eben resümiert hast, will ich jetzt nicht wiederholen. Es ist ja eine alte Weisheit, dass sich in der Erinnerung auch schlimme Erlebnisse nicht mehr so dramatisch darstellen. Aber, da es für mich keine derartigen schlimmen Erlebnisse gab, bedarf es, bei mir zumindest, keiner Milderung des Rückblicks. Auch, wenn sich das vielleicht blöde anhört, ich denke gerne daran zurück, und das schließt ausdrücklich unsere Dozenten ein, die uns, du hast das indirekt bestätigt, eine gute Grundlage für unser Studium mitgeliefert haben."

„Das ist auf jeden Fall richtig", wirft Wolfgang ein, „das hat man später im Studium gemerkt."

„Dann muss ich noch etwas zur Neuzeit sagen", setze ich meinen Abschieds-Monolog fort.

„Vielleicht habe ich eben etwas zu heftig argumentiert

und deine Tätigkeit auch zu absolut bewertet, negativ, um es nochmals zu betonen. Ja, ich weiß, die reine Lehre von der Humanität ist wahrscheinlich eine Illusion, die im realen Leben nicht lebensfähig ist. Aber, meinst du nicht auch, dass sie so etwas wie eine Leitlinie, eine Richtschnur, sein könnte? Vielleicht bin ich ja wirklich naiv, ein Etikett, das du mir dankenswerter Weise angeheftet hast. Aber ich brauche diesen Gedanken an die Humanität, die Möglichkeit, mich ab und zu mal zu fragen, ob das, was ich tue, richtig ist. Vielleicht ist dieser Wunsch nach Rückversicherung ja auch ein Zeichen von Schwäche. Ich weiß es nicht. Ich weiß nur, dass sie mir hilft, diese Orientierung zu halten.

Ich will damit nicht sagen, dass du diese Möglichkeiten nicht nutzt. Nein, das wohl nicht, aber man merkt es bei dir nicht sofort. Zumindest bei deinen geschäftlichen Tätigkeiten hast du diese Dinge offenbar, sagen wir, ausgeblendet.

Ich will auch noch sagen, Wolfgang, dass ich es als wunderbar empfunden habe, dass wir uns, wie früher, so unverkrampft offen unsere Meinungen sagen konnten, ohne dass es zu Peinlichkeiten oder Missmut geführt hätte. Wir haben unsere Visitenkarten ausgetauscht, die Möglichkeit, irgendwann mal wieder voneinander zu hören, besteht also. Und wenn nicht auf diese Art, dann streiken vielleicht mal wieder die Fluglotsen in Brüssel, und wir laufen uns hier mit Glück erneut über den Weg."

Er lacht und ich lache, und der Kellner, der sich vorsichtig genähert hatte, weiß nicht recht, ob es der richtige Moment ist, Wolfgang ein Zeichen zu geben. Aber der hatte ihn kommen sehen und steht nun auf. Er umrundet unseren Tisch und reicht mir die eine Hand und legt die andere auf meine Schulter.

„Schlaf gut, Peter, wir sehen uns zum Frühstück."

Er geht zur Rezeption, wo sich ihm eine jüngere, attraktive Frau, die sich im Hintergrund aufgehalten haben musste, anschließt.

Ja, so ist er wohl. Wie hatte er doch sinngemäß gesagt: Man muss das alles nicht überbewerten. Sex ist nur Biologie.

Die Nacht war erholsam, der Cognac hatte zu einem tiefen Schlaf beigetragen. Ich wache ohne Kopfschmerzen auf.

Nach ausgiebigem Duschen habe ich mich in meine abgetragenen Klamotten geekelt, und freue ich mich jetzt auf ein schönes Frühstück. Ich setze mich an einen freien Tisch und warte auf Wolfgang. Erstaunlicherweise hat der Kellner, der uns gestern Abend bedient hatte, bereits wieder Dienst. Ich sitze erst ein, zwei Minuten, da kommt er an den Tisch und fragt förmlich: „Herr Dr. Köster?" Und als ich bejahe, reicht er mir einen Briefumschlag. Es ist ein kurzer Brief von Wolfgang, geschrieben auf Hotel-Papier.

*Lieber Peter,*
*ich habe heute früh gegen fünf Uhr einen Anruf der Airline bekommen. Man hat mich informiert, dass sie heute morgen im ersten Start nach München, noch einen freien Platz haben, den sie mir, als Inhaber eines Business-Tickets, anbieten könnten. Ich habe angenommen, mir ein Taxi bestellt, dass mich in zehn Minuten zum Flughafen bringen wird. Schade, dass wir uns nicht mehr sehen können. Ich möchte dir nochmals sagen, wie sehr ich den gestrigen Tag mit dir genossen habe, obwohl du mir mit deiner Moralpredigt ganz schön zugesetzt hast. Aber, sie hat nicht vermocht, mir meine Freude über unser Zusammentreffen einzutrüben. Wir sind eben zwei Menschen mit unterschiedlichen Charakteren und Auffassungen über das, was man tun kann und tun sollte, über Moral eben. Schön ist, dass wir uns trotzdem gegenseitig akzeptieren konnten.*

*Wenn du die Gelegenheit und das Bedürfnis haben solltest, einen solchen Tag in München oder sonst wo zu wiederholen, lass es mich wissen.*
*Meine Adresse und Telefonnummer hast du ja.*

*Lass es dir gut gehen, komm gut nach Hause und
sei, wirklich, herzlich gegrüßt,
Wolfgang*

Das war er also gewesen: Wolfgang Grabert, ABF-Student, Mitglied eines Sicherheits-Kollektivs, Diplom-Ingenieur, NVA-Sachverständiger für Waffentechnik, Waffenhändler und Weiberheld - aber auch ein netter Mensch.

Anmerkungen:
1. Neues Deutschland (ND) Tageszeitung
2. ABF: Arbeiter-und Bauern-Fakultät (ABF). Bildungseinrichtung in der DDR zur Erlangung des Abiturs (zweiter Bildungsweg)
3. FDJ: Freie-Deutsche Jugend, Jugendorganisation in der DDR
4. „Freunde", umgangssprachliche, übliche Bezeichnung für sowjetische Genossen oder Soldaten in der DDR
5. DSF: Gesellschaft für Deutsch-Sowjetische Freundschaft
6. EOS:Erweiterte Oberschule, vergl. Gymnasium „Organe" Bezeichnung für staatliche (Sicherheits-)-Organisationen
7. ML: übliche Kurzform für Marxismus-Leninismus
8. VEB: Abkürzung für Volkseigener Betrieb
9. MLU: Abkürzung für Martin-Luther-Universität Halle-Wittenberg
11. Tschernyschewski-Haus, bis 2001 zur MLU gehörig, seit 2012 Sitz der Nationalen Akademie der Wissenschaften Leopoldina
12. Wolf Biermann, Zitat aus: „Die hab ich satt" (1966)
13. SU: gebräuchliche Abkürzung für „Sowjetunion"
14. Org.-Kom., übliche Abkürzung für „Organisations-Komitee"
15. Heiner Kipphard: „In der Sache J. Robert Oppenheimer", edition suhrkamp 64,
16. NVA: Nationale Volksarmee der DDR